Robin Lyall

Berührt

Robin Lyall,
Tochter eines Briten und einer Deutschen, verbrachte einen Großteil ihrer Jugend an der englischen Küste. Sie studierte Psychologie und lebte eine Zeit lang im Ausland, bis sie sich auf einem Hausboot in Norddeutschland niederließ. Dort wohnt sie zurückgezogen mit ihrer Familie nebst Hund, Katze, Fröschen und Möwen und widmet sich ganz ihren Leidenschaften: dem Schreiben und Malen.

ROBIN LYALL

Berührt

Arena

Papier aus verantwortungsvollen Quellen
FSC® C110508

2. Auflage 2014

Covergestaltung: Frauke Schneider
unter Verwendung eines Fotos von © plainpicture
Gesamtherstellung: Westermann Druck Zwickau GmbH
ISBN 978-3-401-50478-0

www.arena-verlag.de
Mitreden unter *forum.arena-verlag.de*

1

Es roch nach Erde, Moos und feuchten, alten Steinen. Das graue Gemäuer verströmte einen Duft, der auf Rachels Nase nur bedingt ansprechend wirkte. Einen ihrer vielen Umzugkartons im Arm, stand sie vor über Jahrhunderte ausgetretenen Steinstufen, die steil und schier endlos vor ihr aufragten. Als ob sie jeden auf die Probe stellen wollten, der die breite Treppe betrat.

Die Frühjahrsstürme hatten altes Eichen- und Buchenlaub aus dem Park in die Ecken gewirbelt. Im Windschatten der Schlossmauer war es liegen geblieben und hatte wochenlang teilnahmslos vor sich hin gemodert. Inzwischen bot es ein paar verspäteten Veilchen und Insekten ein neues Zuhause.

Rachel beugte sich vorsichtig über die hüfthoch gemauerte Brüstung. Sie befand sich auf Augenhöhe mit den grünen Baumkronen. Durch den nebelverhangenen Blätterwald der uralten Riesen konnte sie den tiefer gelegenen Parkplatz nur noch erahnen, aber der Motorenlärm, eine Wolke aus Dieselgestank und zwei aufgescheuchte schimpfende Krähen waren eindeutige Hinweise darauf, dass sich der Möbelwagen wieder in Bewegung gesetzt hatte. Langsam tuckerte er die gepflasterte Schlossallee hinauf.

Es war viel zu kalt für die Jahreszeit. Der Nebel hing schwer und nass in Rachels Haaren und Nieselregen tropfte von ihren kastanienbraunen Strähnen auf Gesicht und Hals. Das sollte nun also die viel gerühmte englische Riviera sein. Ein kühles Rinnsal glitt ihren Ausschnitt hinab, doch sie riskierte es lieber nicht, den bereits durchfeuchteten Karton abzusetzen, um ihre Regenjacke zurechtzurücken. Geschätzte zwanzig Höhenmeter über schlüpfriges Moos und glatte Steine lagen noch vor ihr. Hätte sie doch bloß die rutschfesten Gummistiefel angezogen und nicht ihre neuen Stiefel mit dem Absatz. Seufzend packte Rachel den Karton fester und nahm den Aufstieg in Angriff.

Der Schlossplatz war atemberaubend. Hätten der Lkw und die Männer in ihren blauen Monturen die Illusion nicht so brutal gebrochen, Rachel hätte sich kaum gewundert, wenn ihr ein Ritter oder doch zumindest ein Page in rüschenbesetzter Livree den Karton abgenommen hätte.

Stattdessen war es ihr Vater, der unvermittelt an der Umzugskiste riss. »Rachel, träumst du etwa? Lass los, ich nehm dir das ab.«

Sie schüttelte den Kopf. »Auf gar keinen Fall, Dad. Ich trag meine Sachen selbst über die Schwelle. Wo geht's rein?«

Paul McIntyre wies mit dem Kopf auf eine Freitreppe, an deren handgeschmiedetem Geländer üppige Blumenampeln befestigt waren. »Links das Treppenhaus hoch, zweiter Stock am Ende des Ganges. Bist du wirklich sicher, dass du nicht auf den Campus ziehen willst, wie alle anderen auch?«

»Definitiv.« Der Tremough Campus mit dem Studentenwohnheim war immerhin fünf Kilometer vom Woodlane Campus direkt in Falmouth entfernt und da würde sie die meisten Kurse haben. Es gab 1000 Gründe, die aus Sicht ihrer Eltern dafürsprachen, dass man als Erstsemester trotzdem auf dem Universitätsgelände oberhalb des niedlichen Dörfchens Penryn wohnte, »so wie alle anderen auch«. Und es gab mindestens eine Handvoll weit besserer Gründe, die aus Rachels Sicht dagegensprachen, mit einem schnatternden Haufen Gleichaltriger, weitab vom Schuss, von Cafés, Geschäften, Strand und Meer kaserniert zu sein – aber sie hatte einfach keinen Bock mehr auf die zigste Diskussion zu diesem Thema.

Rachel beeilte sich, das Schloss vor den Möbelpackern zu betreten, die bereits zu dritt die große nagelneue Ledercouch von der Ladefläche hievten.

Sie hielt kurz inne, um sich zu orientieren und ein wenig Luft zu holen. Obwohl sie regelmäßig Sport trieb, war sie ziemlich außer Puste. »Treppenhaus« war eine gelinde Untertreibung für die in mediterraner Terrakotta geflieste Halle und die weitläufigen, offenen Flure, die von hier aus zu den einzelnen Wohnparteien des Schlosses führten. Zimmerpalmen und ein blühender Oleander umrahmten stylish eine clubartige Sitzgruppe mit schweren Ledersesseln. Auf dem Weg nach oben hingen alte Ölbilder gleichberechtigt neben studentischen Werken und moderne Skulpturen schmückten die Treppenabsätze. Noch bevor sie die Wohnung betreten hatte, verstand Rachel, warum ihr Dad nicht weitergesucht hatte. In natura sah alles noch viel umwerfender aus als auf den Handyfotos, die ihr Vater ihr von seiner Geschäftsreise geschickt hatte. Er war mit einem japanischen Kunden unterwegs gewesen und hatte in die Tour zu den mittelalterlichen Sehenswürdigkeiten geschickt einen Ausflug nach Falmouth eingebaut, dem künftigen Studienort seiner ältesten Tochter. Auf dem Rückweg von Pendennis Castle war ihnen das Schloss aufgefallen – um genau zu sein, dem Japaner zuerst. Eigentlich handelte es sich nur um ein Manor, einen Herrensitz. Aber so erhaben, wie es weit oberhalb der Küste, von Rhododendren umsäumt, zwischen den Hügeln thronte und sich den Blicken halb entzog, sprach in der Gegend jeder nur von dem »Schloss«. Groß genug war es und ausreichend Stufen hatte es auch.

Rachel keuchte. Ihre Oberschenkel brannten unter dem ungewohnten Gewicht des Kartons, das sich mit jedem Treppenabsatz zu verdoppeln schien. Ihre hohen Schuhe machten diese Herausforderung nicht unbedingt einfacher. Sie pausierte einen Augenblick und lehnte sich an die Steinwand, die sich zu ihrem Erstaunen warm anfühlte, doch sie musste weiter. Der Lärm der Möbelpacker knapp hinter ihr ließ keine Verschnaufpause zu.

Jedenfalls war es der Sehenswürdigkeitengier des Japaners und der schnellen Auffassungsgabe ihres Vaters zu verdanken, dass der Geschäftswagen vor knapp zwei Wochen in die lange gewundene Auffahrt gebogen war. Und dann musste Paul McIntyre seinem sichtlich enttäuschten Kunden erklären, dass das bunte, handgemalte Schild mit der Aufschrift »to let« nicht den Schnäppchenerwerb eines ganzen Herrenhauses versprach, sondern eine – wie sich herausstellte – heiß begehrte Studentenwohnung anbot. Kurzerhand hatte ihr Vater seinen Kunden in einen Rundgang durch die sehenswerten Parkanlagen verabschiedet. Dann hatte er die Vormieterin herausgeklingelt, den Hausmeister interviewt, Rachel die Fotos gesendet, und als diese ein O.K. zurückgesimst hatte, schließlich seine Mitarbeiterin mit den Mietformalitäten betraut. Danach hatte er den verblüfften Japaner mit einem fröhlichen »Erledigt!« wieder eingesammelt.

Und das war gut so, denn obwohl für die meisten gerade erst die Semesterferien begonnen hatten, hatte Rachel nun den ganzen Sommer über Zeit, sich hier in Falmouth einzuleben und hoffentlich neue und vor allem nette Leute kennenzulernen.

Rachel war erledigt. Die Treppen wollten kein Ende nehmen. Auf einmal hörte sie, wie von oben jemand in großen Sprüngen näher kam. Gleich darauf schoss ein junger Mann in Jeans, Shirt und Turnschuhen viel zu schwungvoll um die Ecke. Rachel konnte gerade noch ihren Karton zur Seite reißen, bevor ihre liebsten Dinge durch die Schlosshalle katapultiert wurden.

»Whow, whow, whow! Hab ich das Schild mit der Aufschrift Rennbahn verpasst?«, rief sie dem Burschen hinterher, der einfach weitergerannt war. Auf Höhe der Möbelpacker, eine halbe Treppe tiefer, musste er zwangsläufig bremsen.

Ein brauner Lockenkopf tauchte über dem Geländer auf und feixte sie mit einem unverschämten Zahnpastareklamegrinsen an. »Frischer Wind in unserer trauten Hütte! Ich eile, Ihnen Blumen zum Einzug zu pflücken, schöne Prinzessin. Bin nur leider spät dran. Verzeiht mein überschäumendes Temperament.« Damit tauchte er unter dem Ledersofa durch und sprang mit Schwung über die Brüstung ins Erdgeschoss. Er kam auf allen vieren auf, verneigte sich noch einmal albern und rannte nach draußen.

Die Umzugsleute fanden das anscheinend komisch.

Rachel schnitt eine Grimasse und stieg weiter. Jetzt musste sie gleich da sein. Eine Galerie zweigte nach links ab. Aus der Richtung war auch der Lockenkopf gekommen.

Womöglich wohnten sie im gleichen Stockwerk. Rachel ging an den ersten beiden Wohnungen vorbei. Schuhe, Reitstiefel und ein Schirmständer standen vor dem einen, ein Paar Inliner und Sneakers vor dem zweiten Eingang. Hinter der Tür übte gerade irgendwer Saxofon. Ruhebedürftige Philosophiestudenten wohnten hier schon mal nicht.

»Willkommen im Schloss«, sagte Rachel zu sich selbst, schloss die Augen und stieß mit einem tiefen Atemzug die letzte der drei Türen auf.

Dad hatte nicht zu viel versprochen. Rachel ließ ihren Karton auf einen alten Holztisch poltern, der zusammen mit zwei Korbstühlen in der offenen Küche den Essbereich bildete. Über dem Tisch pendelte eine Lampe, deren schrillbunter Keramikschirm ganz offensichtlich handgemacht war. Da das Ensemble nicht gerade modern war, passte es perfekt zum shabbycharmanten Stil der Wohnung. Die Wände waren halbhoch in fliederfarbenen Streifen tapeziert, mit einer Bordüre abgesetzt und darüber flachsgelb gestrichen. Ein Strauß später Osterglocken mit einem handgeschriebenen Kärtchen stand auf der Anrichte neben dem Kühlschrank.

Ihre Vormieterin Nelly hatte Rachel demnach neben den Blumen und den Küchenmöbeln noch ein paar Kleinigkeiten in Schlafzimmer, Bad und Kühlschrank hinterlassen. Wie sie gehört hatte, war Nelly mit einem Stipendium nach Australien gereist.

Rachel knurrte der Magen nach der endlosen Fahrt durch die verwunschenen, hügeligen Sträßchen Cornwalls, auf denen man kaum schneller als im Stadtverkehr vorankam.

Daher riss sie zielstrebig die Kühlschranktür und sämtliche Schränke auf. Nelly hatte ihr eine Flasche Ketchup, eine halbe Packung Müsli, vier Scheiben Toast, eine unberührte Packung Biskuits und ein kaum angebrochenes Glas Erdnussbutter vermacht. Die Milch war leider abgelaufen und klumpte bereits. Rachel sah sich nach der Tür zum Bad um und entdeckte sie hinter der cremefarbenen Küchenzeile. Mit gerümpfter Nase kippte sie den flockigen Inhalt ins Klo und drückte die Spülung. Das Bad war wie die Küche groß und hell und frisch renoviert. Es sah nostalgisch aus und passte wie auch die verschnörkelten Fenstergriffe perfekt zum Stil des Schlosses.

Auf dem Fensterbrett des kleinen Erkers mit der großzügigen Badewanne – »Badewanne!« hörte Rachel sich selber kreischen – stand eine Zimmerpalme mit hängenden Blättern. Das konnte Rachel auf gar keinen Fall mit ansehen. Auf der Suche nach einem Gefäß, um das arme Ding zu gießen, erwischte sie über der Waschbeckenablage ihr breit grinsendes Spiegelbild. Im Zahnputzbecher steckten nämlich gleich zwei eingeschweißte Zahnbürsten. »Was Nelly sich dabei wohl gedacht hat?«, fragte Rachel die Pflanze halb laut. »Du könntest mir sicher jede Menge Storys über das wilde Studentenleben hier erzählen …«

Nachdem sie mit dem Becher die Blumenerde gewässert hatte, stieß sie sich übermütig mit einem Bein auf dem Holzboden ab und drehte sich mit dem leeren Wasserbecher schwungvoll im Kreis.

»Wo soll das Teil denn hin?«, riss einer der Umzugsmänner Rachel aus ihren Gedanken und dem Gleichgewicht.

Sie ließ den Zahnputzbecher ins Waschbecken scheppern und stolperte verlegen aus dem Bad. Ihr fiel ein, dass sie sich noch gar nicht zu Ende umgesehen hatte. »Äh, nach dort drüben bitte«, sagte sie und entschied sich spontan für einen größeren Erker gegenüber der Küche.

»Aber der Kamin ist doch dahinten?«, erwiderte einer der Männer verwundert.

»Das macht nichts«, log Rachel und folgte unauffällig seiner Kopfbewegung. Einen Kamin gab es hier auch? Wahnsinn!

»Der Kunde ist König«, behauptete der andere und ließ das Sofa ächzend zu Boden gleiten. »Sollen wir die Verpackung mitnehmen?«

»Unbedingt«, kam Rachels Vater ihr zuvor und schob sich mit einem Flachbildschirm an den Männern vorbei.

»Wo soll der stehen, Liebes?«

»Wow, Dad! Ist der für mich?« Rachel machte einen Hüpfer und sah sich suchend nach dem Kabelanschluss um. »Ich bin noch gar nicht dazu gekommen ...«

»Studenten sind auch nicht mehr das, was sie mal waren«, brummte der erste Möbelpacker und schnitt die Plastikfolie auf, unter der sich Rachels erstes eigenes Sofa befand.

»Arm passt jedenfalls bestimmt nicht«, murmelte der zweite, während er seinem Kollegen half, Pappe und Plastik einzusammeln.

»Also? Wohin mit dem Fernseher?«, fragte Paul McIntyre ungerührt und zwinkerte seiner Tochter zu. »Hast du gesehen, dass du noch zwei Zimmer hast? Wenn deinem Vater das Geld ausgeht, musst du eins davon an besagte arme Studenten vermieten«, sagte er schmunzelnd und laut genug, dass es die Speditionsleute mitbekommen mussten.

Rachel gab es auf, das selige Grinsen aus ihrem Gesicht vertreiben zu wollen, und öffnete die Tür links neben dem Bad. Das Schlafzimmer sah aus, als wäre es aus einem Laura-Ashley-Katalog. In der Mitte des Raumes stand ein riesiges Doppelbett mit flauschigen Kissen, von dem aus man einen atemberaubenden Blick auf die Küste hatte. Zu Rachels großer Überraschung war es bereits frisch bezogen, und zwar mit ihrer Lieblingsbettwäsche. »Deine Mutter hat es sich nicht nehmen lassen, die schon mal an deine Vormieterin zu schicken, weil sie doch heute nicht hier sein kann«, sagte ihr Vater und hob entschuldigend die Schultern.

Rachel wäre ihm am liebsten stellvertretend stürmisch um den Hals gefallen, aber er trug immer noch den Fernseher.

»Hier drin ist kein Anschluss«, stellte sie fest und entdeckte im Hinauseilen, dass das große zweiflügelige Fenster in Wirklichkeit eine Balkontür war. »Daddy, ich habe sogar einen Balkon! Wahnsinn! Wer will denn da auf dem Campus wohnen?« Mit pochendem Herzen rannte Rachel aus dem Schlafzimmer und riss die Tür zum letzten Raum auf. Er war kleiner als die anderen, aber lichtdurchflutet. Hier hatte Nelly neben einer offenbar viel genutzten Staffelei auch einen Topf mit Pinseln und ein paar halb ausgedrückte Farbtuben hinterlassen.

Rachel stürmte quietschend vor Glück zurück in den Wohnbereich, wo sie nach längerem Suchen endlich den Fernsehanschluss fand – und zwar ausgerechnet hinter dem Sofa. »Macht nichts«, verkündete sie ihrem Vater, der vor lauter Anstrengung inzwischen einen hochroten Kopf hatte. »Stell ihn einfach irgendwo ab. Das können wir auch später machen. Wie wär's mit einer Tasse Tee und ein paar Biskuits?«

Die folgenden Tage vergingen wie im Traum. Rachel richtete sich in ihrem ersten eigenen Apartment ein, rückte Möbel zurecht, hängte Bilder auf und kaufte Lebensmittel, die sie in ihren eigenen Kühlschrank stellte. Sie kochte für sich und ihren Vater auf ihrem eigenen Herd, gemeinsam schlossen sie Rachels eigenen Fernseher, ihr Telefon und den Computer an. Zusammen erkundeten sie den Weg von Falmouth hinauf zum zweiten Campus in Penryn und gingen abends in das Pub.

Als sich ihr Vater schließlich verabschiedete und die Tür hinter sich zuzog, hielt Rachel für einen Moment inne. Fühlte es sich so an, erwachsen zu sein? Rachel rutschte an der Tür hinab auf den Boden und atmete tief durch. Das war das Ende eines Lebensabschnitts, der Anfang eines neuen. Im ersten Moment hätte sie fast angefangen zu heulen. Am liebsten wäre sie ihrem Dad hinterhergelaufen, um ihn zu bitten, noch nicht nach Hause zu fahren. Nach Hause, nach Chelmsford, zu Sissy und Mama – so schrecklich weit weg ... und zum Glück so weit weg. Fünf Grafschaften lagen dazwischen, und das war gut so. Ihr Herz schlug schneller und sie drängte die Schatten der Erinnerung mit einem tiefen Atemzug beiseite. Ihr Zuhause, das war jetzt wohl hier, oder? Es war ein gutes Gefühl. Rachel stand auf und sah sich um. Zweieinhalb Zimmer, der pure Luxus – und sturmfrei! Was sollte sie als Erstes tun?

Plötzlich klopfte es.

Schwungvoll zog Rachel die Tür auf. »Hast du was vergessen und es ist dir erst am Par...?«

Doch nicht ihr Dad, sondern der Junge, der sie am ersten Tag beinahe umgerannt hatte, stand vor ihr. Er versuchte neugierig, über ihre Schulter einen Blick in die Wohnung zu erhaschen.

Rachel klappte den Mund zu. Was wollte der denn?

»Na, ist dein alter Herr ausgezogen? Das war doch dein alter Herr oder stehst du auf ältere Typen?« Dabei grinste er sie provozierend an und musterte sie von oben bis unten. »Coole Bude, wir wohnen den Gang runter, gleicher Schnitt, soweit ich sehe ... aber zu dritt als WG.«

Rachel war drauf und dran, ihm die Tür vor der Nase zuzuschlagen, als er plötzlich hinter dem Rücken ein etwas lädiertes Büschel Gänseblümchen hervorzog. »Hier, die hatte ich der Prinzessin ja zum Einzug versprochen«, erinnerte er und deute eine Verbeugung an.

»Mein *alter Herr* sagt, ich darf keine Geschenke von fremden Jungs annehmen«, konterte Rachel forsch und verschränkte die Arme.

»Oh, ach ja«, sagte ihr Gegenüber und kratzte sich hinterm Ohr. »Meine Manieren, tut mir leid. Caleb Johnson der Name, zu Diensten. Kommst du mit an den Strand und nimmst mir diese Blumen ab, aber besser in umgekehrter Reihenfolge?«

Rachel tat ihm den Gefallen und streckte den Arm aus. Als sie nach den Blümchen griff, berührten seine Finger zart ihre Hand. Sie zuckte zurück und hätte den Strauß beinahe fallen lassen. War das Absicht gewesen? Mensch Rachel, jetzt stell dich nicht so an, ermahnte sie sich und lächelte zögernd. Ganz offensichtlich versuchte er ja einfach nur, nett zu sein. »Danke ... Strand? Jetzt?«

»Ja klar, abhängen, Steine springen lassen, vielleicht ein Bad in rauer See?! Oder hast du was Besseres vor?« Verschmitzt sah er sie an.

»Ich weiß nicht«, meinte Rachel, »ich ...« Skeptisch schielte sie aus dem Fenster. Richtig einladend sah der grau verhangene Wolkenhimmel nicht gerade aus. Und sie kannte den Typen doch gar nicht. Allerdings ließ er sich anscheinend ohnehin nicht abwimmeln. In dem Moment ertönte eine andere Stimme vom unteren Ende des Flures. »Was ist denn nun, Caleb, kommt sie oder hast du sie schon verschreckt?«

Neugierig spähte Rachel an Caleb vorbei. Zwei weitere Typen in ihrem Alter schlenderten den Gang hinauf. Der eine war blond, extrem schlaksig und trug eine zerrissene, mit Farbklecksen beschmierte Jeans. Der andere war etwas kräftiger und hatte eine undefinierbare Frisur, die fließend in einen dunklen Vollbart und eine Brille überging.

»Ich bin Josh und das ist Bruce, unser Nerd«, stellte der größere von beiden sich vor und bot Rachel einen Kaugummi an.

»Nenn mich nicht Nerd, du Flachkopf«, erwiderte Bruce und boxte seinen Kumpel scherzhaft in die Seite. »Willkommen im Schloss. Was studierst du? Du willst doch hier studieren, oder? Wo kommst du her? Ungewöhnlich, dass jemand um diese Zeit schon einzieht«, meinte er nun zu Rachel und schob seine Brille hoch. »Hat dir keiner gesagt, dass die Uni erst im September anfängt? Das ist in drei Monaten!«

»Ich ... äh ... ich brauche ein bisschen Zeit, ich muss mich erst mal ... orientieren«, erwiderte Rachel perplex und lehnte kopfschüttelnd den Kaugummi ab, den ihr Josh noch immer unter die Nase hielt.

»Mhm«, machte Bruce und zog die Augenbrauen hoch.

Caleb hatte sich lässig an den Türrahmen gelehnt. »Nicht alles auf einmal«, sagte er und beobachtete sie abwartend.

»Habt ihr sie erwischt? Ist sie nett?« und »Nehmen wir sie mit?«, schallten nun auch noch zwei Frauenstimmen von unten quer durchs Treppenhaus herauf.

»Das sind Kathy und Helen«, erklärte Caleb, der die wachsende Verwirrung in Rachels Gesichtszügen sichtlich genoss. Kurz darauf löste er sich vom Türbalken. »Also was ist? Reden können wir auch am Strand, und wenn du Geheimnisse hast, darfst du sie gern für dich behalten, aber nicht alle. Oder du bittest uns alle rein und wir feiern deine erste Party im Schloss!«

Rachel brauchte nicht lange zu überlegen, für welche Alternative sie sich entschied. »Ich hole meine Jacke.«

Entgegen aller Straßenvorschriften quetschten sich die sechs in Calebs klapprigen Twingo. Caleb saß am Steuer und Josh auf dem Beifahrersitz, weil er eindeutig der größte unter ihnen war. Die Mädchen und Bruce stiegen hinten ein, wobei die quirlige Helen mehr auf als neben dem hochroten Bruce saß. Bei jedem Kreisverkehr wurden die beiden gegen Rachel gedrückt und Calebs amüsierte Miene im Rückspiegel legte den Verdacht nah, dass er die Kurven absichtlich so schnitt. Irgendjemand hatte eine Flasche Cider mitgebracht, die schwappend die Runde machte. Rachel war froh, als die mehr als gut gelaunte Truppe endlich einen Parkplatz ansteuerte und sie aus dem Auto klettern und frische Luft schnappen konnte.

»Das ist der Strand«, erklärte Bruce überflüssigerweise und zog seine Jacke aus. »Und da ist das Meer.«

»Aha«, antwortete Rachel. Bruce hatte offensichtlich nicht vor, die Unterhaltung weiterzuverfolgen. Oder er hatte sein Pulver bereits verschossen, jedenfalls ließ er sie allein mit Caleb stehen und trollte sich zu den anderen.

Rachel zog ihren Schal fester um sich und strich sich eine Haarsträhne aus dem Gesicht. Der Wind war frisch. Über ihnen kreischten Möwen, es war kaum jemand unterwegs. »Was macht er da?«, fragte sie erschrocken, als Bruce sich schwungvoll seiner Hose, Schuhe und Socken entledigte und nur kurz zurückstapfte, um Caleb die halb geleerte Flasche in die Hand zu drücken.

»Baden«, antwortete Caleb leichthin und sah seinem Kumpel und den Mädchen hinterher, die teils noch in voller Montur kreischend und johlend in die eiskalte Brandung sprangen.

Mit seinen vom Wind zerzausten lockigen Haaren und den grauen Augen, in denen sich der Himmel spiegelte, hätte man Caleb glatt für irgendeine Hochglanzwerbung ablichten können. Rachel hätte so eine Seite sofort aus der Zeitung gerissen und behalten.

»Wir haben hier alle einen an der Waffel und wie sieht's bei dir aus? Schluck Cider?« Er hielt ihr die Flasche entgegen und studierte ihre Miene. Rachel sah schnell weg und rieb sich die Arme. »Ich bin bestimmt nicht so verrückt, bei den Temperaturen da reinzugehen.«

»Ja, wie Juni fühlt sich das wirklich nicht an ... Mich würden da auch keine zehn Pferde reinkriegen«, gab Caleb lächelnd zurück und die Spannung verflog. »Komm, setzen wir uns an die Felsen und stoppen, wie lange sie es im Wasser aushalten. Wollen wir wetten, wer zuerst rauskommt?«

Rachel setzte sich neben ihn. »Du solltest mal die Reifen an deinem Twingo auswuchten lassen«, schlug sie unvermittelt vor.

»Wie kommst du denn jetzt darauf?«, fragte er verblüfft.

»Er hat links vorn einen Schlag«, sagte sie und erklärte: »Ich mag Autos.«

»Aha«, meinte Caleb, nickte anerkennend und hielt ihr erneut das Getränk hin. Diesmal nahm sie an. Verstohlen wischte Rachel mit dem Ärmel über die Flaschenöffnung, bevor sie einen Schluck trank. Der Cider schmeckte sauer und war schon lauwarm. Wortlos reichte sie die Flasche zurück. Rachel ließ ihre Gedanken schweifen und beschloss, nun selbst ein paar Fragen zu stellen. »Dann seid ihr alle im dritten Semester?«

Caleb schüttelte den Kopf. »Nur Helen und Bruce ... Helen und Kathy studieren diesen Modekram. Josh will Grafikdesigner werden und macht erstmal 'nen Grundkurs, um seine Mappe aufzumotzen, das *Portfolio*«, betonte er ziemlich gekünstelt und sprach dann in normalem Ton weiter. »Bruce schreibt, der wird wahrscheinlich mal Fachjournalist bei der Times oder so was ... Jetzt guck dir das an!« Caleb winkte, pfiff und johlte, während Rachel seinem Blick mit gerunzelter Stirn folgte. Sie kämpfte schon wieder damit, ihre widerspenstigen Haare aus dem Gesicht zu streichen. Der Wind hatte gedreht und trieb die Wellen nun mit heftiger Brandung landeinwärts. Helen und Kathy waren auf die Schultern der Jungs geklettert und versuchten, sich gegenseitig umzuschubsen. Allerdings wurden alle vier von der nächsten großen Welle umgeworfen. Es dauerte eine ganze Weile, bis sie prustend und kreischend in ihren klatschnassen Klamotten wieder an die Oberfläche kamen. Sie stützten sich gegenseitig, um nicht gleich wieder überspült zu werden. »Oh Gott, ist da was passiert?«, fragte Rachel alarmiert und sprang auf, als sie sah, wie sich Kathy mit schmerzverzerrtem Gesicht an Josh klammerte.

»Entspann dich«, meinte Caleb grinsend. »Das gehört einfach zum Balzverhalten.«

»Ich weiß nicht«, meinte Rachel. »Sieht nicht danach aus.«

Caleb stand auf und klopfte sich den Sand von der Hose. »Ach was ... So, sie kommen raus, anscheinend haben sie sich genug abgekühlt«, stellte er ein wenig schadenfroh fest.

»Ich hatte recht, sie hat sich wehgetan, schau doch«, widersprach Rachel und ging der Clique entgegen. »Brauchst du Hilfe?«, wandte sie sich an das humpelnde Mädchen. »Nein, geht schon«, entgegnete Kathy mit schnatternden Zähnen. Alle hatten blaue Lippen und Bruce' nackte Haut schimmerte unter den Wasserperlen marmorartig in allen möglichen Blau- und Lilatönen. Seine nassen Boxershorts zeichneten darüber hinaus recht deutlich ab, wie kalt das Meer gewesen war.

»Ich muss unbedingt raus aus dem Wind«, keuchte Helen und suchte hinter Bruce Schutz. Sie schnatterte erbärmlich und zwinkerte Rachel keck zu. Peinlich berührt löste Rachel ihren Blick von Bruce' Unterwäsche.

»Was ist passiert?«, fragte nun auch Caleb und betrachtete Kathys am Knie zerrissene Jeans. Sie stand auf einem Bein und klammerte sich an Josh. »Die Strömung hat uns rüber an die Felsen getrieben«, erklärte sie.

»Au!« Caleb betastete vorsichtig ihren Knöchel. »Der wird wohl blau werden«, meinte er schließlich und richtete sich auf. »Kannst du sie tragen?« Die Frage galt Bruce.

»Soll das ein Witz sein? Die heb ich mit dem kleinen Finger«, antwortete Bruce spöttisch. »Nimmst du meine Klamotten?«, bat er Rachel und hob Kathy hoch, als wäre sie aus Styropor.

Brav sammelte Rachel die herumliegenden Kleidungsstücke auf und klopfte den Sand ab.

»Aber ... wie kommt ihr, also, wie kommen wir denn jetzt wieder nach Hause?«, fragte sie skeptisch, während sie sich bemühte, das reichlich durchgefrorene und etwas ernüchterte Grüppchen wieder einzuholen – was in dem tiefen Sand gar nicht so einfach war.

»Na, wie wir hergekommen sind«, antwortete Helen verständnislos und wrang ihren Schlabberpulli aus, der ihr nun fast bis zu den Kniekehlen reichte.

»Ich meine ...«, versuchte es Rachel noch einmal. »Ihr seid patschnass ... und mit Kathys Fuß ...« Sie sah sich bereits stocknüchtern zwischen klitschnassen, nach Algen stinkenden Klamotten und tropfenden Haaren auf der Hinterbank eingequetscht. Diese Aussicht fand sie insgeheim nicht besonders prickelnd, mit oder ohne Cider.

Caleb hatte den Wagen als Erster erreicht. Er ließ die leere Flasche in einen Papierkorb neben dem Wagen gleiten und öffnete den Kofferraum. Er half Kathy, sich hineinzusetzen, reichte ihr und Josh Verbandszeug aus einer Seitenklappe und wandte sich dann an Rachel. »Ich kenne die Bande schon etwas länger«, meinte er locker und warf jedem seiner Freunde ein Handtuch oder eine Decke zu, »und bin auf alles vorbereitet.«

»Danke schön«, sagte Bruce zu Rachel, während er ihr seinen Kleiderstapel wieder abnahm.

Rachel wischte sich ein paar Meerwassertropfen aus dem Gesicht und murmelte »gern geschehen«.

In der Zwischenzeit hatten sich die anderen bis auf die Unterwäsche ausgezogen, die nassen Klamotten in den Kofferraum geworfen und waren in ihre Handtücher oder

Decken gehüllt ins Auto geklettert. Nur Helen hatte sich gar nicht erst die Mühe gemacht und ihre nassen Sachen unter dem Handtuch einfach anbehalten. So war sie als Erste fertig und hatte mumienartig von oben bis unten eingemummelt einen Fensterplatz ergattert.

Caleb verkniff sich mühsam ein Grinsen, als er Rachels Gesichtsausdruck sah. Da sie die Letzte war, musste sie sich wohl oder übel irgendwo obendrauf setzen. »Du kannst natürlich auch mit dem Bus fahren«, schlug er vor.

Rachel funkelte ihn an, stieg ein und kletterte über nackte Haut und nassen, kalten Stoff, bis sie eine einigermaßen unverfängliche Sitzposition gefunden hatte. So leicht war sie nicht aus der Fassung zu bringen. »Sonst noch was?«, zischte sie ihm zu.

Die anderen, auch Kathy, hatten zu ihrer Ausgelassenheit zurückgefunden und ließen während der ganzen Fahrt mit ausladenden Gesten den Strandausflug noch einmal Revue passieren.

Caleb hatte die Heizung und das Gebläse voll aufgedreht und es roch nach einer Mischung aus altem Auto, Algen und Cider. Rachel blickte still aus dem Fenster. Diesmal verkniff sich Caleb, das Lenkrad in den Kurven ein wenig mehr zu verreißen als notwendig.

»Hey! Kommst du mit duschen, Träumerin? Dir muss doch auch eiskalt sein?«, riss Kathy sie aus ihren Gedanken. »Scheißsommer, oder?«

»Duschen?«, wiederholte Rachel blöd und hätte sich im nächsten Moment dafür ohrfeigen können.

»Das ist, wenn man Wasser in einer frei gewählten, individuellen Wohlfühltemperatur, bestmöglich unter dem Einsatz von Seife oder sogenanntem Duschgel zur Vermeidung von Erkältungskrankheiten oder Dreck über den Körper laufen lässt«, erklärte Bruce prompt in einem Atemzug. Die anderen kicherten.

Kathy schmiegte sich an Josh. »Hey oder können wir nicht in den Pool im Schloss?«

»Negativ«, erklärte Bruce. »Den Schlüssel hat der Wolf.«

Rachel verstand nur Bahnhof. »Welcher Wolf denn? Der mit den sieben Geißlein?«

Helen kicherte albern. »Eher der aus Rotkäppchen.« Aber niemand lachte mit, eine kurze Pause entstand.

»Der Wolf wohnt über dir. Komischer Typ, ständig irgendwohin verreist. Es heißt, er würde neben dem Studium in der Firma seines Vaters arbeiten. Ansonsten weiß keiner so genau, was er macht«, erklärte Bruce schließlich.

»Außer Herzen brechen«, sagte Kathy.

»Und schwimmen«, ergänzte Josh. »Er kann gut mit dem Hausmeister. Und nach unsrer letzten Party ...« Er grinste vielsagend und die Mädchen kicherten. »... Na, jedenfalls hat er jetzt die Schlüsselhoheit und das Ding dummerweise mitgenommen, als er wieder mal verschwunden ist.«

»Das heißt, es gibt ein Schwimmbad im Schloss, zu dem nur dieser Wolf Zugang hat? Und der ist ständig unterwegs, sodass niemand reinkommt?«, fasste Rachel stirnrunzelnd zusammen.

»So ist es«, bestätigte Helen und beugte sich nach vorn.

»Hey, wir könnten doch auf den Campus fahren, in die Sportanlagen? Ob die offen sind? Was meint ihr?«, fragte Bruce in die Runde.

»Und wieso Wolf?«, hakte Rachel noch einmal nach.

»Weil er so heißt«, erklärte Helen achselzuckend. »Grayson Wolf.«

»Das ist doch kein Name, das ist ein Klischee«, fand Rachel.

Die anderen prusteten los. »Ja, so könnte man es sehen«, stimmte Caleb zu und sah sie im Rückspiegel lange an.

Die Sportanlagen waren verschlossen und so blieb Rachel der Anblick von noch mehr nackter Haut fürs Erste erspart. Sie war bestimmt nicht prüde, aber bevor sie sich mit fremden Leuten unter die Dusche stellte, wollte sie doch zumindest gern die Nachnamen wissen – und dazu Macken, Vorlieben oder Führungszeugnis ... Jedenfalls war sie froh, die Wohnungstür hinter sich zuzuziehen. Auch wenn sie den restlichen Tag für sich war, hatten sich Dads Befürchtungen, sie würde vielleicht nur schwer Anschluss finden, in keinster Weise bewahrheitet.

2

Am nächsten Tag boten Kathy und Helen Rachel an, ihr die Stadt zu zeigen. Obwohl sie mit ihrem Vater schon ein wenig auf Besichtigungstour gewesen war, würde das sicher etwas ganz anderes werden!

Kathys Fuß leuchtete inzwischen in mindestens drei ineinander verlaufenden Farben und war um das Doppelte angeschwollen, weswegen sie sich in ultrabreite Sandalen gequetscht hatte. Aber da sie langsam gingen, war das kein Problem.

Gegen Mittag kam die Sonne heraus und es wurde schlagartig wärmer. Die Mädchen setzten sich in eines der zahllosen Straßencafés im Hafenbereich, um eine gefüllte Teigtasche zu essen und etwas zu trinken. Über ihnen kreischten die Möwen. »Ibff liebe diewwe Dimmber«, brachte Kathy mit vollem Mund und geschlossenen Augen hervor. Rachel streckte ihr Gesicht der Sonne entgegen. »Fast wie Urlaub«, murmelte sie schläfrig.

»Ja, das ist schon echt Luxus, hier zu studieren«, gab ihr Helen recht. »Obwohl New York und Paris auch nicht übel waren.«

Rachel fuhr hoch. »Du hast in New York und Paris gelebt?«

Helen zuckte beiläufig mit den Schultern, als ob es das normalste der Welt wäre. »Mein Vater ist im diplomatischen Dienst. Aber auf Tokio hatte ich keine Lust, also hab ich mich abgesetzt.«

»Nach Cornwall«, sagte Rachel trocken und schüttelte verständnislos den Kopf. »Voll die Alternative.«

»Na, es ist doch so«, erklärte Helen. »Franzosen sind echt süß. Aber japanische Jungs, das geht gar nicht. Die sind doch viel zu klein geraten.« Sie machte eine vielsagende Geste mit Daumen und Zeigefinger.

»Willst du damit sagen, dass ...?« Rachel wurde rot.

Helen zwinkerte ihr zu. »Die cornischen Jungs sind mir lieber. Und hier in der Provinz ist bestimmt ...« Sie brach ab, als plötzlich ein Schatten auf sie fiel.

»Guten Tag, die Damen. Haben Sie denn auch die Kurtaxe bezahlt und den Extratarif für den strahlenden gelben Ball da oben? Sonst ziehen wir die Vorhänge nämlich gleich wieder zu.«

»Caleb?«, sagte Rachel überrascht und verschluckte sich fast an ihrer Limonade. »Was machst du denn hier?« – Und wie lange hast du uns schon zugehört, fragte sie sich im Stillen.

»Ich arbeite um die Ecke«, erklärte Caleb mit einer Geste über die Schulter. »Haben dir das die Damen nicht verraten?« Er lächelte sein blitzweißes Zahnpastawerbelächeln. Entweder war er ein guter Schauspieler oder er hatte wirklich nichts von Helens Ausführungen mitbekommen.

»Wir haben auch genug Themen, die nichts mit dir zu tun haben«, gab Helen eine Spur zickiger zurück als nötig. »Warum arbeitest du bei dem traumhaften Wetter überhaupt?«

»Nicht alle von uns wurden auf der Sonnenseite des Lebens geboren«, erklärte er ebenso kryptisch wie theatralisch. »Aber wir machen das Beste daraus, nicht wahr, Helen? Du hattest übrigens recht mit der Unwucht bei meinem Auto, Rachel. Danke für den Tipp! Ich schulde dir ein Eis – aber unter Ausschluss der Öffentlichkeit.« Er grinste sie an, schulterte eine Art Seesack, der Rachel bis dahin noch gar nicht aufgefallen war, und ging.

»Was war das denn?«, wunderte sich Kathy.

»Ach, wir haben unterschiedliche Ansätze, was das Thema Geld angeht. Ist ja auch egal.« Helen hob die Schultern und sah Rachel forschend an. »Schätze, unser Sonnyboy steht auf dich.«

»Pff«, machte Rachel und biss in ihre Teigtasche. »Welpbffe Ehre«, nuschelte sie kauend.

»Oh, eine Menge Mädchen würden dich beneiden«, meinte Kathy und schielte vielsagend zu Helen herüber. »Der Gute ist ziemlich wählerisch.«

Helen rührte so heftig mit dem Strohhalm in ihrer Limonade herum, dass er abknickte. »Na ja, er ist immer schon der Schulschwarm gewesen«, erklärte sie dann betont locker. »Sieht gut aus, spielt in einer Band, kann sich bewegen, hat was in der Birne ... und in der Hose – Mädels stehen auf so was.«

»Kann sein«, sagte Rachel und musste schmunzeln. »Das kann ich nicht beurteilen.« Ihre neue Freundin war manchmal ziemlich direkt.

»Tja«, meinte Helen und feixte. »Hättest dich nicht so zieren dürfen, was das Duschen angeht. Aber die nächste Chance kommt bestimmt!«

Rachel wurde rot. Helen war sogar sehr direkt! »Da war ja wohl euer Wolf dran schuld«, konterte sie mit gespielter Empörung, um irgendwie das Thema zu wechseln.

»Ist klar, Rotkäppchen, das kannst du deiner Großmutter erzählen«, mischte sich nun auch Kathy ein. »Apropos

Wolf, lass dich ja nicht vom rechten Weg abbringen, wir haben dich gewarnt!«

»Keine Blumen pflücken, direkt zu Oma«, mahnte Helen mit erhobenem Zeigefinger. »Sonst pflückt er nämlich dich und du endest mit gebrochenem Herzen in seinem immer größer werdenden Blumenstrauß, wenn du verstehst, was ich meine.«

Rachel faltete die Hände vor der Brust und machte augenklimpernd eine demütige Geste. »Danke für die Warnung.«

»Gutes Kind«, lobte Kathy. Alle drei lachten. »Wollen wir weiter? Wir müssen dir unbedingt noch den coolsten Klamottenladen in der Stadt zeigen!«

»Unbedingt!«, erwiderte Rachel. »Wenn dein Fuß das noch mitmacht?«

Kathy hatte ihren Knöchel auf einem freien Stuhl hochgelegt. Sie nickte energisch. »Hallo? Du stehst hier vor der Shopping Queen! Außerdem würde ich es mir nie verzeihen, wenn du für die Mittsommerparty nächste Woche nichts Unvernünftiges anzuziehen hast.«

Die Tage vergingen und mit ihnen das kühle Regenwetter. Endlich war der Sommer nicht nur kalendarisch angekommen. Rachel traf sich fast jeden Tag mit ihren neuen Freundinnen. Sie spielten Volleyball, zeichneten, hingen am Strand oder in der Stadt ab oder Rachel musste als Schneiderpuppe herhalten. Manchmal strich sie auch einfach alleine durch die Gegend und hing ihren Gedanken nach. Kathy und Josh waren offensichtlich ein Paar und schon länger zusammen. Bruce interessierte sich vorwiegend für seinen Computer und Work-outs. Die Clique hatte es sich offenbar zur Aufgabe gemacht, ihn in regelmäßigem Abstand unter seinen Hanteln hervorzuzerren, damit er nicht sozial inkompatibel wurde, wie Caleb es ausdrückte. Helen flirtete mit allen und jedem und wusste indiskrete Geschichten von fast jedem Ort auf der Welt zu erzählen. Nur aus Caleb wurde Rachel immer noch nicht richtig schlau.

Sie hatte ihn zunächst ins Schubfach Sieht-gut-aus-und-weiß-das-leider-Angeber einsortiert, aber dafür war er phasenweise einfach zu nett und wenn er wollte ausgesprochen charmant und hilfsbereit. Trotzdem hatte er etwas an sich, das Rachel nicht in Worte fassen konnte, ihn aber irgendwie interessant machte. Eine gewisse Aura, wie Rachels Schulfreundin Becky es genannt hätte. Becky ... Rachel nippte an ihrem Frühstückstee und dachte schnell an etwas anderes. Wer war wohl der Mieter über ihr und wann würde sie ihn das erste Mal zu Gesicht bekommen? Aus den anderen hatte sie nicht wirklich viele Informationen über Grayson Wolf herausbekommen. Sie schienen ihn nicht sonderlich gut zu kennen oder kennen zu wollen. Rachel hatte das Gefühl, dass vor allem Caleb Grayson nicht ausstehen konnte. Bloß warum? Sonst kam er doch auch mit jedem klar. Wenn sie Helen Glauben schenkte, war Grayson Wolf der *absolutely sexiest man alive*. Andererseits war das jeder zweite in den hormongesteuerten Augen ihrer neuen Freundin. Rachel vermutete inzwischen also eine Mischung aus Blaubart, Freak und Snob. Auf jeden Fall sehr spannend. Der Typ befeuerte ihre Fantasie.

Aus einer Laune heraus stellte sie ihre Tasse ab, griff nach einer unbenutzten Leinwand und begann zu malen. Dunkle Farben nahmen Gestalt an, dicke Striche tobten über das Leinen. Pastose Blautöne wollten fast das zarte Grün darunter erdrücken. Darüber huschte ein verwischter Schatten im Wolfspelz mit einem langen, buschigen Schwanz, hinterließ graue Narben im zerbrechlichen Grün. Im Hintergrund entstand schemenhaft, wie im Nebel, der gehauchte Umriss einer Frau. Rachel malte, spachtelte, wischte wie in Trance. Schließlich legte sie die Pinsel weg und arbeitete mit den Fingern weiter. Licht, da fehlte Licht, wo war nur das Weiß abgeblieben? Und Gelb, sie brauchte auch Gelb. Und Orange. Sie wühlte zwischen den Tuben in ihrem Farbköfferchen nach freundlicheren, weicheren Tönen. Noch Rot, aber nicht zu viel, nur einen Hauch für die Blumen. Damit es nicht zu düster wurde. Sie arbeitete ohne Zeitgefühl. Die Sonne wärmte und blendete ihr linkes Auge. Sie drehte die Staffelei und arbeitete weiter. Eine Weile später schien ihr das Licht von rechts in die Augen. Rachel verrückte die Leinwand wieder ein Stück und fuhr fort. Irgendwann legte sie die Palette aus der Hand, stand auf und durchquerte den Raum. Unschlüssig betrachtete sie das Ergebnis aus ein paar Metern Abstand. Sie musste lachen, obwohl ihr Werk eher einen düsteren Charakter angenommen hatte. »Hallo Rotkäppchen«, flüsterte sie und wischte sich mit dem Handrücken eine Haarsträhne aus ihrer verschwitzten Stirn. Es klingelte.

Rachel war ganz froh darüber. Sie rieb ihre beschmierten Hände an einem Stück Stoff ab und ging zur Tür.

Es war der Postbote mit einem Paket von zu Hause und an ihm vorbei quetschte sich Helen in ihre Wohnung. »Zeit für 'nen Kaffee?«, lud sie sich selber ein, setzte eigenmächtig Wasser auf und beobachtete, welche Schätze Rachel aus dem Karton ans Licht förderte.

»Meine Eltern glauben immer, ich verhungere hier in der Provinz«, erklärte Rachel lachend, als sie ihre Lieblings-Erdnussbutter, selbst gekochte Marmelade und drei Tafeln Schokolade herausfischte. Das Marmeladenglas war bruchsicher in ein Paar selbst gestrickte Socken gehüllt. »Und erfrieren wirst du auch nicht«, stellte Helen belustigt fest. »Ringelsocken – süß, wie retro!!«

»Ja, ich steh auf Mamas selbst gestrickte Socken.« Zum Beweis wollte Rachel das Paar gleich anziehen, bemerkte aber gerade noch rechtzeitig den Farbklecks auf ihrem rechten Fuß. »Bin gleich wieder da«, erklärte sie Helen und huschte ins Bad, um sich Hände und Füße gründlich abzuschrubben. »Kaffeepulver steht auf der Anrichte. Milch ist im Kühlschrank«

»Ich weiß«, gab Helen zurück und machte sich ans Werk. »Einen Milchschäumer könnten sie dir mal schicken, damit wir nicht immer den Schneebesen missbrauchen müssen!«

»Ah ja?«, gab Rachel zurück und lugte spitzbübisch aus dem Badezimmer.

»Das kannst du meinem Papa ja mal selber sagen ... Na, spuck's schon aus, warum bist du eigentlich hier? Ich seh doch, dass du irgendwas loswerden willst«, fragte Rachel und hüpfte auf dem bereits trockenen Bein und mit dem Handtuch in der Hand zurück an den Küchentisch. Helen stellte ihr eine dampfende Kaffeetasse vor die Nase und grinste breit. »Stell dir vor, ich hab jemanden kennengelernt.«

»Ah ja.« Rachel zog die Augenbrauen hoch. »Und was gibt's Neues?«

»Nein, diesmal ist es wirklich was Ernstes«, widersprach Helen aufgeregt. »Ich glaube, er ist wirklich in mich verliebt und will mich nicht nur flachlegen. Ehrlich. Du wirst ihn kennenlernen, er kommt auch zur Party am Freitag, ich hab ihn eingeladen. Wenn jetzt noch das Wetter mitspielt ...« Sie seufzte selig und starrte zwei Sekunden lang mit verklärtem Blick ins Leere. Dann platzte sie plötzlich heraus: »Oh Gott, was soll ich anziehen, Rachel? Wir müssen ganz dringend noch mal shoppen gehen!«

Rachel streckte sich. »Helen, wir waren vergangene Woche dreimal einkaufen! Ich wäre froh, wenn ich so viele Klamotten hätte wie du! Lass dir doch einfach von Kathy was auf den Leib schneidern, sie wird dich dafür lieben!«, schlug sie ihrer Freundin vor. »Du glaubst doch nicht ernsthaft, dass du nichts zum Anziehen hast, oder?«

»Nein, aber nichts zum Aus-zie-hen!« Helen fing an zu lachen und verschluckte sich dabei an ihrem Kaffee. Rachel musste der hustenden Freundin erst ein paar Mal kräftig auf den Rücken klopfen. »Geht's wieder?«, fragte sie, als Helen schließlich abwinkte und nach Luft schnappte. Sie sah sie mit tränenden Augen und hochrotem Kopf an und nickte.

»Das kommt davon«, behauptete Rachel schadenfroh. »Schicke Wäsche also«, griff sie den Gedanken wieder auf. »Victoria's Secret, Marks and Spencer ... was soll's sein?« Helen zuckte mit den Achseln und schnitt eine beleidigte Grimasse.

»Weißt du«, begann Rachel und nahm einen großen Schluck Kaffee, »es geht mich ja nichts an, aber hast du schon mal drüber nachgedacht, es zur Abwechslung mal langsam angehen zu lassen, wenn es dir so ernst ist mit diesem Kerl – wie heißt er überhaupt?«

»Tim«, flötete Helen und der Anflug von Kränkung verschwand so schnell aus ihrem Gesicht, wie er gekommen war. »Und er sieht so gut aus und hat solche Oberarme und ein sooo großes Herz!« Sie breitete theatralisch die Arme aus und strahlte Rachel über ihre Kaffeetasse hinweg an.

»Na, dann erst recht«, beharrte Rachel. »Lasst euch Zeit, lern ihn kennen, redet, unternehmt was zusammen!«

»Er kommt auf die Party«, wiederholte Helen. »Das ist ein Anfang, oder?« Ihre Miene verdunkelte sich. »Und ich hab nichts auszuziehen.«

»Anzuziehen«, berichtigte Rachel und schüttelte den Kopf. »Genau das meine ich. Das ist euer erstes Date, richtig?«

Helen nickte.

»Dann lass es allerhöchstens beim Knutschen, versprochen? Du willst doch, dass es diesmal klappt.«

Helen nickte erneut und setzte einen Hundeblick auf: »Und wenn er, also ich ... na, wenn wir nicht aufhören können?«

Rachel verdrehte die Augen. Gleichzeitig stand sie auf, um die Tür zum Arbeitszimmer zu schließen, da sie immer wieder von ihrem Bild abgelenkt wurde.

»Hey, was ist das denn?«, wollte Helen sofort wissen. »Cool – hast du daran vorhin gearbeitet?«

Rachel wollte das Bild nicht zeigen. Überrascht stellte sie fest, dass ihr sogar das Gespräch darüber unangenehm war. »Es ist noch nicht fertig«, log sie und wollte die Tür zuziehen. Aber Helen ließ sich nicht abwimmeln und huschte in den kleinen Raum. Gedankenverloren betrachtete sie die feuchte Leinwand. »Unheimlich, oder? So plastisch. Und irgendwie ... sexuell ...« Sie zwinkerte Rachel verschwörerisch zu, wurde aber gleich wieder ernst. »Davon krieg ich

Gänsehaut. Das sollte auf jeden Fall mit in deine Mappe. Es ist gut, echt jetzt!«

»Meinst du?«, fragte Rachel unsicher.

»Wenn ich's dir sage«, bestätigte Helen überzeugt und sah auf ihre Uhr. »Ups, ich muss los. Tim wollte anrufen und ich hab mein Handy unten vergessen. Mach's gut, Schätzchen. Wir sehn uns.« Sie drückte Rachel einen Kuss auf die Wange und verschwand genauso schnell, wie sie hereingeplatzt war.

Unschlüssig betrachtete Rachel ihr Werk. »Sexuell«, wiederholte sie. »Pff.« Dann zog sie entschieden die Tür hinter sich zu.

Endlich war der Abend gekommen, dem Helen so lange entgegengefiebert hatte. Den halben Tag hatten quasi alle anwesenden Bewohner des Schlosses damit verbracht, Vorbereitungen für die Party zu treffen. So wurden nach und nach die Eingangshalle und das Treppenhaus geschmückt, die Auffahrt mit bunten Luftballons und Fackeln versehen, Tische und Bänke auf der Terrasse und im Garten aufgestellt, die Musikanlage aufgebaut und schließlich Getränke, Gläser und Kühlanlage herangeschafft und angeschlossen. Als endlich auch die Bowle, diverse Salate und der Grill einsatzbereit waren, blieb gerade noch eine Stunde, bis die ersten Gäste kamen.

»Was für ein Aufwand«, staunte Rachel und drapierte schnell noch ein paar der unzähligen Rhododendronblüten aus dem Schlosspark in einer Vase.

»Mittsommer halt«, meinte Josh knapp und verfolgte mit dem Schraubenzieher bewaffnet irgendein Kabel zu einem der Verstärker. »Hauptsache, der Hausmeister drückt ein

Auge zu«, sagte Helen, die nervös auf ihren Fingernägeln herumbiss.

»Dafür ist Caleb zuständig«, meinte Kathy und zog ihrer Freundin die Finger aus dem Mundwinkel, damit sie sich vor lauter Aufregung nicht noch selbst verstümmelte. »Wo steckt der eigentlich?«

»Muss noch arbeiten, kommt später«, rief Bruce.

»Und was sagen die Nachbarn?«, fragte Rachel skeptisch.

»Sind eingeladen«, antwortete Josh knapp, während er ein Bierfässchen scheppernd an ihnen vorbeirollte.

Irgendwie waren die Jungs heute extrem wortkarg, stellte Rachel stirnrunzelnd fest.

»Los jetzt, höchste Eisenbahn, ab unter die Dusche!«, drängelte sich Helen in ihre Gedanken und zog Kathy und Rachel mit sich ins Gebäude.

Erst in der angenehmen Kühle der alten Steinmauern bemerkte Rachel, wie sehr sie draußen geschwitzt hatte. Die Mädchen hielten einen Augenblick inne und genossen schweigend den Temperaturunterschied. Seit dem Vortag war es fast unerträglich schwül und drückend, und sosehr sie davor den Sommer und die Wärme herbeigesehnt hatte, so sehr wünschte Rachel sich jetzt ein abkühlendes Gewitter. Doch noch sah nichts danach aus. Kein Lüftchen regte sich – »Und das am Meer«, seufzte Rachel leise.

»Hast du was gesagt?«, fragte Kathy, die ihre Stirn an der Steinwand kühlte.

»Los, kommt schon!« Helen war bereits auf dem ersten Treppenabsatz angelangt. »Wie wollt ihr das nur schaffen mit Duschen und Schminken und Umziehen?«

Rachel betrachtete ihre Klamotten. Sie trug ein verschwitztes T-Shirt und Jeans, die nach diesem Tag den Begriff *Used Look* mehr als verdienten. »Wieso? Ich dachte, ich geh so?«, neckte sie die Freundin.

»Das meinst du nicht im Ernst, oder?«, sprang Helen prompt darauf an.

»Doch, klar, warum nicht?«, fiel nun auch Kathy todernst mit ein. »Letzte Woche hast du noch gesagt, das T-Shirt würde Rachel supergut stehen!«

Als sie Helens entgeisterten Gesichtsausdruck sahen, konnten sich die beiden nicht länger halten.

»Na los, wer als Erste mit Duschen fertig ist! Gestylt wird bei mir«, schlug Rachel vor, überholte Helen mit einem freundschaftlichen Klaps auf den Po und rannte die Treppe hinauf.

»Bist du verrückt?«, rief ihr Helen hinterher. »Bis ich bei dir bin, bin ich ja schon wieder durchgeschwitzt. Komm du mal hübsch runter, liegt eh auf dem Weg!«

Als die drei Freundinnen in ihren leichten Sommerkleidern und Pumps die Freitreppe herunterstöckelten, wummerten ihnen von draußen bereits die Bässe der Musikanlage entgegen. Helen trug als einzige lange Ärmel, angeblich wegen ihrer Sonnenallergie, aber Rachel vermutete, dass sich ihre Freundin wegen ihrer etwas üppigen Oberarme zierte, denn sie rannte grundsätzlich mit Strickjäckchen herum. Stattdessen zeigte sie gern viel von ihrem üppigen Dekolleté. Aber bitte, jeder hatte seine Baustellen. Rachel fand dafür ihren Busen viel zu klein im Verhältnis zu ihrem Po.

Schlagartig wurde sie aus ihren Gedanken gerissen, als ihr irgendein Typ ein Glas Sekt in die Hand drückte.

»Wahnsinn, wie viele Leute habt ihr denn eingeladen?«, brüllte Rachel gegen den Lärm in Kathys Ohr.

»Keine Ahnung«, gab die grinsend zurück. »Jeder lädt jeden ein und der bringt meistens auch noch jemanden mit, da verliert man den Überblick. Dafür schmeißen die Gäste von außerhalb ein paar Pfund in unsere aufgestellten Spendentöpfe und von dem Überschuss finanzieren wir unsere nächsten Flurpartys im kleinen Rahmen – und den Reinigungsdienst. Das war mal eine von Calebs konstruktiven Ideen. Und jetzt komm, lass uns tanzen!«

Kathy nahm ihr das Sektglas aus der Hand, stellte es auf einen der Tische und zog Rachel mit sich auf die Tanzfläche zwischen den großen Buchen gleich unterhalb der Terrasse. Die Jungs hatten einen Teil der Lautsprecher direkt in die Äste gehängt und Rachel fragte sich einen Augenblick lang, wie die armen alten Bäume diese Zwangsbeschallung wohl fanden. Vielleicht würden sie vor Schreck am nächsten Morgen alle Blätter fallen lassen. Dann gab sie sich dem Wummern der Bässe in ihrem Bauch hin und tauchte in die Musik ein. Sie schloss die Augen. Es roch nach Blumen, Aftershave und Bowle und schon nach wenigen Minuten klebte ihr das Kleid bereits auf der Haut, als hätte sie überhaupt nicht geduscht. Sie hoffte nur, dass ihr Deo hielt. Als ihr irgendjemand auf die Schulter klopfte, blinzelte sie mürrisch. Ein sommersprossiges Gesicht mit rotblonden Bartstoppeln und Pickeln auf der Nase grinste sie unbeholfen an. »Tanzen wir?«

Bevor Rachel antworten konnte, drängte sich eine Gestalt zwischen sie und den fremden Jungen, nahm ihre Hand und zog sie ein Stück weiter. »Tut mir leid, die junge Dame ist vergeben.«

»Caleb!?«, sagte Rachel überrascht.

»Ich wohne hier, schon vergessen?«, gab er zurück.

»Und das gibt dir das Hausrecht? Vielleicht wollte ich mit diesem Kerl tanzen?«

»Das hat zwar nicht so ausgesehen ...«, gab Caleb zurück. »... aber bitte!« Er führte sie in eine Pirouette, drehte sich mit ihr und hielt dann suchend Ausschau nach seinem Konkurrenten. »Den werden wir schon wiederfinden!«

»Nein«, kreischte Rachel und stützte sich einen Augenblick an Caleb ab, um nicht das Gleichgewicht zu verlieren. Wieso hatte sie sich von Helen nur in diese hohen, wackeligen Pumps quatschen lassen? Sein Herz schlug hart gegen ihre Hand. Als hätte sie einen elektrischen Schlag bekommen, nahm Rachel sie von seiner Brust. Caleb beugte sich zu ihrem Ohr herunter. Sie konnte seinen Atem an ihrem Hals spüren und sein Eau de Toilette riechen. »Du siehst übrigens umwerfend aus«, hauchte er.

»Ähm ... wollen wir was trinken?«, fragte Rachel und bemühte sich, die Fassung zu bewahren. Er roch gut. Ziemlich gut sogar. Und er ließ einfach nicht ihre Hand los. Oder sie seine? Was passierte hier gerade? War das der Sekt? Und wo waren verflixt noch mal die Mädels, wenn man sie brauchte? Suchend sah sie sich um, doch in dem Gedrängel und der einsetzenden Dämmerung waren sie nicht auszumachen.

»Na, soll ich ihn dir doch ausrufen lassen?«, fragte Caleb heiter, während sie sich einen Weg durch die schwitzende Menge in Richtung des Weintresens bahnten. Falsche Frage! Unvermittelt ließ Rachel seine Hand los.

»Nein danke«, fauchte sie eine Spur gröber, als sie eigentlich beabsichtigt hatte. »Verscheucht ist verscheucht.«

»Fandest du den wirklich gut?« Als sie seinen bestürzten Gesichtsausdruck sah, musste sie nun doch lachen. »Nein, ich steh eher auf ...« Sie brach ab, wischte sich rasch eine Haarsträhne aus dem Gesicht und lächelte süßlich. »Das werd ich dir doch nicht erzählen.« So, jetzt hatte sie sich wieder unter Kontrolle.

»Schade«, meinte Caleb. »Bowle?«

Rachel nickte nervös und sah sich um. »Hast du irgendwo Helen oder Kathy gesehen?« Hier hinten war die Musik etwas leiser, aber um den anderen verstehen zu können, musste man immer noch sehr gut im Lippenlesen sein oder sich verflixt nahe kommen.

Caleb verneinte mit einem Kopfschütteln, nippte an seinem Getränk und musterte Rachel interessiert.

Sie wich seinem Blick aus und spielte an ihrem Glas herum. »Was weißt du eigentlich von diesem Wolf?«, fragte sie, um das Gespräch irgendwie in Gang zu bringen. »Heißt er wirklich so? Studiert er auch an der Uni? Und wieso hat ausgerechnet er den Schlüssel zu diesem Pool?«

»Wieso interessiert dich ein Kerl, den du noch nie gesehen hast?«, fragte Caleb und nestelte etwas steif an seinem Kragen herum.

»Ich frag mich nur, warum alle so ein Geheimnis um den Typen machen?«, erwiderte Rachel. »Natürlich macht mich das neugierig.«

Caleb zuckte mit den Schultern und leerte seine Bowle in einem Zug.

»Los, komm, lass uns wieder tanzen gehen.«

»Ich hab noch gar nicht ausgetrunken«, protestierte Rachel, aber Caleb zog sie mit sich.

Auf der Tanzfläche erspähte sie endlich auch Kathy, die von Josh auffordernd angetanzt wurde. Sie ließ in seinem Rhythmus ihre Hüften kreisen und bewegte sich aufreizend vor ihm auf und ab. Rachel wünschte sich, so tanzen zu können.

»Ganz schön heiß, oder?«, brüllte Caleb ihr ins Ohr. Rachel wusste genau, dass er nicht nur die abendlichen Temperaturen meinte. Entschlossen wandte sie sich ab und tanzte ein paar Meter entfernt von Caleb und dem Duft seines Aftershaves oder Eau de Toilette oder was auch immer heute Abend so gut an ihm roch. Ihr Blick glitt suchend über die Köpfe, irgendwo mussten doch noch ein paar bekannte Gesichter sein. Bruce lehnte mit einer Flasche Bier am Rand der Tanzfläche und nickte ihr zu, hackte aber gleich darauf wieder irgendetwas in sein Smartphone. Dann geriet sie erneut in Augenkontakt mit dem Rothaarigen, der das anscheinend als Einladung wertete und sich prompt mutig näher tanzte.

Rachel seufzte leise, aber warum nicht. Außerdem war sie diebisch gespannt auf Calebs Reaktion – falls der überhaupt noch guckte. Der Rotblonde war ein erstaunlich guter Tänzer. Beim nächsten Song wechselte er plötzlich forsch zu Standard und Rachel fand sich mit einer Hand auf seinem Oberarm und der anderen an seinem Rücken wieder. Zum Glück schwitzte er nicht besonders und Rachel entschuldigte sich insgeheim für ihr vorschnelles Schubfachdenken.

»Kannst du Discofox?«, brüllte er gegen die Musik an und schleuderte sie herum. Rachel nahm das als rhetorische Frage und versuchte zu lächeln. Leider hatte er Mundgeruch. Das Schubfach öffnete sich wieder ein wenig. »Wie heißt du eigentlich?«

»Bob!«

»Aha.«

»Und du?«

»Rachel.«

Wieder Funkstille.

Caleb war nirgendwo zu sehen. Dafür tanzte irgendwo weiter hinten Helen mit einem Typen, der wohl ihr neuer Freund sein musste. Zumindest hatte er die Hand auf ihrem Po und still lag die nicht, soweit Rachel das in der kurzen Zeit sehen konnte.

Dann legte der DJ plötzlich ein langsames Stück auf. Rachel wollte sich aus Bobs Umklammerung befreien. Jetzt wäre Calebs Einmischung genau richtig gewesen oder wenigstens ein Kaugummi für ihren Tanzpartner. Aber wahrscheinlich amüsierte Caleb sich irgendwo im Hintergrund und trank dazu seine dritte oder vierte Bowle.

»Ich brauch was zu trinken«, behauptete Rachel.

Bob sah ihr enttäuscht hinterher, als sie sich durch die Menge drängte.

Rachels Füße schmerzten. Die Pumps waren viel zu eng und sie spürte, wie sich am kleinen Zeh bereits eine Blase bildete. Sie bemühte sich, Blickkontakt zu Helen herzustellen, aber die knutschte selig mit ihrem Freund herum.

Rachel steuerte eine freie Bank an und setzte sich. Dem Himmel sei Dank kam Bob nicht auf die Idee, ihr zu folgen. Er hatte sich offenbar ein neues Opfer gesucht. »Viel Erfolg«, brummte sie und rieb sich den Knöchel.

»Erfolg? Wobei?« Rachel zuckte zusammen. Wie aus dem Nichts war Caleb neben ihr aufgetaucht. Er hatte zwei Gläser Wein in der Hand. »Darf ich?«, fragte er diesmal bescheiden.

Rachel nickte und er setzte sich zu ihr. »Meine Füße bringen mich um«, stöhnte sie und nahm einen Schluck.

»Hmm. Der ist gut. Aber ich glaube, ich brauche demnächst mal ein Wasser. Ich krieg jetzt schon Kopfschmerzen ...«

»Wird gleich erledigt, gnädiges Fräulein«, erwiderte Caleb schmunzelnd. »Tut mir übrigens leid wegen vorhin. Sonst bin ich nicht so dreist«, fügte er unvermittelt hinzu. »Ich glaub, die haben mir zu viel Rum in die Bowle getan.«

Rachel runzelte die Stirn. »Was soll dir denn leidtun?«

Caleb guckte schelmisch. »Na, dass ich meinen Konkurrenten so ins Abseits katapultiert habe.«

»Siehst du dich wirklich auf einem Level mit 'nem Typen mit Pickeln und Mundgeruch?«

Caleb verzog säuerlich das Gesicht. Rachel feixte.

»Okay. Eins zu null. Freundschaft?«, fragte Caleb schließlich.

»Freundschaft«, bestätigte Rachel und stieß mit ihm an. Dann sah sie wieder zur Tanzfläche.

»Und wie gefällt dir die Party bisher?«, fragte er nach einer Weile.

»Ist cool«, erwiderte sie, ohne ihn anzusehen. Was machte Helen da bloß? Rachel hatte starke Bedenken, ob sich ihre Freundin wirklich an die Abmachung halten würde. Und Kathy und Josh waren auch aus ihrem Blickfeld verschwunden.

»Du hast nach Grayson gefragt«, begann Caleb.

Seine Worte verfehlten ihre Wirkung nicht. Schwungvoll wandte sie sich wieder zu Caleb um. »Der Typ ist einfach kein guter Umgang. Er wird mit dem Tod eines Mädchens in Verbindung gebracht. Und ich möchte dich lieber sehr lebendig sehen, okay?«

Was sollte das denn bedeuten? Leider hatte sie keine Chance, genauer nachzufragen. Denn ehe sie begriff, was als Nächstes geschah, berührten seine leicht geöffneten Lippen die ihren. Ganz sanft nur und kurz, nicht einmal zwei Sekunden lang. Rachel fuhr zurück. Eine Schweißperle löste sich zwischen ihren Brüsten und glitt kribbelnd zu ihrem Bauchnabel hinab. Sie brauchte Luft.

Plötzlich war die Musik zu laut, der Wein zu süß, die Bank zu hart. Sie sprang auf und rannte stolpernd davon.

3

Rachel war verwirrt. Calebs Lippen hatten einen Abdruck auf ihrem Mund hinterlassen, den sie nicht wegwischen konnte. Es brannte nicht, es vibrierte nicht und fühlte sich weder warm noch kalt an. Dafür war dieser Kuss viel zu leicht gewesen. Ein Hauch von Atem, der immer noch in ihr nachebbte.

Sie rannte am Schloss entlang, immer weiter weg, nur weg von dem fröhlichen Feiern auf der Terrasse mit ihren bunten Lichterketten, dem Lachen und der lauten Musik. Das Kopfsteinpflaster und ihre schmerzenden Zehen zwangen sie schließlich, das Tempo zu verlangsamen. Selbst hier, im Halbdunkel des betörend duftenden, blauregenverwucherten Bogenganges hallten die Bässe der Musikanlage in ihrem Bauch nach. Das Herz klopfte ihr bis zum Hals. Sie stakste in Richtung des Gewölbekellers und blieb mit einem Absatz zwischen den Steinen stecken. Warum zum Kuckuck hatte sie immer noch diese blöden Pumps an? Rachel schlüpfte aus den Schuhen und stützte sich leise fluchend an der Mauer ab, die immer noch die Wärme des drückend heißen Sommertages abstrahlte. Das Moos fühlte sich wohltuend klamm unter ihren Fußsohlen und zwischen den Zehen an. Sie lehnte sich mit dem Rücken an die Wand und blieb einen Augenblick stehen. Durchatmen ... Caleb ... Sie fuhr mit Zeige- und Mittelfinger die Kontur ihrer Lippen nach. Warum hatte er das getan? Er konnte jede haben. Alle Mädchen waren verrückt nach ihm. Was wollte er ausgerechnet von ihr? Er kannte sie doch noch gar nicht richtig? Lag das wirklich nur an dem Rum in der Bowle?

Ein leises Geräusch ließ Rachel innehalten. Ein Seufzen, gefolgt von einem Scharren. Rachel hielt den Atem an. Da war es wieder, ganz kurz nur. Dann schweres Atmen. Und wieder Stille. Was war das? Ein Tier? Das Rascheln kam aus einer Nische im Bogengang. Neugierig tastete sie sich näher heran, die Pumps, in jeder Hand einen, mit den Absätzen voraus wie eine Waffe umklammert. Vielleicht irgendein Betrunkener, dem es nicht gut ging?

Vorsichtig näherte sich Rachel dem Geräusch. Die intensiv duftenden Rhododendren und der Blauregen boten ihr weitgehend Deckung. Sie schlich weiter, bis sie etwa auf Höhe einer kleinen Nische war, und stieß sich prompt ihren nackten Fuß an einer der Steinbänke, auf denen man die Aussicht auf den Park genießen konnte. Genau so eine wie die, auf der Caleb sie eben geküsst hatte. Ihr Herzschlag beschleunigte sich, als sie wieder daran dachte. Von wegen Freundschaft!

Plötzlich hörte sie ein neues sonderbares Geräusch, als ob Stoff zerriss. Und dann eindeutig menschliche Stimmen, mindestens zwei. Rachel konnte kein einziges Wort verstehen. Ein leises Kichern drang zu ihr – die Stimme einer jungen Frau –, abrupt unterbrochen durch ein weiteres Stöhnen. Auf einmal hörte sie einen anderen Laut, ein lang gezogenes Seufzen, über das sich ein keuchendes, rhythmisches Atmen legte.

Rachel hielt in der Bewegung inne. Sie spürte, wie ihr das Blut ins Gesicht schoss. Wie peinlich und blöd! Hier war niemand in Not, keiner brauchte ihre Hilfe. Rachel wich langsam einen Schritt zurück, dann noch einen. Ihre Hände um die Pumps entkrampften sich. Trotzdem konnte sie den Blick nicht von der Nische wenden.

Selbst als ihre Augen sich an das Dunkel gewöhnt hatten, konnte sie den Umriss des Paares in dem kleinen Halbrund nur erahnen. Wer waren die beiden? Die Stimmen konnte sie jedenfalls nicht zuordnen.

Die Fackeln an den Außenmauern beleuchteten bloß den vorderen Bereich und der Mond hatte sich hinter eine immer dichter werdende Wolkenwand zurückgezogen. Rachel sah sich um. Niemand sonst war in der Nähe. Niemand sah, wie sie gebückt näher heranschlich und hinter einer großen Buche Deckung suchte.

Rachel nahm die Partyklänge auf der anderen Seite des altehrwürdigen Landsitzes kaum noch wahr. Gebannt starrte sie in die Nische. Jetzt, da die Geräusche zusammen mit den schemenhaften Bewegungen des Paares nicht mehr ganz jugendfrei waren, meinte sie, jedes Detail wahrzunehmen, als seien ihre Sinne seltsam geschärft. Die beiden waren mit Sicherheit nicht älter als sie selbst. Die Härchen an ihren Unterarmen stellten sich auf, als das Mädchen ein leises, kehliges Lachen von sich gab. Dabei ließ es sich langsam an dem Typen hinabgleiten und stockte auf Höhe seines Beckens. Rachel hörte mehr, als sie sah, wie sie den Reißverschluss aufzog, seine Hose öffnete und begann, ihren Kopf dicht vor seinem Körper zu bewegen. Sie würde doch nicht …?

Rachel biss sich auf die Unterlippe.

Der Junge flüsterte etwas und suchte mit ausgebreiteten Armen Halt an der Wand hinter sich. Oh doch, es sah ganz danach aus!

Rachel stockte der Atem. Sie wollte sich zurückziehen, die Situation war ihr unangenehm und mehr als megapeinlich, aber sie konnte den Blick einfach nicht abwenden.

Ein tiefer, rauer Ton entwich Rachels Kehle. Erschrocken drehte sie sich um, presste ihren Rücken an die harte Rinde des Baumes und krallte ihre Pumps fester. Ihre Lippen fühlten sich trocken an, genau wie ihr Mund. Das Herz schlug ihr bis zum Hals und zwischen ihren Beinen begann es zu kribbeln. Was soll das, Rachel? Geh los und hol dir was zu trinken, ermahnte sie sich. Jetzt! Wein, Cola, Saft, Eistee, egal! Wasser, noch besser! Hau einfach ab. Wie lange stand sie hier schon mit offenem Mund wie ein widerlicher Spanner?

In der Ferne grollte Donner und kündigte das Herannahen des Gewitters an, das hoffentlich der drückenden Schwüle eine Ende machte.

Das Pärchen bekam nichts davon mit. Der Junge begann zu stöhnen. Rachel konnte nicht anders. Sie musste wieder hinsehen. Jetzt küssten sie sich leidenschaftlich. Ein Blitz zuckte. Als er das Mädchen hochhob, konnte Rachel für den Bruchteil einer Sekunde seine Erregung sehen. Ihr eigener Unterleib vibrierte, als die andere ihre Beine um den Jungen schlang. Er stemmte sie gegen die Wand. Das Blut schoss Rachel ins Gesicht und pulste nicht nur in ihren Ohren. Zitternd presste sie sich eine Hand zwischen die eigenen Beine, während keine zehn Meter von ihr entfernt die Bewegungen immer rhythmischer wurden. Das Keuchen der beiden wurde unerträglich laut in ihren Ohren und vermischte sich mit dem Rauschen ihres eigenen Blutes. Rachel zuckte zusammen, als vor ihr in der Nische eine offenbar mitgebrachte Weinflasche klirrend auf den Boden fiel und von den beiden unbeachtet in den Lichtkegel der Fackeln rollte.

Wie in Trance beobachtete sie, wie die rote Flüssigkeit sich gierig ihren Weg durch die Ritzen leckte und zwischen den Steinen zerrann, während erste Regentropfen daneben zerplatzten.

Als die junge Frau aufschrie, löste sich Rachel endlich aus ihrer Erstarrung. Sie rannte los, barfuß, die Hände mit den Pumps an den Ohren, verwirrt von dem, was sie gesehen hatte, verwirrt von ihrer eigenen Erregung. In diesem Zustand konnte sie auf keinen Fall zurück auf die Party. So viel war klar. Hoffentlich hatte niemand sie bemerkt. Aber war da nicht ein Schatten gewesen, der sich bewegt hatte, als sie am Gebüsch vorbeigerannt war?

Völlig außer Atem stürzte Rachel in die Gartentoilette und verriegelte die Tür. Es dauerte eine Weile, bis das Beben in ihren Ohren und zwischen ihren Beinen nachließ. Endlich war es still. Die Fliesen fühlten sich angenehm kühl an unter ihren nackten Füßen. Doch als sie sich vergegenwärtigte, was womöglich alles auf diesem Boden klebte, schlüpfte sie in die Schuhe, noch bevor sie den Lichtschalter betätigte. Geblendet von der plötzlichen Helligkeit kniff sie die Augen zusammen. Sie brauchte einen Moment, bis sie sich im Spiegel betrachten konnte. Außerdem benötigte sie dringend Pflaster für ihre geschundenen Füße. »Wie ein aufgescheuchtes Huhn«, murmelte sie und rubbelte hektisch an den Flecken herum, die sich nicht nur in ihrem Gesicht, sondern auch auf Hals und Dekolleté und wer weiß wo noch ausgebreitet hatten.

»Rachel? Bist du da drin?« Jemand klopfte an die Tür und dieser Jemand war ganz offensichtlich Caleb.

Seit dieser Kerl sie bei ihrem Einzug fast auf der Treppe umgerannt hätte, hatte sich sein Timing nicht wirklich verbessert. Obwohl ... Rachel grinste ihr Spiegelbild schief an. Sie war durchaus dankbar, dass er sie nicht fünf Minuten früher auf der anderen Seite des Schlosses aufgespürt hatte.

»Was ist denn?«, rief sie möglichst gelassen durch die geschlossene Tür. Dann drehte sie den Hahn auf, um Zeit zu gewinnen und die fliegende Hitze mit kaltem Wasser zu verscheuchen.

»Wir haben uns Sorgen gemacht, du warst auf einmal weg«, hörte sie nun eine zweite Stimme. »Ist alles okay?«

Helen. Dem Himmel sei Dank. Caleb war nicht allein. Offenbar hatte er nichts von dem Kuss erzählt, wegen dem sie sich aus dem Staub gemacht hatte. Und was Rachel mindestens ebenso erleichterte: Helen war nach Adam Riese auch nicht die Frau in der Nische gewesen. Rachel seufzte tief und schnipste einen Wassertropfen von ihrer Nasenspitze. Mit den noch nassen Händen strich sie ihre widerspenstigen Haare zurück, die sich durch die hohe Luftfeuchtigkeit allerdings gleich wieder in alle Richtungen kringelten. Dann atmete sie noch einmal tief durch, rückte ihr Kleid zurecht und öffnete die Tür.

»Ich wollte nur Wein holen, aber dann hab ich's mir anders überlegt«, erklärte sie knapp und kam humpelnd heraus. Wieder im Freien kam es ihr so vor, als ob irgendetwas fehlte. Es dauerte einen Augenblick, bis sie realisierte, dass keine Musik mehr zu hören war. »Wo sind die anderen?«

Helen zeigte mit dem Kinn über die Schulter. »Josh und Bruce bauen mit Bob und Mike die Anlage ab. Die beiden haben Angst, dass ihnen das Gewitter die Boxen zerhaut. Kathy wird ihnen wohl helfen, sie klebt ja wie eine Klette an Josh.«

Rachel wurde rot, als diese Worte Bilder von eben in ihr hervorriefen.

Caleb schüttelte den Kopf. »Bis das Gewitter hier ist, können noch Stunden vergehen. Es hat ja schon wieder aufgehört zu tröpfeln.«

Erst jetzt registrierte Rachel, dass die meisten Gäste bereits gegangen waren. Der offizielle Teil der Feier war anscheinend vorüber. Verflixt, wie lange war sie denn weg gewesen?

Rachel sah nach oben. Wolkenberge schoben sich in ziemlicher Geschwindigkeit über- und untereinander. Sie musste wegschauen, ihr wurde schwindlig.

Caleb klopfte grinsend auf seine Gitarrentasche. »Wir sind ja zum Glück unabhängig. Lust auf eine kleine unplugged Session, Ladys?«

Der Kerl sah super aus, war charmant und konnte auch noch Gitarre spielen? Er war in einer Band, richtig, das hatte Helen ja mit verklärtem Blick erwähnt ... Rachel musste zugeben, dass sie eine Schwäche für Musiker hatte, da konnte sie so viel Wasser trinken, wie sie wollte. Sollte sie also tatsächlich mitgehen? Das konnte wer weiß wo enden ... »Ich weiß nicht«, antwortete sie. »Es ist schon ziemlich spät, mir tun höllisch die Füße weh und ich bin ...«

»Ach, komm schon«, drängte Helen. »Sei keine Spaßbremse. Wir suchen uns eine ruhige Ecke auf der Terrasse, und wenn es regnet, verziehen wir uns eben nach drinnen, okay?«

»Wo ist denn dein Tim?«, wechselte Rachel das Thema.

Helen druckste ein wenig herum, bis sie zugab, dass es schon wieder vorbei war mit der großen Liebe. »Er wollte mir permanent nur an die Wäsche. Also hab ich ihn rausgeschmissen. Dein Rat!«

»Rausgeschmissen?«, fragte Kathy mit hochgezogenen Augenbrauen.

»Na ja, ich ... also ... ich wollte oben nur meine Jacke holen und da ist er ... da sind wir ... ich konnte doch nicht ahnen, dass er das gleich als Einladung ...« Sie sah ehrlich getroffen aus.

Kathy winkte ab.

Rachel nahm Helen tröstend in den Arm. »Das war die richtige Entscheidung«, beruhigte sie Helen, die sich schutzsuchend an sie schmiegte.

»Dass sie ihn gleich mit hochgenommen hat? In unsere Wohnung?«, protestierte Kathy, deren Blick Bände sprach.

Rachel schnitt ihr eine ebenso vielsagende Grimasse.

Caleb schüttelte nur ungeduldig den Kopf und bekam im nächsten Moment Verstärkung durch Bruce und Josh. Sie brachten ein paar angebrochene Flaschen Wein, Cider und ein paar Gläser mit.

»Na, was ist?«, wollte Josh wissen.

»Hier sind noch Reste, die vor dem Schalwerden bewahrt werden müssen!«, rief Bruce theatralisch. »Diese unzähligen, unschuldigen Trauben und Äpfel sollen nicht umsonst gestorben sein.« Dabei guckte er so treuherzig, dass Rachel sich doch noch breitschlagen ließ.

»Na gut, aber lange halte ich es wirklich nicht mehr aus«, gab sie zurück.

»Jaja, ich weiß«, sagte Helen grinsend. »Du bist müde, dir tun die Füße weh und es ist spät geworden ... wir brauchen einen Träger!«, rief sie übermütig. »Privatsänfte bitte!«

Helen nahm Bruce die Flaschen ab und der schulterte Rachel kurzerhand wie einen Mehlsack. Man sah ihm an, dass er mindestens ebenso viel Zeit im Fitnessstudio wie vor dem Rechner verbrachte. »Wohin soll's gehen, Chef?«, fragte er, woraufhin Caleb den Weg in die kleine Laube an der Terrasse wies.

Rachel mischte sich den Wein großzügig mit Mineralwasser. Sie hatte immer noch enormen Durst und trank in großen Schlucken. Zu ihrem Erstaunen stimmte Caleb meist Lagerfeuerlieder und Balladen an, die sie noch aus ihrer Schulzeit kannte. Er hatte eine schöne Stimme und ein schier endloses Repertoire an Pop- und Rockklassikern, die bestimmt schon ihre Eltern bei ähnlichen Gelegenheiten mitgebrummt hatten.

»Oh, ist das Chris de Burgh?«, fragte Rachel, als sie eine Melodie erkannte. Caleb nickte, die anderen stöhnten.

»Uralter Scheiß«, schimpfte Josh und verdrehte die Augen. »Das ist sooo was von megaout.«

»Jetzt sei nicht immer so negativ«, kritisierte Kathy ihren Freund.

Caleb grinste unbeeindruckt. »Locker bleiben, ihr beiden. Ich mag nur seine alten Songs, das Liedermacherzeugs. Das spielt heute keiner mehr.«

Rachel nickte zustimmend und freute sich über diese neue Seite an Caleb. »So was wie *Satin Green Shutters* oder *The Tower,* das sind meine absoluten Favoriten. Mein Vater hat die noch auf Vinyl, irre, oder?« Schläfrig lehnte sie sich an Helen, die ihrerseits recht dicht an Bruce gerückt war. Und der schien zu müde, um zu protestieren.

»Kennst du *The Tower?«,* fragte sie weiter. »Darin geht's um diesen grausamen König und eine geheimnisvolle, wunderschöne Frau. Er verliebt sich in sie und sperrt sie ein, bis sie ihm eines Tages aus dem Turmverlies einfach davonfliegt. Nur eine Feder bleibt zurück und er stirbt an gebrochenem Herzen.«

»Schöner Kitsch, spiel doch mal, Caleb«, nuschelte Helen in Bruce's Schulter.

Caleb schüttelte den Kopf. »Kenn ich leider nicht. Aber wie wär's hiermit.« Er stimmte *Lonely Sky* an, danach *Broken Wings.* Und bei *Spanish Train* schmetterte Rachel sogar mutig den Refrain mit, bis sie heftig gähnen musste.

Irgendwann konnte selbst Caleb ein Gähnen nicht mehr unterdrücken und wenig später rappelten sich Josh und Kathy hoch, um sich zu verabschieden. Rachel nahm das als Signal, sich einzuklinken. »Ich geh auch schlafen, sonst fall ich um«, verkündete sie. Sie wollte jetzt bloß nicht mit Caleb alleine übrig bleiben. In der Ferne grollte Donner. Es dämmerte bereits und die ersten Vögel lösten Caleb ab.

Helen war an Bruce' Seite eingeschlummert. »Was mach ich denn jetzt?«, fragte er hilflos.

»Wecken, tragen oder liegen lassen«, meinte Caleb und packte seine Gitarre ein. Er suchte Rachels Blick, aber sie wich ihm aus und überlegte kurz, ob sie Helen in dem Zustand allein lassen konnte. Dann gab sie ihrem Bauchgefühl nach und fischte ihre Pumps unter dem Tischchen hervor.

»Ihr schafft das schon, Jungs. Schlaft schön!«, verabschiedete sie sich eilig. Um nichts in der Welt würde sie diese hochhackigen Dinger heute noch mal anziehen. Barfuß eilte sie hinter Kathy und Josh ins Haus. Ein kühler Windhauch fuhr unter ihren Rock. Aber Calebs Blick, den sie im Nacken spürte, verursachte ihr viel mehr Gänsehaut – und zwar keine von der unangenehmen Sorte.

Das Tappen ihrer eigenen nackten Füße auf den Steinen gab ihr ein wenig Sicherheit zurück, und als die massive Holztür hinter Rachel ins Schloss gefallen war, fühlte sie pure Erleichterung. Rasch sprang sie die Stufen hinauf. Der Abstand tat ihr gut und außerdem musste sie dringend aufs Klo.

In ihrer Wohnung stand die Luft. Rachel riss alle Fenster und auch die Balkontür weit auf, putzte sich im Halbschlaf die Zähne, zog sich das Kleid und den BH über den Kopf, ließ die Klamotten einfach fallen und schlüpfte mit schmutzigen Füßen und bereits geschlossenen Augen unter ihre Decke. Nichts mehr denken, sich ausstrecken und einfach nur schlafen ... was war das nur für ein seltsamer, turbulenter Abend gewesen.

An ihrem Rücken spürte Rachel es zuerst. Ein warmer Dunst, der zunehmend an Körperlichkeit gewann, sie berührte. Zunächst kaum mehr als ein Nichts. Dann glitt diese Wahrnehmung sanft weiter hinunter, wie die Andeutung sehnender Hände. Umfasste ihren Po, wurde wieder zum Lufthauch, strich einmal durch die Mitte, viel zu leicht, zu kurz, quälend, löste sich erneut auf. Im Halbschlaf wölbte sich Rachel dieser Anziehung entgegen. Aber da war nichts mehr, oder doch? Ihre eigenen Hände fanden ihre Brüste, griffen tiefer, fanden Feuchtigkeit auf ihrer Haut, unterm Busen, tiefer. Sie stöhnte leise. Es war so heiß und drückend. Das Laken glitt von ihrem Rücken. Sie spürte einen schwülen Luftzug, warm. War da wieder dieser Hauch? Ihre Brustwarzen richteten sich auf. Traumbilder entstanden vor ihren geschlossenen Augen. Das Liebespaar in der Nische. Rachel war wieder dort. Die Träume und Orte vermischten sich. Sie schmeckte das Salz auf ihren eigenen Lippen, als er die andere küsste. Er packte zu, fordernd, fest. Dann wurde wieder alles sanft und schwebend. Er spielte mit ihr. Rachel krallte sich in ihr Laken, ermahnte sich, dass sie nur träumte, die angeheizte Fantasie ihr Streiche spielte. Sie nahm ihn so wirklich wahr, seinen gespannten Körper ganz nah über ihrem. Er streifte sie ein ums andere Mal ganz dicht, gleich, gleich ... Doch er ließ sich nicht fassen. Sie erschauerte, so deutlich fühlte sie die pulsierende männliche Haut über die ihre rutschen, haften, gleiten. Das prickelnde Gefühl zwischen ihren Beinen wurde unerträglich. Sie schob ihr Becken höher, drängte ihm entgegen. Ihre Brustwarzen rieben über das raue Laken. »Bitte nicht aufhören«, murrte sie in ihr Kissen. Dann war sie wieder allein. Rachel spürte Schweiß über ihren Rücken perlen, dazu dicke warme Tropfen. Erschrocken und plötzlich hellwach fuhr sie hoch. Es regnete. Und zwar durch die offene Balkontür bis aufs Bett. Sie sprang auf, hielt einen Moment schwindelnd inne, bis sich ihr Kreislauf und ihre Beine beruhigt hatten, und schloss die Tür. War das wirklich nur ein Traum gewesen? So real? Natürlich war sie allein im Raum. Es donnerte. Rachel fuhr zusammen. Als es gleich darauf blitzte, meinte sie, unten im Garten für einen Augenblick einen Schatten zu sehen. Dann waren da nur noch die Rhododendren. Ihr Blick fiel auf das Bild von Rotkäppchen und dem Wolf. Sie hatte es ins Schlafzimmer gestellt, um es vor weiteren neugierigen Blicken zu verbergen, aber nun schien der Wolf sie anzustarren. Rachel drehte den Keilrahmen zur Wand, holte sich ein Glas Wasser und versank in einen tiefen, traumlosen Schlaf, während draußen der Regen auf den Balkon prasselte und endlich ein wenig Abkühlung brachte.

Am nächsten Morgen – oder vielmehr keine drei Stunden später – wurde Rachel von hämmerndem Krach direkt über ihr geweckt. Verärgert schaute sie auf ihren Wecker. Es war gerade mal kurz nach neun. Wie konnte man um diese Zeit und nach einer durchzechten Partynacht einen solchen Lärm veranstalten? Rachel konnte kaum glauben, dass irgendwer aus dem Schloss jetzt schon freiwillig auf den Beinen war. Dann erst realisierte sie, dass die Geräusche von einem ganz bestimmten Oben kamen. Aus der Wohnung von »Grayson Wolf«, murmelte sie tonlos. Das ließ sie ihre sonderbaren Träume zunächst einmal komplett vergessen.

4

Rachel hatte bereits den Knauf der Wohnungstür in der Hand, als ihr auffiel, dass sie nichts außer ihrem Slip trug. Aus irgendeinem Grund machte sie das noch wütender. Also sprintete sie ins Bad, schlüpfte hektisch in ihren Morgenmantel, zog so schwungvoll den Gürtel zu, dass sie sich dabei fast die Luft abschnürte, und rauschte nach oben. Im dritten Stock gab es nur eine einzige Tür in der Mitte des Ganges. Energisch wummerte Rachel dagegen. Sie hörte Schritte – aber niemand kam und öffnete.

»He!«, brüllte Rachel durch den Briefkastenschlitz. »Manche Leute möchten noch schlafen!«

»Und manche Leute haben zu tun«, antwortete von drinnen jemand gereizt.

Na wunderbar! »Aber doch nicht mitten in der Nacht! Man kann ja wohl ein bisschen Rücksicht nehmen, oder?«

Sie hörte, wie die Schritte sich wieder entfernten, und dann ging der Krach weiter.

»Was machen Sie da eigentlich?«, rief Rachel. Die Ignoranz dieses Typen machte sie immer wütender. Und sie ärgerte sich sofort, dass sie den Kerl sogar respektvoll gesiezt hatte.

»Arbeiten«, schrie er zurück. »Und das geht wesentlich effektiver, wenn ich meine Ruhe habe. Wenn dir langweilig ist, geh nach unten und räum Scherben weg. Den ganzen Müll liegen zu lassen, ist auch nicht besonders rücksichtsvoll.«

Rachel schnaubte. Was bildete der Typ sich eigentlich ein? Dass ihm der Laden gehörte? »Verdammt, ich will ja auch nichts weiter als meine Ruhe! Und von Scherben weiß ich nichts. Idiot!« Sie bemühte sich, den Deckel des Briefschlitzes möglichst geräuschvoll zuzuschlagen. Aber dieses kleine Klappern ging im Lärmpegel der Wohnung leider vollständig unter.

Erbost trat sie gegen die Tür, um wenigstens *ein* hörbares Protestzeichen zu setzen. Das Einzige, was sie davon hatte, war ein plötzlicher Schmerz, der ihr Tränen in die Augen trieb – weil sie natürlich mit genau den Zehen die Tür attackieren musste, die sie sich bereits in der Nacht gestoßen hatte.

Humpelnd und erst recht stinksauer trat sie den Rückzug in ihre Wohnung an. Sie hatte das Wort »Zicke« durch die Tür ganz genau gehört.

An Schlaf war nun nicht mehr zu denken. Zum einen schob der werte Herr über ihr unbeeindruckt weiter Möbel durch die Gegend oder schlug sie kurz und klein – das war aus dem Krach nicht genau herauszuhören –, zum anderen pochten ihre blaugrünen Zehen wie verrückt. Und zum Dritten rückte draußen nun ebenfalls ein weder superleises noch hochsensibles Müllkommando an. Ein Blick aus dem Fenster zeigte, dass Calebs Beziehungen zum Hausmeister offenbar immer noch die besten waren. Eine emsige Schar Männer in orangefarbener Arbeitskleidung mit blauen Müllsäcken in den Händen beschäftigte sich klappernd und klirrend mit den Resten vom Fest. Mit Genugtuung stellte Rachel während des Zähneputzens fest, dass der feine Herr von oben diese Geräuschkulisse ohrenscheinlich auch als lästig empfand. Über ihr wurden ein Fenster aufgerissen und einige böse Worte hinuntergeschrien. Die Männer jedoch machten äußerst ignorant und unverdrossen weiter und das Fenster knallte wieder zu. Vielleicht sprachen sie auch einfach nicht genug Englisch, um alles zu verstehen.

Zufrieden machte sich Rachel einen Milchkaffee, den hatte sie sich jetzt verdient. »Geht doch«, nickte sie ihrer Kaffeetasse zu, die das freilich unkommentiert ließ.

Als sie gerade überlegte, ob sie es riskieren konnte, schon bei Helen und Kathy aufzutauchen, ohne dafür gelyncht zu werden, klopfte jemand sehr, sehr leise an ihre Tür.

»Helen?«, stellte Rachel überrascht fest.

Ihre Freundin stand im Morgenmantel, eine Packung Eiswürfel an die Stirn gedrückt, mit zerknautschtem Gesicht und tuscheverlaufenen Augen vor ihr, mindestens zehn Zentimeter kleiner als sonst.

»Hast du eine Aspirin für mich?«, wisperte es fast unhörbar aus Helens lippenstiftverschmiertem Mund.

»Ich hab was viel Besseres!« Rachel ließ die Tür offen stehen, damit Helen in ihrem eigenen tagesaktuellen Zeitlupentempo hinter ihr herschlurfen konnte.

Nachdem sie erfolgreich im Küchenschrank herumgewühlt hatte, konnte sie endlich die Nachricht des Tages loswerden: »Der Wolf ist wieder da.« Dazu stellte sie ein Glas Wasser, eine Flasche Olivenöl und einen Esslöffel auf den Tisch, hinter dem das Häufchen Helen gerade in sich zusammensank. »Nicht so laut«, bat sie mit leidvoller Miene und setzte sich auf den Küchenstuhl, als ob er aus rohen Eiern bestehen würde.

Rachel betrachtete ihre Freundin so amüsiert wie mitfühlend.

»Hast du gehört, was ich gesagt habe?«, hakte sie noch einmal nach. Helen legte bittend den Finger an den Mund und stierte missbilligend auf den Kaffeelöffel, mit dem Rachel viel zu heftig in ihrer Tasse rührte. »Wie bin ich eigentlich in mein Bett gekommen?«, fragte sie nach einer Weile.

Rachel zog eine Augenbraue hoch. »Keine Ahnung«, antwortete sie wahrheitsgemäß.

»Aha«, sagte Helen und dann wieder eine Zeit lang nichts.

»Bisschen viel Alkohol gestern, oder?«, fragte Rachel schließlich.

Helen verzog das Gesicht. »Weiß nicht mehr, muss wohl, ich kann mich nur lückenhaft erinnern.«

»Als ich ins Bett gegangen bin, hast du an der Schulter von Bruce gedöst und so ungefähr Calebs komplette Gitarrensession verschlafen, in die du mich erst reingequascht hast. Das muss so gegen drei, halb vier gewesen sein«, gab Rachel die gewünschte Auskunft.

»Du hast mich mit den Kerlen allein gelassen?« Helen war zu angeschlagen, um sich ernsthaft darüber aufzuregen, aber sie bemühte sich, so zu tun, als ob.

»Hier nimm«, konterte Rachel trocken. Damit schob sie der Freundin das Olivenöl und einen Löffel zu.

»Was soll ich damit?«, fragte Helen misstrauisch.

»Urgeheimes, uraltes und urgutes Hausrezept gegen Kater«, erklärte Rachel. »Mit einem ordentlichen Schluck Olivenöl gurgeln und kräftig den Mundraum spülen. Das zieht die ganzen Gifte raus. Danach geht's dir besser.«

»Das ist bestimmt widerlich, oder?«, fragte Helen zerknautscht und rieb sich die Schläfen. »Oh, mir platzt der Schädel.«

»Probier's aus.« Rachel verkniff sich die Standardbemerkung ihres Vaters in solchen Fällen und angelte stattdessen einen zweiten Löffel aus dem Schubfach. »Ich hab auch immer noch einen blöden Geschmack im Mund. Los, komm: auf drei!«

Also gurgelten die beiden gemeinsam ein paar Minuten und spuckten die Reste ins Waschbecken.

»Sieht aus wie Sperma!«

»Helen, du bist eklig«, schimpfte Rachel, drehte den Wasserhahn auf und spülte das zu milchigem Schleim mutierte Öl energisch den Abfluss hinunter. »Los, Kaffee jetzt.«

Nach zwei Gläsern Wasser, einer Aspirin, einem halben trockenen Toast und einer Tasse Kaffee mit Milch war Helen offenbar wieder in der Lage, ganze Sätze zu bilden. »Grayson ist also wieder da?«, erinnerte sie sich sogar an Rachels anfängliche Information.

»Ja, und er ist ziemlich rücksichtslos«, bestätigte Rachel.

»Nimm dich und dein kleines Herz bloß vor ihm in Acht«, warnte Helen düster.

»Das hab ich so ähnlich gestern schon mal gehört«, erwiderte Rachel und lehnte sich schwungvoll zurück. »Ist der Typ König Blaubart oder so was?« Ihre Stuhlbeine schrubbten über den Boden und machten ein so hässliches Geräusch, dass Helen ihr Gesicht verzog.

»Nein, ich kenne ihn nur gut rasiert ... Ich hab Tim rausgeschmissen, oder?«, fragte sie etwas zusammenhanglos.

Rachel atmete tief durch. »Ja, hast du. Was ich meinte, war eigentlich nicht seine Gesichtsbehaarung, sondern, was er mit Frauen anstellt. Und wieso lenken eigentlich immer alle Leute ab, wenn ich was über ihn erfahren will?«

»Über Tim? Hast du mich was gefragt?«

»Nein.« Rachel stand auf und lief ungeduldig ein paar Schritte durch die Wohnung. »Über Grayson Wolf!«

»Was?« Helen stierte sie mit glasigen Augen an.

»Wieso warnen mich alle Leute vor ihm?«, versuchte Rachel es noch deutlicher.

»Weil er nicht wichtig ist. Wieso interessiert er dich überhaupt? Du sagst doch selber, dass er ein Arsch ist. Dabei kennst du ihn erst ein paar Minuten. Gute Intuition!«

Rachel verschwieg, dass bei diesem Kennenlernen sogar noch eine geschlossene Tür zwischen ihnen gestanden hatte. Das hätte das Gespräch nur unnötig verkompliziert.

»Weil er über mir wohnt«, behauptete sie. »Und ich hab nur gesagt, dass er rücksichtslos ist. Er macht Krach am frühen Morgen.«

»Na also!«

»Was?«

»Arsch«, erklärte Helen bündig.

»Ach so.« Rachel setzte sich wieder. »Noch 'nen Kaffee?«

Nachdem Helen ohne fremde Hilfe zurück in ihr Bett geschlurft war und Rachel endlich ausgiebig geduscht, sich die Füße geschrubbt und die Blasen mit bunten Pflastern medizinisch versorgt hatte, tigerte sie unruhig durch die Wohnung. Sie grübelte in einer Endlosschleife über ihren erotischen Traum, die peinlich erregende Beobachtung des vorangegangenen Abends und Calebs zärtlichen Kuss nach.

Wie sollte sie sich ihm gegenüber bloß verhalten? Vielleicht hatte sie ja Glück und seine Erinnerung an den Abend war ähnlich lückenhaft wie die von Helen.

Rachel seufzte und beschloss, sich mit Malsachen bewaffnet in den Park zu wagen. Ein paar Bleistiftstudien der letzten Rhododendronblüten würden sie sicher auf andere Gedanken bringen. Aufzuräumen gab es ja offenbar nichts mehr. Die Männer in Orange hatten sich irgendwann zwischen Helenverabschieden und Füßewaschen erheblich leiser zurückgezogen, als sie gekommen waren. In der Wohnung über ihr war auch alles still. Jetzt schlief der Kotzbrocken wohl.

Rachel packte also ihren Skizzenblock, das Kästchen mit Stiften und dem Radiergummi und eine Flasche Wasser in ihre Tasche, klemmte sich den praktischen kleinen Klapphocker unter den Arm und zuckelte los.

Im Gang auf ihrer Etage war so weit alles ruhig, nur in der Jungs-WG hörte sie jemanden schnarchen. Schnell huschte Rachel an dem Apartment vorbei und hoffte inständig, dass Caleb der Schnarcher war, denn dann konnte er wenigstens nicht im nächsten Augenblick die Tür aufreißen. Das Herz schlug ihr bis zum Hals. Doch Rachel gelangte unbehelligt nach unten. Im Erdgeschoss war ebenfalls kein Mucks zu vernehmen.

Draußen hatte es merklich abgekühlt, die drückende Schwüle des Vortages war einer angenehmen Wärme und einer frischen Brise vom Meer gewichen. Wunderbar, so sollte Cornwall bleiben. Rachels Laune verbesserte sich schlagartig. Sie suchte sich ein ruhiges Fleckchen im Park, wo sie nicht gleich aus allen Fenstern des Schlosses neugierig beäugt werden konnte. Auch wenn sie wusste, wie albern diese Angst war, weil gerade Kunst- und Designstudenten – noch dazu stark verkaterte – sicher Besseres zu tun hatten, als sie beim Zeichnen zu beobachten.

Und doch gab es da jemanden, der genau das tat. Dieses Gefühl stellte sich bei Rachel allerdings erst zwischen der dritten oder vierten Skizze ein, die sie von einer hummelumschwärmten, ungewöhnlich dunklen Rosenknospe anfertigte. Es begann mit einem Kribbeln im Rücken, zwischen den Schulterblättern, so als ob ... Rachel lauschte, bemerkte nichts Ungewöhnliches und skribbelte nach einer kleinen Pause weiter. Da hörte sie einen Zweig knacken. Ihre Nackenhärchen stellten sich auf und sie legte Block und Stift neben sich ins Gras.

»Hallo?«, fragte sie und erschrak, als gleich darauf echoähnlich eine männliche Stimme mit »Hallo!« antwortete.

Es klickte leise, und gerade als Rachel sich in die Richtung drehte, aus der die Stimme gekommen war, machte jemand ein Foto von ihr. Dieser Jemand hockte keine drei Meter vor ihr im Gras, seine ziemlich teuer wirkende Digitalkamera immer noch im Anschlag.

»Ich werde schon gern vorher gefragt, wenn man mich beobachtet und fotografiert«, erklärte sie kühl. »Machst du das immer so, dich heimlich anschleichen?«

Der Typ drückte sogar noch einmal ab, ließ erst dann die Kamera sinken und stand auf. Er war groß und schlank, trug eine enge Jeans und ein petrolfarbenes Hemd mit aufgekrempelten Ärmeln, was ziemlich gut aussah bei seiner gebräunten Haut und den blonden Haaren. Er hatte ein kantiges Gesicht und ein markantes, irgendwie provozierendes Lächeln. Noch so ein Reklamekerl, dachte Rachel in der Sekunde, als sie ihn musterte.

»Tut mir leid«, sagte er reumütig. »Ich wollte dich nicht stören.« Die Lachfältchen um seine Augen standen allerdings in krassem Kontrast zu dieser Behauptung.

Rachel holte Luft, um etwas zu entgegnen, aber er war schneller. »Hübsch«, sagte er, wieder mit diesem augenzwinkernden, unverschämten Unterton. Rachel entging nicht, wie er sie gleichzeitig abscannte, bevor er dann – hübsch doppeldeutig – auf ihre Zeichnungen zeigte.

»Und das siehst du auf die Entfernung?«, fragte Rachel kratzbürstig.

»Aus der Nähe könnte ich das natürlich noch besser beurteilen, aber ich glaube, da würde ich womöglich Gefahr laufen, mit einem Bleistift erstochen zu werden. Das möchte ich dann doch nicht riskieren, soll ziemlich schmerzhaft sein und einem womöglich die Kleidung und den Tag versauen.« Er nickte freundlich, drehte sich um und ging.

Rachel blieb verdutzt zurück und lief ihm unwillkürlich ein paar Schritte hinterher. Was war denn das für eine Masche? »He, warte mal!«, rief sie. »Das kannst du doch jetzt nicht einfach machen!?«

»Was?«, fragte er unschuldig. Als er sich umdrehte, blieb Rachel wie angewurzelt stehen. Er lächelte charmant. Anscheinend hatte er sie genau da, wo er sie haben wollte.

»Na ... mit meinen Fotos abhauen«, fiel ihr gerade noch ein. »Schon mal was vom Recht am eigenen Bild gehört?«

»Oh, ja klar. Sorry«, sagte der Blonde zu ihrem Erstaunen ganz friedlich. Er drückte ein paar Tasten auf der Rückseite seiner Kamera und zeigte ihr das schwarze Display. »Gelöscht«, behauptete er. »Zufrieden?« Damit wandte er sich wieder ab und ging weiter.

Rachel schnaufte verblüfft. Sie hätte jetzt einfach zurückgehen und weiterzeichnen können. Der unverschämte Kerl räumte besiegt und entwaffnet das Feld. Aber nein ... sie musste ja wieder einen draufsetzen. »Noch was«, rief sie ihm hinterher und reckte sich energisch. »Das hier ist übrigens Privatbesitz!«

Als er daraufhin erneut kehrtmachte und auf sie zuging, verspannte sich ihr ganzer Körper. Nicht zurückweichen, ermahnte sie sich und steckte betont lässig die Daumen in die Schlaufen ihrer Cargohose. Das kaschierte außerdem hoffentlich, dass ihre Hände leicht zitterten.

»Ich dachte die Leibeigenschaft wäre in England seit einiger Zeit abgeschafft. Wer ist denn der Glückliche?«

»Was?« Rachel schnitt eine fragende Grimasse. Eine Nanosekunde später dämmerte ihr, was er meinte, und sie wurde schlagartig rot.

»Ich hab ... also nicht ... also das Schloss ... ich, äh ... nein, ich bin Single ... aber, was red ich eigentlich mit dir?«, brabbelte sie ärgerlich und zunehmend hilflos. Dabei starrte sie auf das immer breiter werdende Grinsen und die unverschämt weißen Zähne ihres Gegenübers. Was für ein eingebildeter Arsch ...!

Nun war sie es, die sich hastig abwandte und zu ihrem Malplatz zurückeilte. Die Lust auf Blüten und Hummeln war ihr gründlich vergangen. Sie fegte ihre Sachen zusammen und klemmte sich den Skizzenblock unter den Arm. Nur – als sie dann den Hocker zusammenklappen wollte, fiel ihr alles wieder herunter. Die Dose mit den Stiften sprang auf, die Zeichnungen segelten auf den Rasen und drohten, von der leichten Seebrise in alle Winde verstreut zu werden. Rachel jagte den Papieren hinterher. Als sie sich gerade nach einigen bückte, hielt ihr plötzlich eine Hand zwei Blätter vors Gesicht. Rachel zuckte zusammen. Wie aus dem Nichts war der Fremde ihr erneut in die Quere gekommen.

»Ganz schön schreckhaft«, kommentierte der Unbekannte gut gelaunt und guckte sie schon wieder mit diesen fältchenumzwinkerten Augen an, dass Rachel ein Kribbeln durch den Magen fuhr. »Sind das Partynachwirkungen oder ist das chronisch und Teil des Charakters?«

»Ich habe nur ein bisschen wenig Schlaf abbekommen«, verteidigte sie sich und ärgerte sich im nächsten Moment darüber. Was ging den das bitte schön an und wieso musste sie sich überhaupt vor irgendjemandem für ihr Verhalten rechtfertigen? Stattdessen plapperte sie sich auch noch ungebremst weiter ins Verhängnis: »Das lag außerdem überhaupt nicht an der Party – ich betrinke mich nämlich nicht sinnlos –, sondern an meinem bescheuerten neuen Nachbarn von oben, der unbedingt mitten in der Nacht Möbel rücken muss!«

Er zog die Augenbrauen hoch und stellte nach kurzer Überlegung ruhig und sachlich fest: »Du bist die Zicke!«

»Was?« Rachel versuchte, einen klaren Gedanken zu fassen. In ihrem Gehirn ratterte es. »Oh nein! ... Der Idiot!«, krächzte sie und wechselte schon wieder so rasant die Gesichtsfarbe, dass ein Chamäleon vor Neid grün geworden wäre – obwohl, das waren die ja eh schon.

»Ach ... so hast du mich also genannt, bevor du dir den Fuß an meiner Tür gestoßen hast?«, riss er sie grinsend aus ihren Gedanken. »Das hatte ich nämlich nicht ganz verstanden.« Er schien sich prächtig zu amüsieren.

»Oh, das kann ich dir gern noch mal erklären!«, brauste Rachel nun richtig auf und freute sich eindeutig zu früh über ihren gelungenen Konter.

»Na immerhin sind wir inzwischen beim Du«, fuhr ihr Sparringspartner unbeirrt fort und machte einen Schritt auf sie zu. »Hier sind deine Blätter, Rachel McIntyre. Auf gute Nachbarschaft!«

Was dachte sich dieser aufgeblasene Schnösel eigentlich? Nein, so leicht war sie bestimmt nicht zu besänftigen. Gerade legte sie sich ein paar scharfe Worte zurecht ... als er völlig unerwartet seine Hände um ihren Kopf legte, Rachel zu sich heranzog und sie selbstbewusst und leidenschaftlich auf die Lippen küsste. Rachel wollte protestieren. Ehrlich. Aber dann passierte irgendetwas. Ihr Körper übernahm die Führung und sie küsste ihn zurück. In der Physik nannte man so was Energieumlenkung, schoss es ihr absurderweise durch den Kopf. Dann dachte sie gar nichts mehr, spürte nur noch seine weichen Lippen auf den ihren. Und im nächsten Moment war schon wieder alles vorbei.

Er ließ sie los, drehte auf dem Absatz um und ging mit schnellen Schritten davon. Rachel starrte ihm ungläubig hinterher, unfähig, irgendetwas zu sagen. Was hatte sie eigentlich im Moment an sich, dass plötzlich alle Welt meinte, sie ungefragt küssen zu dürfen? Ihre Lippen bebten. Ihre Beine auch. In ihrem Bauch tanzten ganze Hummelvölker ausgelassen Pogo. Wo er sie berührt hatte, vibrierte alles und ihr Herz schien nicht mehr zu wissen, wie der Rhythmus ging, den es seit fast achtzehn Jahren auswendig kennen sollte. Rachel musste sich setzen, und zwar gleich. Sie ließ sich mit ihren Blättern, Stiften und dem Hocker auf den Rasen fallen. Woher wusste er überhaupt ihren Namen? In dem Moment wurde ihr klar, dass sie gerade von Grayson Wolf geküsst worden war. Dem geheimnisumwitterten, gut rasierten Blaubart, vor dem sie alle gewarnt hatten.

Und wie sie sich geküsst hatten. Es hatte sich ziemlich gut angefühlt. Verdammt gut sogar. Verdammt!

Den Rest des Tages erwischte sich Rachel immer wieder dabei, wie sie in ihrer Wohnung bei allen möglichen Verrichtungen innehielt und auf Geräusche von oben lauschte. Doch dort blieb alles still. Genau wie ihr Telefon.

Na ja, warum sollte er sie auch anrufen, wenn er einfach nur die Treppe herunterzukommen brauchte? Außerdem hatte er ja auch ihre Nummer gar nicht. Ob sie ihm die durch den Briefkastenschlitz schieben sollte?

Moment mal, worüber machte sie sich da gerade ernsthaft Gedanken? Sie würde ihm keinesfalls nachlaufen! Nein! Auf gar keinen Fall! Was für ein arroganter, unverschämter, eingebildeter Macho-Arsch! Sie. War. Wütend! Der glaubte wohl, er könnte sie mit seinem bisschen Charme einfach um den kleinen Finger wickeln wie all seine anderen bunten Blümchen. Dieser Kuss war nämlich vor allem eins gewesen: Absolut dreist! Das musste sie sich nur immer und immer wieder vergegenwärtigen.

Blöder Idiot!

Jawohl!

... und wenn er genau deswegen ein schlechtes Gewissen hatte? Dann musste sie ihm doch quasi die Tür öffnen, oder nicht? ... Nur einen Spaltbreit ... einen winzig kleinen ...

Rachel, du spinnst, beendete irgendwann ihr Verstand die Grübeleien und Selbstgespräche. Immerhin.

Bis am nächsten Morgen wieder alles von vorne losging. Am Tag danach ebenso. Und zu allem Übel bekam sie auch noch penetrante Kopfschmerzen.

Schließlich konnte Rachel nicht mehr anders, sie musste einfach jemandem ihr durcheinandergerütteltes Herz ausschütten. Darum klingelte sie eines Morgens bei Kathy und Helen Sturm.

»Was ist dir denn für 'ne Laus über die Leber gelaufen?«, begrüßte Helen sie verschlafen.

»Keine Laus, ein ganzer Wolf, Grayson Wolf, genauer gesagt«, platzte Rachel heraus und schob sich an Helen vorbei ins Apartment.

»Oh, oh. Hab ich's nicht gesagt? Na, das hat ja nicht lang gedauert. Ich koch uns einen Tee«, verkündete Helen. Die Szene kam Rachel seltsam vertraut vor – nur dass Olivenöl und Aspirin hier nicht zur Entgiftung und Symptombekämpfung taugten.

Einen Liter Tee und fast zwei Tafeln Schokolade später fasste Helen Rachels Schilderung wenig charmant zusammen. »Eingebildeter Arsch. Das ist genau seine Masche. Hab ich's nicht gesagt? Er will einfach nur eine nach der anderen abschleppen. Alles, was nicht bei drei auf den Bäumen ist, betrachtet er als Freiwild. Sein Revier hat er damit markiert. Das war Nötigung.«

»Na ja ...« Rachel druckste ein wenig herum, während sie an einem Sofakissen herumzupfte. »Zuerst ganz bestimmt, absolut! ... Aber dann hab ich ihn wohl irgendwie zurückgeküsst«, nuschelte sie kaum hörbar. »Und es war echt schön ... er kann fantastisch küssen. Und seine Lippen waren so ... aber ich bin immer noch voll wütend!«

Helen beobachtete Rachels schwärmerisch verzückten Blick, nahm die leere Teekanne und schlurfte kopfschüttelnd zur Spüle. »Nee, ist klar. Das macht es komplizierter«, kommentierte sie trocken und schaltete erneut den Wasserkocher an.

»Das ist doch nicht alles, was dir dazu einfällt, oder?« Flehend sah Rachel zu ihrer Freundin hinüber. Sie zog die Beine an und umschlang sie mit ihren Armen. In dieser Kauerhaltung kam sie wenigstens nicht an die Schokolade auf dem kleinen Tischchen. Von zu viel bekam man sowieso Pickel.

»Neee«, bestätigte Helen und setzte neuen Tee auf. »Da fehlt noch die Wiederholung meines Spruchs ›Ich hab dich gewarnt!‹ , dicht gefolgt von Kathys ›Hab ich's nicht gleich gesagt?‹ – wenn sie denn da wäre.«

»Wo steckt sie überhaupt?«, fragte Rachel und nahm doch noch ein winziges Stück Schokolade.

»Ist mit Josh ein paar Tage nach Wales gefahren, Heide gucken. Als ob's hier nicht genug Heide gäbe.«

»Ach ja, das hatte sie erzählt«, erinnerte sich Rachel zerknirscht. Irgendwie hatte sie zurzeit ein sehr lückenhaftes Gedächtnis, was so einige Dinge betraf. Dafür funktionierte leider die bildhafte Vorstellung von Graysons Augen, seinem Po in der engen Jeans, seinem Duft und dem Geschmack seiner Lippen mehr als hervorragend. Und seine Ausstrahlung. Er hatte irgendetwas Mystisches an sich. Etwas Rätselhaftes. Aufregendes. »Und überhaupt«, jammerte sie zerknirscht. »Nach euren Erzählungen habe ich ihn mir viel älter vorgestellt. Und ... und hässlicher! Ist er denn wirklich so schlimm?«

»Nein, dass er sexy ist, hab ich dir von Anfang an gesagt«, widersprach Helen, während sie an einem ihrer Fingernägel knabberte.

Rachel schob die Unterlippe vor. »Oh, das macht mich wahnsinnig, warum meldet er sich nicht?«, heulte sie auf.

»Das wird er, aber erst kurz bevor du gar bist. Das gehört zu seiner Strategie«, erwiderte Helen nüchtern. »Dann wird er dich richtig heiß machen, abservieren und danach verschwinden – eventuell mit ein paar Wiederholungen, aber immer in derselben Reihenfolge: heiß machen, abservieren, verschwinden. Schätzchen, seine Beziehungen halten nie länger als drei Wochen – wenn man das dann überhaupt Beziehung nennen kann. Rette deine Haut, lass die Finger von ihm. Achtung! Wiederholte Warnung! Dies ist keine Übung! Raus aus dem Wald. Vergiss die Großmutter und lauf.«

»Hättest du das nicht vorher sagen können?«, brauste Rachel auf und schniefte. »Mir ist schlecht.« Sie schenkte den beiden inzwischen vollständig geleerten Schokoladenpackungen auf dem Wohnzimmertisch einen giftigen Blick.

»Die können auch nix dazu. Du hast eben nicht zugehört!«, schimpfte Helen und fügte sanfter hinzu. »Das tut nie eine. Er hat einfach ein Talent, Herzen zu brechen, weißt du.«

»Sag jetzt nicht, dass er das auch schon mal mit dir ...?!«

Helen stellte die Teekanne auf den Tisch und lümmelte sich kopfschüttelnd neben Rachel aufs Sofa. »Bin nicht sein Beuteschema. Schade eigentlich.« Sie grinste.

»Oh, du ...!«, sagte Rachel, wobei sie Helen scherzhaft in die Seite knuffte. Danach fügte sie leise hinzu: »So was ist mir noch nie passiert, weißt du?«

Helen nickte und tätschelte ihrer Freundin die Schulter.

»Dabei sieht er gar nicht aus wie ein Psychopath. Ich meine, so charmant, und dieses Lächeln ... und die Haare ... und ...«

Helen unterbrach den erneuten Verzückungsrückfall ihrer Freundin. »Wenn man Psychopathen ihre dunklen Seiten ansehen würde, hätte man keine Probleme mit ihnen. Ich meine, erklär mir die Männer ... Warum wollen zum Beispiel mir immer gleich alle Kerle an die Wäsche?« Selbstironisch und so schwungvoll, dass ihr Dekolleté zu wogen begann, streckte sie das Kreuz durch und zog ihren üppig gefüllten BH zurecht.

Rachel setzte zu einer behutsamen Erklärung an. »Na ja, weißt du ...« Dann trafen sich ihre Blicke und sie mussten lachten. Beide seufzten aus vollem Herzen. Rachel schenkte Tee nach und beschloss, Grayson Wolf ganz schnell zu vergessen. Wahrscheinlich interpretierte sie auch viel zu viel in einen blöden Chauvi-Scherz hinein und das alles hatte überhaupt nichts zu bedeuten. Sie sah sich selbst in einem Pulk hysterisch kreischender Mädchen in eine enge Blumenvase gequetscht. Mit nassen Füßen und nutzlosen Blätterarmen. Und ein überdimensionierter Grayson Wolf zupfte ihr die Blütenblätter aus, während er summte: »Ich krieg dich, ich krieg dich nicht. Du willst mich, du willst mich nicht. Ich hab dich, ich hab dich nicht.« Das war ja ein Albtagtraum! Sie schüttelte sich.

Draußen prasselte ein kräftiger Landregen herunter. Helen legte spontan eine schnulzige DVD ein, die Rachel noch nicht kannte. Als sie zwei Stunden später an ihre Wohnungstür kam, klemmte eine einzelne dunkle Rose an der Klinke. Aber keine Nachricht dazu.

Rachel wusste nicht, ob sie sich freuen, heulen oder zu Helen zurückrennen sollte. Da sie die Freundschaft nicht überstrapazieren wollte, entschied sie sich, joggen zu gehen. Sie konnte sich ja noch nicht mal sicher sein, von wem die Rose stammte. Energisch klappte sie den Mülleimer auf und ließ die Blume darin verschwinden. Nachdem sie sich ihre Sportsachen angezogen hatte und erneut an dem Treteimer vorbeikam, tat es ihr schon wieder leid. Das Pflänzchen konnte schließlich nichts dafür, dass Rachel beschlossen hatte, den Wolf schnellstmöglich abzuhaken. Also fischte sie die Rose heraus und stellte sie in eine Vase mit Wasser. Sie sah genau so aus wie die, die sie vor zwei Tagen im Park gemalt hatte. Und sie duftete betörend. Ob die Rose von demselben Busch stammte, vor dem Grayson sie so unverschämt geküsst hatte?

»Nein! Das muss aufhören!« Sie schlug so hart mit der flachen Hand auf den Tisch, dass die Vase einen Hüpfer machte und ihre Handfläche brannte.

Dann lief sie an den Strand, um endlich und ein für alle Mal auf andere Gedanken zu kommen.

5

Rachel hatte eine Strecke entdeckt, die sie rasch hügelabwärts in Richtung Süden aus der Stadt herausführte. Sie ließ die sommerlichen Touristenkolonnen hinter sich, die sich durch die Gässchen und Straßen drängten, und genoss die letzten Regentropfen und den frischen Wind auf ihrer Haut. Ihre Joggingschuhe patschten durch Pfützen, die noch nicht vollständig von der dampfenden Erde aufgesogen waren, und knirschten durch Sand und über Kies. Am Swanpoolbeach waren trotz des wolkenverhangenen Himmels jede Menge Kajaks im Wasser und ein paar unverdrossene Kinder bauten, in ihre eigene Welt versunken, Sandburgen und Gräben. Rachel gab sich alle Mühe, nicht auf Handtücher und Kinderschaufeln zu treten. An einem Café überlegte sie kurz, für ein Eis anzuhalten, bevor ihr einfiel, dass sie gar kein Geld dabeihatte, und rannte in Richtung des Naturreservats weiter. Sie umrundete den kleinen Brackwassersee, machte einen großen Bogen um ein paar angriffslustig dreinblickende Schwäne und lief noch ein Stück um den Golfplatz herum, bevor sie sich erschöpft und kalorienreduziert genug fühlte, um sich eine Dusche und eine Tiefkühlpizza verdient zu haben.

In der Post war ein Scheck ihres Vaters mit der dezenten Aufforderung, sich doch bitte allmählich nach einem Job umzusehen, denn er sei sonst pleite, bis das Semester anfing. Rachel setzte »Jobsuche« im Geiste auf ihre Prioritätenliste. Caleb wusste bestimmt etwas. Obwohl ... eigentlich war sie ganz froh, dass er sich seit der Party etwas rargemacht hatte – was ihr tatsächlich gerade erst auffiel.

In der Zwischenzeit hatte sie allerdings mitbekommen, dass Caleb sogar in einer der angesagtesten Studentenbands spielte, die in wechselnden Clubs und Kneipen der Stadt auftrat. Er und seine Jungs hatten einen der Proberäume auf dem Campus gemietet. Wahrscheinlich übte er dort für eins der zahlreichen Sommer-Open-Airs, die zu dieser Jahreszeit fast an jedem Wochenende stattfanden. Das war eigentlich eine ziemlich coole Sache. Aber Rachel hatte beschlossen, sich vorläufig durch nichts und niemanden mehr beeindrucken zu lassen. Sie war schließlich kein naives Mäuschen. Und sie würde bestimmt nicht vom Regen in die Traufe stolpern.

Rachel schaltete den Fernseher an, holte die Pizza aus dem Gefrierfach und heizte den Backofen vor, während sie schnell unter die Dusche hüpfte. Zweimal meinte sie, ein Geräusch an der Wohnungstür zu hören. Beim ersten Mal drehte sie das Wasser ab und war kurz davor, komplett eingeseift und mit Shampoo in den Haaren zur Tür zu flitzen. Im letzten Moment überlegte sie es sich jedoch anders, weil ihr Seife in die Augen gelaufen war, als sie sich nach ihren Badeschlappen gebückt hatte. Beim zweiten Mal hatte sie die Badeschlappen weggelassen und wäre dafür fast auf dem Badezimmerboden ausgerutscht.

Also beschloss sie, so laut zu singen, dass sie nichts anderes mehr hören konnte. Vielleicht sollte sie es wie Kathy und Josh machen und einfach mal ein paar Tage wegfahren, bevor sie hier noch komplett durchdrehte – und das wegen eines einzigen, völlig harmlosen und egal wie wahnsinnig guten Kusses. Helen könnte ja während ihrer Abwesenheit unauffällige Kontrollgänge absolvieren, um nach Botschaften Ausschau zu halten? Ob sie das wohl tun würde? Sie würde das umgekehrt auf jeden Fall machen, überlegte Rachel weiter. Das waren schließlich Freundschaftsdienste, Ehrensache also.

Nein, besser sie blieb doch hier. Außerdem war das sowieso alles Blödsinn. Lächerlich. Abgehakt war abgehakt – pffff. Sie verdrehte die gereizten Augen und stellte das Wasser ab. War da nicht doch ein Geräusch an der Tür?

Rachel rubbelte sich im Eiltempo die Haare trocken, warf sich ihren Bademantel über, kontrollierte kurz im Spiegel, wie sie aussah, und zwang sich, auf dem Weg noch schnell die Pizza in den Ofen zu schieben. Dann rannte sie quer durch die Wohnung und riss die Tür auf.

Niemand.

Aber als sie den Kopf weiter in den Flur steckte, ertappte sie ein paar Meter weiter Caleb, der offenbar gerade den Rückweg angetreten hatte. Leider bemerkte er sie, bevor sie die Tür wieder zuziehen konnte. »Hast du bei mir geklopft?«, fragte sie und bemühte sich, locker zu klingen.

Caleb schüttelte den Kopf. »Nein. Ich wollte erst, aber dann hab ich's gelassen. War nicht so wichtig und ich wollte deine Gesangsübungen nicht stören.« Er klang entwaffnend ehrlich.

»Verdammt! Hat man das bis auf den Flur gehört?« Verlegen nestelte Rachel an ihrem Ausschnitt herum. Am liebsten wäre sie im Boden versunken.

»Das Haus ist ziemlich hellhörig«, grinste Caleb. »Ich dachte, du wüsstest das.« Abwartend beobachtete er sie.

Rachel überlegte, was für peinliche Sachen Caleb wohl sonst noch so mitbekam.

»Was grinst du so?«, fragte sie rundheraus.

»Du hast eine schöne Stimme«, sagte er und wandte sich zum Gehen. »Warte mal«, meinte Rachel verdutzt. »Wolltest du sonst nichts?«

»Nein, nichts.« Caleb rümpfte die Nase. »Deine Pizza brennt an.«

»Ach du Scheiße!« Rachel knallte die Tür zu und sprintete zum Ofen, keine Sekunde zu früh. Als sie den goldbraun verlaufenen Käse beäugte, stutzte sie für einen Moment. Woher wusste Caleb eigentlich, was sie sich zu essen gemacht hatte? Den Ofen konnte man doch von der Tür aus gar nicht sehen? Na ja, vielleicht hatte er einfach einen guten Riecher. Rachels Magen knurrte heftig, von daher beschloss sie, nicht weiter darüber nachzudenken, und stürzte sich auf ihre Pizza.

In der Nacht hatte Rachel einen Albtraum. Sie sah sich darin die Treppe hinaufschleichen und vor Graysons Tür herumlungern und natürlich erwischte er sie mit der Nase im Briefkastenschlitz. In Begleitung von fünf Top-Models fragte er sie ziemlich herrisch, was ausgerechnet sie mit ihren Schokoladenhüften und dem kleinen Busen von ihm wolle.

Selbst nachdem Rachel sich ein Glas Wasser geholt hatte und auf der Toilette gewesen war, fühlte sie sich mies und erniedrigt. Fürs Erste war's das mit der Nachtruhe. Auf der Suche nach Ablenkung schweifte ihr Blick über das kleine Wandregal im Bad und blieb an den Nagellacken hängen. Sie überlegte einen Augenblick lang ernsthaft, sich spontan morgens um vier die Fußnägel zu lackieren und welche Farbe wohl Grayson am besten gefallen könnte. Doch dann schaltete sich endlich mal wieder ihr vernachlässigter Denkapparat ein. Nagellack, um einem Typen zu gefallen, der sie gegen ihren Willen am helllichten Tag im Park geküsst hatte? Sonst noch was? Rachel schickte einen Stoßseufzer gen Himmel, kletterte wieder ins Bett und schlief bis halb elf Uhr morgens.

Dummerweise schien ihr Nachbar von oben einen siebten Sinn dafür zu haben, dass Rachel ihn gerade aus ihrem Hirn verbannt hatte. Denn als sie am nächsten Vormittag von einem Strandausflug mit Helen nach Hause kam, saß jemand wartend vor ihrer Tür. Dieser Jemand hatte anscheinend nicht vor aufzustehen, obwohl sie schon direkt vor ihm stand.

»Hallo Rachel«, sagte er nur und lächelte sie umwerfend von unten herauf an. Dabei sah er müde und besorgt aus. Rachels Herz begann, wie wild zu klopfen.

»Bist du hingefallen und kommst allein nicht mehr hoch?«, fragte sie möglichst unbeeindruckt.

Er machte Anstalten, sich zu bewegen, blieb dann aber doch sitzen. »Und wenn es so wäre?«

»Würde ich über dich drübersteigen«, erklärte Rachel knapp und fischte ihren Schlüssel aus der Handtasche. Hoffentlich sah er nicht, dass ihre Hände zitterten.

»Sollten wir uns dazu nicht erst besser kennenlernen?«, fragte er und lächelte hintergründig. Rachel wurde dunkelrot und hielt in der Bewegung inne. Schon wieder so eine unverschämte Anspielung. Dummerweise hatte sie sich diese Vorlage auch noch selber zuzuschreiben.

»Du weißt genau, wie ich das gemeint habe«, schnauzte sie ihn an. Um in die Wohnung zu kommen, müsste sie tatsächlich über ihn hinwegklettern und ihm womöglich in mehrerlei Hinsicht unfreiwillige Einblicke gewähren. Errötend dachte sie daran, dass sie ein Kleid anhatte – und zwar ein recht kurzes.

Sie ließ ihre Tasche sinken. »Offiziell weiß ich übrigens noch nicht mal deinen Namen«, sagte sie etwas ruhiger.

»Ist das ein Friedensangebot?«

»Nein, eine Tatsache«, erklärte Rachel nüchtern und war stolz auf sich. Wenn ihre Schlagfertigkeit zurückkehrte, war das bestimmt ein gutes Zeichen.

»Hmm«, machte er und schien nachzudenken. »Könntest du dich zu mir setzen? Dann fällt es mir leichter.«

»Fällt dir *was* leichter?«

Er gab keine Antwort. Sein Gesicht war hinter seinen Händen verschwunden, die er wie zum Gebet vor der Stirn abstützte.

Rachel seufzte und tat ihm den Gefallen. Aber ihre Tasche stellte sie sicherheitshalber zwischen sich und ihren ungebetenen Gast. »Ich weiß überhaupt nicht, warum ich das mache!«

»Vielleicht weil du ein geradliniger Mensch bist und jemanden nicht nach dem ersten Eindruck oder wilden Gerüchten beurteilst, sondern ihm eine zweite Chance gibst, auch wenn er sich bei der ersten Begegnung fürchterlich danebenbenommen hat?« Seine Augen schimmerten gerade sehr, sehr grün im Nachmittagslicht.

»Lass diesen Dackelblick«, bat Rachel unwirsch. »Außerdem warst du bei der ersten *und* bei der zweiten Begegnung ziemlich unverschämt.«

»Korrekt«, lenkte er ein. »Wie soll ich denn gucken, damit du mich ernst nimmst?« Rachel sah ihn so arrogant-ladylike von oben herab an, wie sie nur konnte, und wartete ab.

Er gab nicht auf, räusperte sich und verbeugte sich leicht. »Mein Name ist Grayson Wolf, ich wohne über dir, aber das weißt du ja schon. Ich hab mich neulich im Park total danebenbenommen. Das ist dir bestimmt auch nicht entgangen.« Rachel nickte zustimmend und setzte zu einem bissigen Kommentar an, aber Grayson ließ ihr keine Lücke, in die sie hätte schlagen können. »Was du nicht wissen kannst: Das ist sonst nicht meine Art, selbst wenn du vielleicht anderes über mich gehört haben solltest. Glaub mir, die Leute reden viel, besonders in diesem Haus. Na ja, und eigentlich bin ich hier, weil ich ...« Er kratzte sich verlegen am Kopf. Rachel schnaubte immer noch verärgert und er sprach schnell weiter. »Na ja ... also ... ich würde mich wirklich freuen, wenn du heute Abend mit mir essen gehst, falls du noch nichts vorhast. Als Zeichen meiner Entschuldigung für den Krach und den Kuss – obwohl ich mich dafür eigentlich nicht entschuldigen möchte. Aber ich sitze hier in ehrlicher Absicht. Versprochen. Ich möchte dich einfach kennenlernen, du bist irgendwie ... interessant. Was sagst du dazu?«

»Da gibt's bestimmt einen Haken«, rutschte Rachel prompt das Herz von der Zunge. Dabei hatte sie sich so schöne Beschimpfungen zurechtgelegt. Sie war ebenso verblüfft wie skeptisch über Graysons unerwarteten Redeschwall.

»Jaaah!«, freute sich Grayson und hob die Fäuste in Siegerpose Richtung Himmel. »Lieber Gott, sie hat nicht gleich Nein gesagt!«

»Noch nicht«, betonte Rachel, die Schwierigkeiten hatte, sich ein Lächeln zu verkneifen. Vielleicht war er doch nicht so verkehrt ...

»Kein Haken, keine Spielchen«, versprach Grayson und strahlte.

»Wie war das grade?«, bohrte Rachel nach.

»Dass die Leute viel über mich reden?«, fragte er.

»Nein, darüber möchte ich beim Essen mehr erfahren.«

»Du kommst also mit?«

»Vielleicht. Das, was du danach gesagt hast, meinte ich.«

»Dass du einen scharfen Verstand besitzt?«

»Den hattest du noch gar nicht erwähnt, aber danke für das Kompliment.«

»Ach, dass ich dich interessant finde, wolltest du gern noch einmal hören?« Er feixte und Rachels Gesichtsfarbe wechselte schon wieder ins Rötliche. Wie schaffte dieser Kerl es nur, ihr jedes Mal mit elegantem Lächeln das Heft aus der Hand zu nehmen und den Spieß umzudrehen?

»Ja, dazu steh ich«, erklärte er offen, bot ihr helfend eine Hand und stand zeitgleich mit Rachel auf. Sie ignorierte seine Geste, hielt aber den Blickkontakt und bemühte sich, nicht zu zwinkern.

»Das können wir ja vielleicht auch beim Essen näher besprechen. Also, wann soll ich dich abholen? Um sieben?«

Rachels Blick wanderte zu seinen Lippen. Sie zögerte einen Moment. Sollte sie vorgeben, heute schon verabredet zu sein? Ihn auf den nächsten Tag vertrösten? Oder die nächste Woche? ... Na gut, keine Spielchen. Sie wollte sich darauf einlassen – bis auf Widerruf. »Halb acht könnte ich einrichten, wenn's so dringend ist«, schlug sie vor.

»Ist es«, sagte Grayson, beugte sich vor, wie um ihr einen Abschiedskuss zu geben, überlegte es sich offenbar auf halbem Weg anders und eilte pfeifend davon. Rachel redete sich ein, dass sie ihm sowieso nur die Wange hingehalten hätte, und klopfte sich imaginären Staub vom Kleid. Sie stutzte. Wo er gesessen hatte, lagen drei dunkelrote Rosen. Er musste sie die ganze Zeit hinter seinem Rücken versteckt gehalten haben.

Rachels Knie zitterten schon wieder. Und die Pogo tanzenden Hummeln hatten beschwipst kichernden Schmetterlingen die Tanzfläche überlassen. Es kribbelte wie irre in ihrem Magen. Das machte es umso schwerer, die Bodenhaftung zu bewahren. Sie hatte ein waschechtes Date mit Grayson Wolf! Wie hallelujah war das denn?

Rachel schwankte zwischen dem Bedürfnis, sich mitzuteilen und sich den Abend nicht schon im Vorfeld von einer wohlmeinenden Freundin kaputt reden zu lassen. Nach einem kurzen Blick auf die Uhr entschied sie, dass sie sowieso nur noch Zeit für die Dusche, ein kurzes Styling und eine vermutlich etwas längere Beratung mit sich selbst vorm Kleiderschrank hatte. Verflixt, sie hätte fragen sollen, wohin er sie ausführen wollte ...

Als könne Grayson Wolf Gedanken lesen, klingelte in diesem Augenblick das Telefon.

»Ich bin's«, meldete er sich. Womit erwiesen war, dass er ihre Nummer bereits hatte – woher auch immer. Auf jeden Fall gab er sich Mühe! »Ich wollte nur sagen, nimm eine Jacke mit, es könnte kühl werden heute Abend, für später ist Regen angesagt.« ... und ein Gentleman war er noch dazu! Aber konnte er nicht einfach eine SMS schicken, wie alle anderen auch? Sie hatte ein klein wenig Schiss, völligen Stuss zu reden.

»Wohin fahren wir denn?«, fragte Rachel nervös.

»Ich wollte mit dir nach Maenporth runter. Warst du da schon mal? Dort gibt es ein nettes kleines Restaurant am Strand. Heißt *The Cove.*«

»Nein, kenn ich nicht. Was muss ich anziehen?«, fragte Rachel betont sachlich.

»Da kann man auch direkt vom Strand mit dem Hund reinschneien«, erwiderte Grayson. Er hatte eine sehr angenehme Telefonstimme, warm, so als ob er die ganze Zeit lächeln würde.

»Klingt gut«, meinte Rachel. Zum Glück wusste Grayson nicht, dass sie nicht nur seine Antwort meinte.

»Bis später dann.«

»Ja.«

»Ich freu mich.«

Sie legten auf. Rachel unterdrückte ein begeistertes Quietschen und tanzte ins Bad. Obwohl sie sich ihre letzte Bemerkung lieber hätte verkneifen sollen. Ich freu mich – wie bekloppt klang das denn? Und außerdem sollte *er* sich bloß nicht zu früh freuen! Sie hatte ihr Kriegsbeil nur vorläufig und nicht sehr tief vergraben. Daran musste sie sich nur vor allen Dingen immer wieder selbst erinnern.

Legere Kleidung also. Wunderbar, sie hatte schon Angst gehabt, dass er sie womöglich in irgendeinen Nobelschuppen zerren wollte. Rachel entschied sich für eine Dreivierteljeans und schwankte zwischen ihrem Lieblings-T-Shirt und der fliederfarbenen Tunikabluse. Und drüber ihren Wind abweisenden Kängurupullover oder doch lieber die leichte Strickjacke und eine Weste dazu? Der Rest war wesentlich einfacher: kein Make-up, nur Kajal, ein wenig Wimperntusche und ihr Lieblingsgloss. Sie wollte nicht angemalt aussehen. Und über die Unterwäsche zerbrach sie sich erst recht nicht den Kopf. Grinsend dachte Rachel an Helen. Im Gegensatz zu ihr würde sie sich heute garantiert keine Gedanken ums Ausziehen und den entsprechenden Drunter-Kult machen. Wenn Grayson darauf spekulierte, musste er sich was Besseres einfallen lassen. Allerdings hatte er gar nicht den Eindruck gemacht, dass das sein Ziel war. Helen hatte garantiert so was von unrecht mit ihrer Warnung! Blödsinn!

Rachel sah auf ihre Armbanduhr. Schon Viertel nach sieben. Himmel, wieso raste die Zeit heute denn nur so? Sie föhnte sich über Kopf die Haare, band sie zu einem unspektakulären Pferdeschwanz im Nacken zusammen und musste schon wieder zur Toilette. »Wie gut, dass ich *nicht* aufgeregt bin«, erzählte sie selbstironisch ihrem Spiegelbild. Das streckte ihr als Kommentar die Zunge heraus. Frechheit!

Und dann klingelte es.

»Komme gleich!«, brüllte sie in Richtung der verschlossenen Tür. Hatte sie alles? Taschentücher, Schlüssel, Pfefferminzbonbons, Geld, Busfahrkarte? Für den Heimweg – man konnte ja nie wissen! Während sie das alles und dazu ihren Sweater in die Umhängetasche stopfte, fiel ihr ein, dass sie vielleicht eine Nachricht deponieren sollte. »Liebe Nachwelt, bin/war mit Grayson Wolf essen. Maenporth, *The Cove*. Donnerstag, 19.30 Uhr«, krickelte sie auf einen Zettel. Nur für den Fall, dass König Blaubart sie verschleppen sollte.

»Wow!«, war das Einzige, das Rachel herausbrachte, als sie Grayson die Tür öffnete. Am liebsten hätte sie ihm die gleich wieder vor der Nase zugeschlagen und sich noch mal komplett umgezogen. Hatte er nicht etwas von lockerer Kleidung gesagt? Hatte sie da etwas falsch verstanden? Wieso sah er so gestriegelt aus? Er trug ein Sakko zur Jeans und darunter ein halb aufgeknöpftes petrolfarbenes Hemd. Keine Brustbehaarung, stellte Rachel zufrieden fest.

»Für dich«, riss er sie aus ihren Gedanken und streckte ihr eine Orchideenblüte entgegen.

»Keine Rose?«, fragte Rachel erstaunt.

Grayson lachte. »Auf die Idee kommt ja wohl jeder. Wusstest du, dass die meisten Orchideen an den unmöglichsten Orten wachsen, auf Bäumen oder Steinen?«

»Was du nicht sagst«, gab Rachel abwesend zurück. Sie wusste nicht recht, was sie mit der Blume anstellen sollte. In die Wohnung legen? In die Tasche stopfen? In der Hand behalten?

»Steck sie dir doch ins Haar«, schlug Grayson vor, der ihre Reaktion interessiert beobachtete. Seine Mundwinkel zuckten. »Soll ich dir helfen?«

Rachel ließ die Schultern fallen und drehte sich ein wenig. »Na gut.«

Mit wenigen Griffen befestigte er die Blüte in ihren Haaren. Rachel konnte ihr Spiegelbild zwar nicht sehen, aber als sie behutsam nach ihrer Frisur tastete, fühlte es sich edel an.

Und so wie er sie anlächelte, sah es wohl auch so aus. »Wollen wir?«

Rachel nickte stumm. Womöglich hätte sie sich bei einer Antwort verhaspelt. Der Typ war ein Alchemist. Keine

Ahnung, ob er Gold herstellen konnte, aber aus ihren Knochen Pudding machen und in ihre Zunge einen Knoten zaubern, das gelang ihm sehr gut. Und zwar schon durch die leiseste Berührung, wie beispielsweise ein beiläufiges Streifen seiner Hände über ihren Nacken. Aber sie hatte alles im Griff. Mindestens so fest wie ihre Hände die Henkel ihrer Tasche.

Rachel ließ Grayson auf der Treppe vorausgehen und beglückwünschte sich zu der Entscheidung, ihren frisch verheilten Blasenfüßen eine zweite Begegnung mit den superteuren Pumps erspart zu haben. Stattdessen hatte sie sich für ihre hellen Sneakers entschieden. Deren Sohle war bei Nässe zwar etwas rutschig, aber dafür konnte sie in ihnen wunderbar laufen – selbst mit wackeligen Knien wie jetzt.

Nach dem kurzen Spazierweg die Auffahrt hinunter erreichten sie Graysons Auto. Es war ein Sportwagen in Dunkelgrünmetallic.

»Ein Daihatsu Copen Cabrio.« Rachel pfiff durch die Zähne. »Ich dachte, die werden gar nicht mehr gebaut? Cool. Hat nicht jeder.« Bewundernd strich sie über den Kotflügel und ergänzte »Stil« auf ihrer virtuellen Pro-Grayson-Liste.

Grayson lächelte und hielt ihr die Tür auf. »Du kennst dich mit Autos aus?«

»Ein wenig«, gab Rachel zurück. »Fahren wir offen?«

»Wenn die Orchidee das aushält?!«

»Muss!«, sagte Rachel enthusiastisch. Damit es nicht allzu undankbar klang, fügte sie rasch hinzu: »Ich werde gut auf sie aufpassen.«

Glücklicherweise hatte Grayson einen ganz anderen Fahrstil als Caleb. Er nahm die Kurven bedächtig und ließ im Kreisverkehr auch mal anderen die Vorfahrt. Auf geraden Strecken erhörte er allerdings Rachels unausgesprochenen Wunsch und beschleunigte. Vielleicht hatte er auch aufmerksam die unkontrollierten Muskelanspannungen seiner Beifahrerin bemerkt. Rachel drückte leidenschaftlich auf ein leider nicht vorhandenes Beifahrergaspedal, während sie mit den Händen pflichtschuldig ihre Orchidee im Nacken schützte.

Als er ihr auf dem Restaurantparkplatz die Tür öffnete und beim Aussteigen half, hatte Rachel ein seliges Grinsen im Gesicht. »Tolles Auto!«

»Na, ich hoffe, ich hab den Tisch nicht umsonst gebucht. Aber wenn es dir lieber ist, können wir uns auch belegte Brote besorgen und eine kleine Spritztour machen?«

Rachel tat, als würde sie einen Moment lang ernsthaft überlegen. Dann schüttelte sie den Kopf. »Nein, ich glaube, dann könnte ich nicht mehr für die Orchidee garantieren. Aber wenn du magst, kannst du gern zwei bis fünf Gläser Bier trinken und ich fahr uns nach Hause.«

Rachel meinte, einen Schatten über Graysons Gesicht huschen zu sehen. Für den Bruchteil einer Sekunde nur, dann hatte er sich wieder im Griff.

»So weit kommt's noch.« Lachend wedelte er mit den Schlüsseln vor Rachels Nase herum. »Ich lass mich doch von dir nicht betrunken machen. Zumindest nicht mit Alkohol.« Er sah sie vieldeutig an. »Die hier muss man sich erst verdienen.«

»Wer hat hier bei wem was gut?«, erinnerte Rachel.

»Eins nach dem anderen«, meinte Grayson. Augenzwinkernd hielt er ihr die Restauranttür auf, ließ sie wohlerzogen vorausgehen – und prallte im nächsten Augenblick recht unelegant gegen seine Begleiterin. Rachel hatte den Raum im Bruchteil einer Sekunde überblickt und war abrupt stehen geblieben. Als sie sich zu Grayson umdrehte, hätte sie ihm um ein Haar auch noch einen Kinnhaken verpasst.

»Kann ich doch noch die Autofahrt mit Butterbroten buchen? Oder können wir einfach irgendwo 'ne Pizza essen gehen?«, fragte sie hektisch und drängte Grayson zwei Schritte rückwärts Richtung Ausgang.

»Stimmt was nicht?«, fragte er amüsiert. »Das ist auch nur ein Restaurant wie jedes andere.«

»Du meinst, abgesehen davon, dass mich die Michelinsterne an der Eingangstür so was von gar nicht beeindrucken und es schließlich dein Portemonnaie ist?«

Graysons Mundwinkel zuckten. Er reckte sich neugierig über ihre Schulter nach vorn und spähte ins Restaurantinnere. Rachel nutzte die Gelegenheit, schnupperte unauffällig an seinem Hals und war für einen Moment abgelenkt.

»Oh«, sagte er. »Caleb ...«

Irritiert öffnete Rachel die Lider. Ganz kurz hatte seine Stimme jede Wärme verloren und rau und kalt geklungen. Seine Augen hatten sich verengt. Als er ihren Blick spürte, richtete er sich auf und nahm Rachel fest am Arm. »Geht da irgendwas ab, das ich wissen sollte?«, fragte er leise und sah sie forschend an.

»Nein, wieso?« Rachel schüttelte verwundert den Kopf. Sie wand ihren Arm aus Graysons Griff und er ließ sofort los. Sie rieb die Stelle, an der er sie gepackt hatte. Was war das denn für eine heftige Reaktion? Anscheinend beruhte Calebs überschäumende Sympathie für Grayson auf Gegenseitigkeit.

»Tja, ich muss dich enttäuschen«, erklärte er mit gewohnt frechem Charme in der Stimme. »Diese musikalische Untermalung habe ich zwar nicht gebucht, aber lassen wir uns doch mal überraschen, was der Milchzahn da vorn so draufhat, einverstanden?«

»Genau das ist der Plan«, erklärte ein freundlicher Kellner, der sich bisher dezent im Hintergrund gehalten hatte. »Guten Abend, die Herrschaften. Kann ich Ihnen die Jacken abnehmen? Mr Wolf? Die junge Dame? Bitte folgen Sie mir an Ihren Tisch.«

Während der Ober sie durch den lichtdurchfluteten Raum an einen stilvoll dekorierten Tisch mit Seeblick navigierte, erklärte er weiter: »Wir haben in den nächsten Wochen diverse Bands und Musiker aus der Region zum Vorspielen eingeladen. Die Gäste dürfen abstimmen und die drei besten erhalten ein Engagement für unsere wöchentlichen Sommer-Barbecues draußen auf der Terrasse. Normalerweise finden die Castings am Wochenende und draußen statt, aber der junge Mann hat aus terminlichen Gründen auf dem heutigen Abend bestanden.« Na toll. Anscheinend hatte Caleb auch noch einen sechsten Sinn dafür, dass sie mit einem anderen Mann unterwegs war.

»Was für ein Zufall«, murmelte Rachel und ließ sich von Grayson den Stuhl zurechtrücken, während der äußerst engagierte Kellner ihr bereits die Karte unter die Nase hielt.

»Was darf ich empfehlen? Wir hätten heute tagesfrisch gefangenen Seehecht oder Schellfisch im Angebot. Und zum Nachtisch vielleicht ein Stückchen cornischen Zitronen-Käsekuchen nach Art des Hauses?«

Grayson bedankte sich und schickte den Mann erst einmal weg. »Wir brauchen noch einen Augenblick.«

Rachel saß seitlich zu der kleinen Bühne, auf der Caleb offenbar noch damit beschäftigt war, seine Gitarre einzustöpseln und den Monitor auszurichten.

Die ganze Situation war ihr unangenehm. Hatte er das mit Absicht eingefädelt? Aber woher sollte Caleb wissen, dass sie an diesem Abend hier sein würde und mit wem? Und sollte sie jetzt aufstehen, zu ihm hingehen und Hallo sagen oder eher so tun, als hätte sie ihn nicht gesehen? Er würde sich ja wohl nicht einfach zu ihnen setzen wie in einem schlechten Film – er musste Musik machen und das hoffentlich ebenfalls nicht wie in einem alten B-Movie direkt an ihrem Tisch. Sie studierte Grayson mit gerunzelter Stirn.

»Was ist?«, fragte der prompt und Rachel sprach laut aus, was sie dachte. »Du siehst glücklicherweise nicht wie jemand aus, der den Live-Musiker bittet, der Dame ein Ständchen am Tisch zu bringen.«

Grayson grinste. »Oh, möchtest du? Er erfüllt bestimmt Musikwünsche!« Er tat, als ob er den Arm heben wolle, und drehte sich halb in Calebs Richtung. Um ein Haar hätte Rachel ihr Glas umgestoßen, als sie entsetzt vorschnellte, um ihn zurückzuhalten.

Sie quietschte, Grayson lachte und spätestens jetzt hatten sie Calebs Aufmerksamkeit. Na wunderbar! Rachel fühlte seinen Blick bohrend in ihrem Nacken. Also setzte sie ein unbefangenes Lächeln auf, drehte sich zu Caleb um und drückte ihm demonstrativ die Daumen. Caleb nickte knapp und widmete sich wieder seiner Technik, bevor sie seine Miene wirklich sehen oder einordnen konnte. Rachel atmete tief durch.

Grayson räusperte sich.

»Eifersüchtig?«, fragte sie leichthin, als sie sich wieder zu ihm drehte.

»Sollte ich?«, konterte er. »Ich hab gehört, dass ihr befreundet seid.«

»Wir haben schon öfters was zusammen unternommen«, erwiderte Rachel bedächtig. Die Erinnerung an den Partykuss setzte zeitgleich mit einer leichten Röte ein.

Zum Glück kam in dem Moment der Kellner, um die Bestellung aufzunehmen.

Rachel seufzte. Natürlich hatte sie noch keine Zeit gehabt, die Karte ausführlich zu studieren, geschweige denn eine Entscheidung zu fällen, aber das war jetzt auch egal. Der Typ sollte bloß nicht gleich wieder verschwinden. »Ich nehm dann den Fisch.«

»Und welchen?«, fragte der Kellner unbeeindruckt.

»Äh. Die Tagesempfehlung?«, sagte Rachel kratzbürstig.

»Wir nehmen beide den Seehecht«, kürzte Grayson freundlich, aber bestimmt die drohende Diskussion ab. »Und dazu ein Glas weißen Chardonnay bitte. Du magst doch Wein, oder?«

Rachel zuckte gleichgültig mit den Achseln. »Ja, ein Glas kann nicht schaden«, erklärte sie leicht verstimmt.

»Ich bleibe beim Wasser«, teilte Grayson dem Kellner mit. »Einer muss ja nüchtern bleiben, damit hier nichts aus dem Ruder läuft.«

»Aha«, sagte Rachel und nestelte ruppig an ihrer Serviette herum.

»Hab ich was Falsches gesagt?«, fragte Grayson.

»Nein«, behauptete Rachel. »Doch«, überlegte sie es sich dann anders und legte die Serviette weg. »... aus dem Ruder läuft!«, äffte sie ihn nach und holte Luft. »Weißt du, ich finde das alles hier ziemlich schräg. Es ist nett, dass du mir bei der Bestellung helfen wolltest. Aber ich bin kein kleines Kind und du musst mir nicht beweisen, wie gut du erzogen bist. Das *Cove* ist bestimmt nicht das erste schicke Restaurant, in dem ich esse. Ich war nur ...« Ausgerechnet mitten in ihrem Satz musste natürlich Caleb anfangen zu spielen. Sie schloss die Augen, um sich zu konzentrieren. »Ich war nur ein bisschen abgelenkt. Ich bin eher der dezente Typ, weißt du? Und deswegen wollte ich nicht gleich überall im Schloss verbreiten, dass ich mit dir essen gehe. So viel zu mir. Jetzt lass uns von dir reden.«

Es war nicht zu übersehen, dass Grayson sich anspannte. Diesmal war sie diejenige, die die Wirkung ihrer Worte auskostete. Anscheinend hatte sie voll ins Schwarze getroffen. Gnädig baute sie ihm eine Brücke. »Wieso fährst du einen Copen?«, fragte sie und fügte im nächsten Atemzug hinzu: »Und welche Frage hätte dir gerade eben den Angstschweiß auf die Stirn getrieben, wenn ich sie gestellt hätte? Aber denk dran, keine Spielchen!«

»Heißt das, wir spielen Wahrheit oder Pflicht?« Grayson hatte sich wieder gefangen. Er nickte anerkennend. »Eins zu null für dich, ich wollte dich nicht bevormunden – also einverstanden, aber wir modifizieren die Spielregeln. Nur eine Frage pro Date und keine Pflicht als Wahlmöglichkeit – zumindest solange wir hier sind.« Er räusperte sich. »Also ... ich mag den Copen, weil er anders ist, etwas Besonderes. Ich mag die Optik und den Charakter. Einen Porsche, Spider oder Alfa hat jeder, den Copen kennt nicht mal die Hälfte von denen.«

Rachel lächelte. Die Antwort gefiel ihr und erst recht, dass er weitere Dates anvisierte. »Jeder, ist klar ... bei dir hört sich das so an, als würden diese Autos wie Volkswagen massenhaft am Band produziert. Aber gut, dann bist jetzt wohl du dran.« Sie lehnte sich zurück. Ihre Nervosität verflog zusehends. Sollte Caleb doch spielen, was er wollte.

Der Kellner hatte unauffällig die Getränke serviert und wenig später kam auch schon das Essen. Rachel wippte mit dem Fuß gedankenverloren im Takt der Musik und sie verdrängte wunderbar, wer an der Gitarre und dem Mikrofon dafür zuständig war. Grayson allerdings schien das anders zu gehen.

»Ich möchte schieben«, sagte er unvermittelt. »Ich heb mir meine Frage für ein andermal auf, okay?«

Rachel dachte nach. »In Ordnung«, antwortete sie gut gelaunt. »Aber du kannst die Frage nur heute noch einlösen, morgen ist sie verfallen, abgemacht?«

»Abgemacht«, versprach er. Seine Stimme klang rau und er räusperte sich erneut, während sein Blick kurz zur Bühne wanderte. »Nachtisch?«, fragte Grayson im nächsten Moment und Rachel nickte begeistert. »Der Zitronen-Käsekuchen klang lecker, oder?«

Keine fünf Minuten später servierte ihnen der Kellner ein kleines Kunstwerk mit einem filigranen Schmetterling aus Zuckergitter.

»Das ist fast zu schade, um es zu essen«, raunte Rachel andächtig.

»Manchmal ist es vielleicht einfach Schicksal und man muss sich damit abfinden«, orakelte es plötzlich schräg hinter ihr.

Unangenehm berührt drehte sich Rachel um. »Hallo, Caleb«, begrüßte sie ihn mit einem aufgemalten Lächeln. Der arme Kerl konnte ja nichts dafür, dass er sie aus Versehen mit Grayson ertappt hatte. »Was machst du denn hier?« Was für eine bescheuerte Frage ...

Caleb grinste, wobei er Grayson vollkommen ignorierte. »Im Moment wäre die ehrliche Antwort ›Pause‹.« Er hob sein Glas Bier und prostete ihr zu. »Wie gefällt es dir?«

»Das Essen war sehr gut«, lobte Grayson vielsagend. »Die Gesellschaft bisher auch.«

»Und die Musik«, warf Rachel ein, aber die Jungs beachteten ihre Einwurf gar nicht.

»Ja, manchmal beweist unsere Rachel mehr, mal weniger Geschmack«, gab Caleb zurück. »Heute hat sie wohl einen besonders schlechten Tag.«

Rachel verschluckte sich fast an ihrem Wein. »Hey, Leute. Beruhigt euch mal, okay? Und redet nicht von mir in der dritten Person!« Sie fühlte sich äußerst unwohl. Irritiert sah sie von einem zum anderen. »Was soll das?«

Grayson hob abwehrend die Hände. Sofort kam einer der Kellner dazu. »Gibt es ein Problem?«

»Nein, nein«, erwiderte Grayson und lächelte kühl. »Wir kennen uns.«

Rachel fröstelte. »Könnt ihr das bitte unter euch ausmachen, und wenn's geht, ein andermal?«, sagte sie so leise wie möglich. »Die Leute gucken schon.«

»Kein Problem«, gab Caleb friedfertig zurück. »Ich bin hier nur für die Musik zuständig. Gerade mache ich eine kleine Runde bei den Gästen und frage nach besonderen Wünschen«, erklärte er an den Kellner gewandt, der sich daraufhin beruhigt zurückzog.

»Ja, dann spiel doch was für uns«, bat Grayson. »Etwas Geschmackvolles für die Lady!« Er legte einen Geldschein auf den Tisch.

Caleb presste sichtbar die Kiefer aufeinander. »Euer Wunsch ist mir Befehl«, sagte er dann. »Prinzessin ...« Er stellte sein Bier auf der Zehnpfundnote ab, verneigte sich vor Rachel und schlenderte zur Bühne zurück.

»Bitte, was sollte das?«, fragte Rachel.

Grayson beobachtete Caleb und klatschte laut und langsam, als der seine Gitarre wieder in den Verstärker stöpselte und einen ruhigen, uralten Song anstimmte – und zwar von Chris de Burgh. Es waren die ersten Takte von *The Tower*. Rachel schluckte. Diese traurige Melodie kannte sie viel zu gut und sie verwünschte sich dafür, Caleb bei der Party überhaupt auf die Fährte gebracht zu haben. Selbst Cornwall war noch nicht weit genug weg von allem. Hatte er nicht neulich noch behauptet, das Stück nicht zu kennen? Da hatte jemand seine Hausaufgaben mehr als gründlich gemacht. Was wollte er damit bezwecken? Und ausgerechnet jetzt und hier? Sie fuhr herum und funkelte ihn an. Caleb sah ihr seltsam unbeteiligt in die Augen, bevor er die seinen schloss und mit trauriger, brüchiger Stimme zu singen begann: »A great lord came walking through the forest one morning, with a weapon in his hand; rich was his castle, he lacked for nothing, but killing was his plan ...«

Aus seinem Mund, parallel dazu Graysons undurchschaubaren Blick auf sich geheftet, erhielten die Worte für Rachel plötzlich eine ungeheuerliche Bedeutung. Sie fühlte sich wie die Frau in dem Lied als Beute, als Trophäe. Und keiner der beiden hier war besser als der andere, ihre Warnungen voreinander waren einfach nur eigennützig und gemein. Es ging ihnen doch überhaupt nicht wirklich um sie! Rachel spürte, wie Tränen in ihr hochstiegen. Sie meinte, keine Luft mehr zu bekommen, und plötzlich war ihr das alles viel zu viel. Sie war enttäuscht und traurig und Beckys furchtbare Geschichte kam ungebremst in ihr hoch. *The Tower* war Beckys und ihr Lieblingssong gewesen

»Ich muss raus hier«, verkündete sie knapp, warf ihre Serviette auf den unberührten Dessertteller und schob den Stuhl so schwungvoll zurück, dass er krachend umfiel. »Es tut mir leid.« Sie stürzte nach draußen.

Dass der filigrane Schmetterling in tausend Stücke zersplitterte, bekam sie nicht mehr mit.

6

Im Laufschritt überquerte Rachel den Parkplatz und landete blindlings auf dem Küstenwanderweg. Gut so. Sie wollte weg, nur weg von Caleb, von Grayson, von der Musik, den Erinnerungen, den Warnungen und Gesinge, von allem. Was bildeten diese Kerle sich eigentlich ein?

»Rachel!« Sie hörte ihren Namen, aber die Stimme drang nicht zu ihr durch.

»Rachel! Warte doch!« Es war Grayson.

»Lass mich in Ruhe!«, heulte sie und rannte weiter, beschleunigte, lief vor ihm davon.

»Rachel, bitte! Es tut mir leid!« Seine Stimme kam näher. Er holte sie ein.

Sie verlangsamte ihr Tempo und blieb stehen. Ihre Lungen brannten.

»Was soll dir denn bitte schön schon wieder leidtun?«, japste sie zynisch. »Hör doch auf, dich zu entschuldigen, wenn du es gar nicht so meinst. Ihr zieht da drin euer Männerding durch und ich bin in Wahrheit Nebensache. Bin ich so was wie Beute, wie eine Trophäe, die man einfach abknutscht und die Reaktion abwartet? Und Caleb spinnt ja noch viel mehr! Was geht da ab zwischen euch? Warum macht ihr mich überhaupt zu eurem Spielball, noch dazu in aller Öffentlichkeit?«

»Ich wollte das wirklich nicht ... Rachel, bitte, hör mir zu«, bat Grayson sanft und umfasste ihre Schultern, doch sie schüttelte ihn ab.

Dabei hätte sie sich am liebsten einfach in seine Arme geworfen und ihm dafür auch gleich noch eine geknallt. Ihr war einfach zum Heulen. Sie riss sich los und lief weiter. Der Boden war rutschig. Ein paar Mal wäre sie fast hingefallen und dann donnerte es auch noch direkt über ihr. Ein Blitz zuckte und Rachel verlor um ein Haar das Gleichgewicht. Doch Grayson war da. Er packte sie und hielt sie fest, eng umschlugen.

»Der Weg hier ist zu gefährlich, um einfach so drauflos-zurennen«, schimpfte er und atmete in ihr Haar.

Rachel bebte unter seinen Händen. Sie roch ihn und spürte seinen Herzschlag so dicht an ihrem. Ihre Herzen hämmerten im gleichen Beat und trotzdem versuchte Rachel immer noch, sich loszuwinden.

»Schhhh«, machte Grayson einfach nur. »Schhh.« Schließlich gab sie auf und fing an zu weinen. Behutsam zog er sie unter den Schutz eines Baumes.

»Schade um den schönen Nachtisch«, schniefte sie irgendwann. »Hast du mal ein Taschentuch?«

Mit einer Hand zog Grayson ein zerknautschtes Päckchen aus seiner Jeans. Mit dem anderen Arm hielt er immer noch Rachel umfasst. »Na ja, zumindest war es nicht das Schicksal des Schmetterlings, von irgendwem aufgegessen zu werden«, meinte er lakonisch. »Geht's wieder? Möchtest du zurück oder wollen wir ein paar Meter gehen?«

Rachel hatte keine Lust, Caleb heute noch einmal zu begegnen. Sie war stinkwütend auf ihn. Und verletzt. Und wütend. Und irritiert und verletzt und ... wütend. »Laufen«, sagte sie und putzte sich die Nase. »Bitte. Ganz weit weg.« Sie hatte das Gefühl, irgendetwas erklären zu müssen. »Da drin ist grade eine Menge alter Erinnerungen hochgekommen«, fing sie an und wehrte sich gegen die lauernden alten Schattenbilder. »Das hatte nicht nur mit dir und Caleb zu tun. Nicht *nur* ... ich möchte an was anderes denken, okay?«

Er bohrte nicht nach, was sie ihm hoch anrechnete.

Grayson sah prüfend in den Himmel. »Ich glaube, das Gewitter zieht ab«, mutmaßte er. »Wollen wir zum Strand runter? Wind und Wellen pusten einem das Hirn so schön frei, findest du nicht?«

Rachel nickte. Auf einmal war es ganz selbstverständlich, dass er sie im Arm hielt, während sie schweigend nebeneinanderher gingen. Nur wohin mit ihrem eigenen Arm? Rachel entschied sich, ihre freie Hand ganz unauffällig um Graysons Rücken herum in einer seiner Gürtelschlaufen zu parken, und musste kichern.

»Was ist?«, fragte Grayson.

»Ich bin froh, dass du keine Kniekehlenschlabberhosen trägst. Sonst müsste ich mich jetzt ganz schön verrenken.«

Grayson lachte. »Wenn ich sonst noch was für dich tun kann?«

Rachel schüttelte den Kopf. Sie musste sich erst behutsam an das Gefühl gewöhnen, Arm in Arm mit Grayson Wolf über den Küstenwanderweg zu laufen, während sich über ihnen gigantische Wolkengebirge in unterschiedlichsten Farbschattierungen auftürmten.

»Sieh dir diese Wahnsinnswolken an«, sagte sie fasziniert und ließ sich beim Abstieg von Grayson bereitwillig über Wurzeln und größere Felsbrocken helfen. Es kribbelte, wenn sie ihm die Hand reichte. Am liebsten wäre sie wieder in seine Arme gekrochen, aber das gab der Weg nun nicht mehr her.

»Vielleicht sollten wir doch besser umkehren«, schlug Grayson vor. »Ich glaube, das Unwetter hat noch mal gedreht. Da braut sich ganz schön was zusammen.«

»Nein, bitte. Nur kurz ans Wasser, ja?«

»Dann aber schnell«, rief er, packte Rachel und zog sie die letzten Meter übermütig durch den tiefen Sand in Richtung der Brandung. Er verlangsamte sein Tempo kein bisschen, je näher sie dem Wasser kamen. Sie fühlte bereits die Gischt auf ihr Gesicht spritzen.

»Nein«, kiekste sie, »nicht ins Wasser!« Rachel strauchelte und dann fielen sie beide in den feuchten Sand, der noch die Wärme des Tages gespeichert hatte. Grayson hatte sich bemüht, ihren Sturz abzufangen, weswegen sie halb auf ihm landete. Rachel kam sich ziemlich bescheuert vor, wie sie ihm atemlos ins Gesicht keuchte. Schnell rappelte sie sich hoch. Aber nicht schnell genug für Grayson. Irgendwie gelang es ihm, sie zurückzuziehen, und schon lag sie auf dem Rücken, während er sich dicht über sie beugte.

»Keine Angst«, flüsterte er. »Ich werde dich nie wieder gegen deinen Willen küssen. Ich wollte mir nur die Farbe deiner Augen einprägen, damit ich sie nicht vergesse, was auch immer geschieht.«

Seine warme Stimme, sein Herz auf ihrem und sein Duft in ihrer Nase sorgten dafür, dass sie nicht mehr klar denken konnte. Rachel nahm all ihren Mut zusammen. Sie reckte sich zu ihm hoch und presste ungestüm ihre Lippen auf seine, damit er endlich zu reden aufhörte. Den Kuss hatte sie schließlich noch gut bei ihm!

Als er sie zurückküsste, schloss Rachel die Augen. Sie spürte seine Hände in ihrem Haar und fragte sich einen

Augenblick lang schuldbewusst, was aus der Orchidee geworden war. Dann erinnerte sie sich, die kleine Blume bei ihrem überstürzten Aufbruch schon im Restaurant aus ihrem Zopf gezogen und auf den Boden geworfen zu haben.

Er strich eine salzige Strähne aus ihrem Gesicht und stützte ihren Kopf mit seinen Händen. Behutsam löste er seine Lippen von ihren, ließ sie über ihre Nasenspitze, ihre Wangen, Augen und Stirn wandern und kehrte zu ihrem Mund zurück. Unendlich zart. Rachel kämpfte ihre Arme unter seinem Bauch hervor und suchte seinen Rücken, seinen Nacken. Sie musste ihn anfassen, seine Haare spüren, seine Haut.

Dann setzte der Regen ein. Von jetzt auf gleich schüttete es wie aus Eimern. Kurz danach donnerte es über ihnen so laut, dass Rachel zusammenzuckte.

»Los, dahinten sind Höhlen!«, rief Grayson gegen den Wind. Sie hatten überhaupt nicht gemerkt, dass die Böen immer stärker geworden waren und Wellen gegen den Strand peitschten. Mit einem Mal fror Rachel so, dass ihre Zähne klapperten. Grayson zog sein Sakko aus und legte es ihr über die Schultern, während sie in Richtung der Klippen spurteten.

»Ist das nicht gefährlich?«, brüllte sie ihm ins Ohr.

»Wir müssen nur schnell da rein, dann sind wir sicher«, meinte er. »Die Flut steigt nicht so hoch und wir müssen auf jeden Fall schleunigst weg vom Strand.« Ein Blitz zuckte grell über den Himmel, dicht gefolgt von einem weiteren Donnerschlag, als wolle er ihm nachdrücklich recht geben.

Sie eilten an mehreren Felsvorsprüngen vorbei, weil der Sand dort überall nass war. Aber ein paar Meter weiter entdeckten sie tatsächlich eine etwas tiefere Höhle, die besseren Schutz vor Wind und Wetter versprach. Die trockenen, verkohlten Reste eines Lagerfeuers und ein paar Graffitis an der Wand ließen vermuten, dass sie nicht die ersten menschlichen Wesen der Neuzeit waren, die diesen Felsvorsprung für tauglich befanden.

»Tja, da wären wir also«, schmunzelte Grayson. »Trautes Heim, Glück allein.«

»Die Höhlenzeichnungen sind auch nicht mehr das, was sie früher mal waren«, unkte Rachel und studierte die Rechtschreibfehler in einer Parole, die ein Sprayer hinterlassen hatte.

»Deine Bilder gefallen mir besser«, bestätigte Grayson. Er stand dicht hinter ihr. Sie konnte ihn nicht sehen, aber seine Nähe verhielt sich zu ihrem Herzen wie ein außer Kontrolle geratener Schrittmacher.

Sie schloss die Augen. Wenn er sie jetzt anfasste oder sie sich umdrehte, dann ... Sie waren sich viel zu nah. Es lag etwas Elektrisches in der Luft, das nichts mit dem Gewitter zu tun hatte. Rachel hatte eine solche Sehnsucht, ihn zu berühren, weiterzumachen, wo sie draußen aufgehört hatten, dass es fast wehtat. Ihre Sinne überreagierten. Sie hörte den Sand unter ihren Füßen knirschen, sobald sie ihr Gewicht nur ein klein wenig verlagerte, sie nahm das dumpfe Prasseln des Regens wahr, jeden einzelnen Tropfen, das Heulen des Sturms, vor dem sie davongelaufen waren. Und sie hörte Grayson atmen. Schwer. Ob es ihm genauso ging? Die Stille zwischen ihnen war lauter als das Unwetter.

»Wie lange dauert so ein cornisches Gewitter wohl?«, fragte Rachel schließlich. Sie erschrak über den belegten Klang ihrer Stimme, der die Atmosphäre durchbrach. Grayson entfernte sich. Sie spürte es, noch bevor sie seine Schritte hörte. Er nahm alle Wärme mit sich. Sofort kletterte Kälte ihren Rücken herauf.

Rachel zog sein Sakko fester um sich und sah sich verunsichert nach ihm um. »Was machst du?«

»Ich schaue nach, ob uns die Sprayer noch ein wenig mehr Kaminholz dagelassen haben als diese verkohlten Reste.« Auch seine Stimme klang heiser und über seine Stirn liefen nachdenkliche Falten. »Sieht nicht so aus, als ob diese dunkle Front gleich vorbeigezogen wäre.«

»Hoffentlich hält das Verdeck vom Copen dicht«, meinte Rachel.

»Ist das deine einzige Sorge?«, fragte Grayson belustigt.

»Nein ... aber ich mag es, wenn du lachst«, gestand sie. Sie bückte sich und sammelte weggeworfene Pappreste auf, die sie in den kleinen Steinkreis schmiss.

Grayson warf die beiden Scheite, die er etwas weiter hinten im Halbdunkel gefunden hatte, ebenfalls in Richtung der Feuerstelle. Er kam langsam auf Rachel zu und ihr Blick blieb an seinem nassen Hemd und den sich darunter deutlich abzeichnenden Muskeln hängen. Sie schluckte trocken, sah sich nach irgendeiner Ablenkung um und griff nach einem alten Brett.

»Ich hab auch noch was Brennbares«, verkündete sie und kam sich unglaublich albern vor, als ihr das Sakko durch die hastige Bewegung von der Schulter glitt. Augenblicklich fror sie wieder. So schnell es ging, legte sie das Holzstück zu den anderen und angelte nach Graysons Jacke, um in die Ärmel zu schlüpfen. Mit zwei Schritten war er bei ihr und half. Alte Schule, wie aus einer anderen Welt, aber es passte zu ihm und war überhaupt nicht peinlich, ganz im Gegenteil. Sein Handrücken streifte versehentlich ihre Brust und Rachel zog unwillkürlich mit einem leisen Zischen Luft ein. Die Härchen auf ihren Unterarmen stellten sich auf und sie hoffte inständig, dass er nicht bemerkte, wie ihre Brustwarzen dasselbe taten. Schnell zog sie das Sakko über.

»Hab ich dir wehgetan?«, fragte Grayson überrascht.

»Nein«, antwortete Rachel nervös, was ihn nur noch aufmerksamer werden ließ. Sie wusste nicht, wohin mit sich, als er sie so intensiv ansah. »Wahrscheinlich hab ich tausend hektische Flecken im Gesicht«, sprudelte sie los. »Das ist, das hab ich immer, also wenn ich lange draußen war ... und dann bei Gewitter ... also ... wenn es kalt ist ... und mir dann warm wird ...« Hilflos brach sie ab und sah sich suchend um, ob nicht noch irgendwo so ein doofes Treibholz rumlag, wenn man mal eins brauchte. Ihre Blicke trafen sich und sie sah, wie er mit sich kämpfte.

»Ich will das nicht«, presste er hervor und wandte sich mit geballten Fäusten von ihr ab. Sein Brustkorb hob und senkte sich. »Ich will das nicht«, wiederholte er schwer atmend.

»Okay, dann machen wir kein Feuer«, sagte Rachel mit brüchiger Stimme.

Grayson drehte sich zu ihr um, in seinen Augen lag Schmerz und sie konnte nicht deuten, worum es bei dem Kampf in seinem Inneren ging. Aber dann war er bei ihr, nahm sie an den Händen, zog sie zu sich heran und raunte: »Du spielst wirklich gern mit dem Feuer, oder? Aber weißt du auch, dass man sich dabei verbrennen kann?« Er hob sie hoch, als wäre sie nicht schwerer als eins der

Holzstücke, und lehnte sie vorsichtig gegen die Felswand. Um besseren Halt zu haben, schlang sie die Beine um ihn. Dann küssten sie sich erneut und Rachel hatte das Gefühl, als hätte sie Gänsehaut sogar unter der Haut. Das Gefühl ging durch und durch und sie fand es schrecklich, als er seine Lippen von ihren löste.

»Bist du sicher, dass du das willst?«, fragte er leise. Rachel spürte, wie er bebte.

»Ist das die geschobene Frage?«, fragte sie, um ihre Unsicherheit zu überspielen. Er antwortete nicht. Seine Hände umfingen ihren Rücken, schoben sich unter das Sakko und ihre Bluse und erkundeten mit sanftem Druck ihre Haut, glitten über den Verschluss ihres BHs, ließen ihn unangetastet, strichen weiter. Rachel schloss die Augen und nahm ihre Unterlippe zwischen die Zähne. Sie schob sich mit dem Rücken den Felsen hoch und schmiegte sich schwer atmend an seinen Körper. Auf Augenhöhe angekommen, küsste sie ihn in sein Keuchen.

Graysons Hände umspannten ihre Oberschenkel. Ihre verschlungenen Körper lösten sich von der Felswand. Er taumelte einen Moment, dann ging er, so behutsam und kontrolliert er es unter ihrem Gewicht und ihren Küssen vermochte, in die Knie. Mit einer Hand zog er ihre Arme aus den Ärmeln seiner Jacke, breitete den Stoff unter ihr aus und legte sie darauf. Mit der anderen löste er Rachels Hände von seinem Nacken und hielt sie fest. Das macht er nicht zum ersten Mal, dachte Rachel. Doch als sich Grayson quälend langsam über ihre Hüfte schob, zog Rachels Verstand die Rollläden herunter. Grayson küsste zärtlich ihre Halsbeuge, in der ihr Puls raste. Er schien es zu genießen, wie sie sich unter seinen Lippen wand, die langsam von ihrem Schlüsselbein über die Brust bis zum Bauchnabel wanderten, den ihre verschobene Bluse offenbart hatte. Ihre dünne, zarte Haut hob und senkte sich. Sie atmete rasch und stoßweise und versuchte, ihre Hände freizubekommen.

»Schhh«, machte Grayson und zeichnete mit dem Zeigefinger die Linien nach, die seine Lippen vorgegeben hatten. Zärtlich umkreiste er ihre Brüste und ihren Nabel und war kurz davor, die Region unter ihrem Büstenhalter zu erkunden. Als er sich über sie beugte, legte sich sein klammes Hemd auf ihre warme Haut. Rachels Körper vibrierte, als er ihre Lippen suchte, und ihr Mund war trocken.

»Ist dir kalt?«, fragte er leise. Rachel schüttelte gequält den Kopf. Sie hatte aufgehört zu denken, sie hatte genug mit ihren Empfindungen zu tun.

»Ich möchte dich anfassen«, bat sie und öffnete die Lider.

Schnell brachte er etwas Abstand zwischen sie, als hätte er ein Gespenst gesehen. Er fuhr sich durch die Haare und tastete mit der anderen Hand nach seinem Feuerzeug. »Ich kümmre mich mal ums Feuer«.

»Mir ist heiß genug«, sagte Rachel kehlig. Ihre Knie zitterten mit den Zähnen um die Wette. »Das ist ... neu für mich«, presste sie heraus und schlang ihre Arme um die Knie. »So intensiv. Ich ...«

Grayson schüttelte den Kopf und sie brach ab.

»Es tut mir leid. Ich will das nicht«, stöhnte er leise. »Stopp.« Er sah sie aufgewühlt an. »Ich möchte dir nicht wehtun.«

»Ich will das aber«, sagte Rachel tonlos. »Bitte ... komm ... das ist nicht mein erstes Mal, falls du das denkst.«

»Meins auch nicht«, sagte er abfällig. »Du weißt nicht, was du sagst ... Soll ich dich flachlegen, wie alle anderen auch? Ist es das, was du willst? Das kannst du kriegen. Aber das möchtest du nicht. Und ich auch nicht ...« Rachel schrak zusammen, als er so kalt bestätigte, was Helen und Kathy über seinen Ruf erzählt hatten.

Grayson stocherte wild mit einem Ast zwischen den aufkeimenden Flammen herum. Dann drehte er sich zu Rachel um und betrachtete sie eingehend. »Okay. Hier kommt meine Frage an dich, Rachel: Wie weit bist du bereit zu gehen?« Sie sah ihn einfach nur hilflos an.

Etwas in Graysons Blick veränderte sich. »Ich verliere die Kontrolle, wenn du mich so anschaust. Wenn du dich so bewegst. Wenn du so riechst, so schmeckst, so ...«, sagte er hilflos. »Verdammt, Rachel. Das klingt echt abgedroschen, aber du löst etwas in mir aus, das ich nicht kenne. Lass uns aufhören, bevor es zu spät ist.«

Rachel hielt seinem Blick stand. »Aber dann ist es doch anders mit uns! Und es ist mir egal, was die anderen über dich erzählen. Ich habe so etwas auch noch nicht erlebt«, gestand sie. »Nicht so. Noch nie. Aber ich will es erleben. Mit dir. Genau jetzt. Komm her. Bitte.«

Grayson starrte in die Flammen. Er atmete schwer und schien zerrissen. Das konnte nicht gespielt sein, ihm ging es nicht einfach nur um Sex. Was immer mit ihm los war, es war echt. Rachel kroch zu ihm. Der Sand unter ihren Händen fühlte sich kühl und trocken an, dichter am Feuer hatte er bereits die Hitze der Flammen aufgenommen.

»Komm«, wiederholte Rachel noch einmal. Dann war sie bei ihm und fuhr ihm durchs Haar. »Ich ...«, sagte er. Nun war sie es, die »Schhh«, machte, rau und kehlig. Dabei öffnete sie ihren BH.

Grayson richtete sich auf und suchte ungestüm ihren Mund. Sie verbissen sich zärtlich ineinander, so leidenschaftlich, wie sie es noch nie vorher erlebt hatte. Rachel wollte seine Lippen nicht wieder hergeben, als bräuchte sie ihn, wie die Luft zum Atmen. Doch er löste sich, streifte ihre Kehle mit den Zähnen, fuhr mit den Fingern über ihren Brustansatz, neckte sie mit den Lippen, wich aus und sparte die ganz sensiblen Bereiche mit der Zunge aus. Rachel meinte, vor süßer Lust vergehen zu müssen. Endlich kam er für den Hauch einer Sekunde, wie zufällig in die Nähe ihrer Brustwarze und sie durchzuckte ein ungestilltes Verlangen, sodass ihr ein Stöhnen entwich.

Als Rachels Finger sich in seinen Rücken krallten und unauffällig in Richtung seiner Jeans tasteten, nahm er ihre Hände über dem Kopf gefangen.

»Hiergeblieben«, murmelte er und betäubte ihren Widerspruch unter weiteren drängenden Küssen.

Rachels Herz raste. Endlich gelang es ihr, sich zu befreien und ihm das Hemd über den Kopf zu streifen. Er zog sie aus. Danach ließ er es zu, dass sie mit zittrigen Fingern seine Jeans aufknöpfte. Grayson bemühte sich offenbar, die Kontrolle zu behalten, aber Rachel tastete sich unaufhörlich weiter, bis sie gefunden hatte, was sie wollte. Stöhnend ließ er sich auf den Rücken fallen.

»Jetzt weißt du mal, wie das ist«, flüsterte sie und folterte ihn mit vorsichtigen Bewegungen. Mit der zweiten Hand umkreiste sie seinen Mund und spielte mit seinen Lippen. Sie ließ auch nicht ab, als Graysons Hände aus ihrer Erstarrung erwachten und empfindliche Regionen ihres Körpers ertasteten, die sie bisher unberührt gelassen hatten. Rachel drängte sich den Händen entgegen, sie bemühte sich, sie dorthin zu lenken, wo Sehnsucht und Verlangen immer unerträglicher wurden. Aber Grayson ging nicht darauf ein. Er ließ sich Zeit, streifte sich beiläufig ein Kondom über, wanderte quälend langsam die Innenseiten ihrer Oberschenkel hinauf, um dann doch zu ihrem Po oder ihrem Nabel abzuschweifen. Von dort bewegten sich seine warmen Finger wieder behutsam tiefer, doch sobald Rachel ihm ihre Hüften entgegenstreckte, war ein Kuss alles, was sie bekam. Sie ließ ihre hungrigen Hände immer schneller über seine empfindsame Haut gleiten. Er keuchte heftiger und sah sie dunkel an.

»Was willst du?«, fragte Rachel tonlos.

»Ich will dich«, hauchte Grayson und riss sie über sich. Rachel verlor sich in seinen Augen, als er plötzlich in ihr war und ihren Körper gegen den seinen presste. Sie spürte Feuchtigkeit und Hitze und gab sich seinem Rhythmus hin, seinen festen Händen. Rachel ließ sich vollkommen fallen, was er mit leisem Stöhnen quittierte. Sie fühlte ihn in sich, fühlte sich durch ihn ganz.

Trotzdem spürte sie Verzweiflung, die in ihrer beider Bewegungen mitschwang. Schneller und schneller, als versuchten sie, dieses Gefühl abzuschütteln. Stürmischer als der Wind, heftiger als das Gewitter, unbändiger als das Meer bewegten sie sich, verwoben ihre Hände, um sich aneinander festzuklammern.

Ihr Verlangen war kaum mehr auszuhalten. Ihre Haut hochsensibel, aufgeheizt.

Mehr! Weiter! Nicht stoppen. Nur nicht stoppen!

Gleich! Jetzt! Ja! Ja!

Los...lassen.

...

Unendlich.

Weit.

...

...

Etwas löste sich mit ihnen und in ihnen. Sie fielen und hielten sich fest. Schwerelos im Moment. Weit weg. Ganz nah.

Atmen!

Atmen.

Rachels ganzer Körper vibrierte. Sie drängte sich in seine Arme und er hielt sie fest umfangen. Beide wollten den Moment noch eine Weile auskosten.

»So jemandem wie dir bin ich noch nie begegnet«, sagte er und küsste sie zärtlich auf die Stirn.

»Dito«, hauchte Rachel und legte ihren Kopf erschöpft auf seine schweißglänzende Brust.

Das kleine Feuer war längst niedergebrannt, als Rachel aufwachte. Ihre Augen brauchten kurz, um sich an das dämmrige Zwielicht zu gewöhnen, das den Morgen ankündigte. Das Gewitter war abgezogen. Der Wind hatte gedreht und trieb feinen Nieselregen zu ihnen herein, trotzdem war es immer noch einigermaßen warm. Grayson hatte sie mit seinem Hemd zugedeckt, sein Sakko diente als Laken. Er selbst saß mit nacktem Oberkörper am Höhleneingang und starrte in die Dämmerung.

Rachel streifte sich das Hemd über und trat leise zu ihm. Er schrak zusammen, als sie ihn vorsichtig berührte. Seine Haut war kühl. Ohne sie anzusehen, tastete er nach ihrer Hand, drückte sie fest und hauchte einen Kuss in ihre Handfläche.

»Es wird Zeit zu gehen«, sagte er leise. Seine Stimme klang müde und schwer. Rachel bemerkte, dass er sein Handy in der anderen Hand hielt. Das Display war dunkel. Wartete er auf eine Nachricht? Gedankenverloren schob er es in die Gesäßtasche seiner Jeans, immer noch ihre Hand haltend. Als Rachel ihm zärtlich durch die Haare fahren wollte, stand er auf und löste sich von ihr. Er ging zurück zur Feuerstelle und hob sein Sakko vom Boden auf.

»Du solltest dir vielleicht etwas mehr anziehen«, riet er und ein verlorenes, tieftrauriges Lächeln huschte über seine Lippen, das Rachel beunruhigte.

Sie schwieg. Sie war müde, aber nicht blöd. Wortlos schlüpfte sie in ihr Höschen und die Jeans. Den BH steckte sie in die Hosentasche. Als sie sich Graysons Hemd über den Kopf ziehen wollte, hielt er sie ab. »Behalt es an«, bat er, streckte kurz seine Hand nach ihrem Gesicht aus und hielt abrupt in der Bewegung inne.

»Hast du alles?«, fragte er.

Rachel zog ihre Schuhe an, schulterte die Tasche und stapfte blind voraus. Ihre Lippen zitterten und sie wollte nicht, dass er es sah.

7

Grayson reichte ihr die Hand, wann immer der Aufstieg über die Klippen steil oder rutschig war. Er ging barfuß, Rachel hatte keine Ahnung, wo er seine Schuhe gelassen hatte, aber sie wollte auch nicht fragen. Erneut bot er ihr sein Sakko an, was Rachel ablehnte. Und obwohl sie so dicht nebeneinanderher gingen, hätte er nicht weiter entfernt sein können.

Kurz bevor sie um die Ecke des Restaurants bogen und den Wagen erreichten, fürchtete Rachel beinah, ihn mit zerstochenen Reifen, zerkratztem Lack und zerborstenen Scheiben vorzufinden. Zum Glück war das nicht der Fall. Wenigstens etwas Schönes, das in dieser Nacht heil geblieben war, dachte sie zynisch.

»Es wäre besser, du würdest diese Nacht für dich behalten«, sagte Grayson tonlos, als er ihr die Wagentür aufhielt.

»Ach ja?«, fragte Rachel und lehnte sich provozierend gegen den Türrahmen. »Ist das die Wolf'sche Floskel für einen One-Night-Stand? Baby, ruf mich nicht an, ich werf deine Nummer sowieso weg?«

Grayson schüttelte den Kopf. »Nein, Rachel, glaub mir. Diese Nacht gehört dir und mir. Die kann uns keiner nehmen. So intensiv ... so überwältigend ...« Er brach ab und sah sie einfach nur an.

Seine Augen wanderten über ihr Gesicht, als wollten sie sich jede Sommersprosse einprägen. Er schien mit sich zu kämpfen, sie anfassen zu wollen. Doch er gab dem Impuls nicht nach, ließ seine Hand sinken und schüttelte noch einmal den Kopf. Seine Augen glänzten im Dämmerlicht. »Trotzdem war es falsch. Wir haben eine Grenze überschritten. Lass es uns nicht noch weitertreiben. Ich bring dich nach Hause.«

Er ging um den Wagen herum und stieg barfüßig ein. Von irgendwoher fischte er seine Schuhe und Socken und warf sie auf die Rückbank. Hatte er die Dinger etwa ausgezogen, bevor er ihr nachgelaufen war? Und war sie so mit sich selbst beschäftigt gewesen, dass ihr das überhaupt nicht aufgefallen war? Rachel war verwirrt, sogar mehr als das. Und Graysons Schuhe waren ihr geringstes Logikproblem.

»Was redest du da eigentlich für einen Mist?«, fluchte sie und schlug die Autotür hinter sich zu, Copen hin oder her. »Lass mich raten«, stichelte sie, als er neben ihr saß und den Motor startete. »Wir werden gute Freunde bleiben, aber das gemeinsame Frühstück lassen wir lieber ausfallen, weil du ...«

»Nein!«, unterbrach er sie und hielt den Wagen mitten auf der Landstraße wieder an. »Wir werden keine guten Freunde werden, Rachel. Du warst nicht geplant. Und diese Nacht erst recht nicht. Sie war ein*malig!* Und sie war *ein*malig. Ich kann dir das nicht erklären. Nimm es einfach so hin. Es ist besser so. Ich bring dir kein Glück, ich bringe niemandem Glück.«

Er fuhr weiter, während er redete, und er fuhr schnell. Rachel stemmte sich in ihren Sitz und krallte sich am Gurt fest.

»Ich verstehe, dass du es eilig hast, mich loszuwerden, aber könnten wir zumindest lebend ankommen?«, fragte sie.

»Tut mir leid«, erwiderte Grayson und bremste ab. Rachel sah ihn von der Seite an und bemerkte, dass er erschrocken aussah.

Es gab nichts mehr zu reden. Als sie zum Schloss kamen, hielt er nicht auf dem Parkplatz, sondern rollte über den Kiesweg direkt vor die Haustür des alten Herrenhauses.

Rachel zog verwundert die Augenbrauen hoch. Sie hatte bis dahin immer noch nicht ganz begriffen, wie ernst er es meinte. »Du kommst nicht mit rein? Du wohnst hier!«, erinnerte sie ihn.

Der Anflug eines Lächelns verirrte sich auf seine Lippen, verschwand jedoch so schnell, wie es gekommen war. »Ich muss weg«, sagte er gepresst. »Ich hab einen geschäftlichen Anruf bekommen. Es geht nicht anders. Aber es ist nun mal so. Danke für die Nacht.«

Für einen Moment wirkte es, als wolle er aussteigen und ihr die Tür aufhalten, aber dann ließ er sich einfach in den Sitz zurücksinken.

Benommen löste Rachel ihren Sicherheitsgurt. Grayson ließ den Motor laufen und sie begriff, dass er diesmal nicht aussteigen würde. Nicht einmal, um ihr herauszuhelfen.

Kaum hatte sie die Tür des Copen zugeschlagen, brauste Grayson davon. Der Kies spritzte unter den Reifen, und als er um die Kurve jagte, scherte das Heck aus.

»Schöne Grüße an den Gärtner«, murmelte Rachel.

Mit taubem Herzen öffnete sie die Haustür und schleppte sich die Stufen nach oben in ihre Wohnung. Sie ließ die Tasche neben der Garderobe aus der Hand gleiten, ging zur Toilette, wusch sich mechanisch die Hände und blickte an ihrem Spiegelbild vorbei. Dann vergrub sie sich im Bett, während draußen die Vögel sangen und sie sich in einen unruhigen, schweißnassen Dämmerschlaf weinte.

Wie konnte das sein? Sie spürte seinen Mund noch auf ihren Lippen, ihr Kinn war gerötet von seinen wilden Küssen und den vorwitzigen schnell nachwachsenden Bartstoppeln. Ihre Haut, ihre Muskeln, einfach ihr ganzer Körper konnte sich zu gut an den seinen erinnern. Diese Nacht war so intensiv gewesen, so vertraut: Wie er sie angesehen hatte, wie er sie berührt hatte, was er gesagt hatte und vor allem, wie – in so etwas täuschte man sich doch nicht?

Und dann fuhr er einfach auf und davon? Unrasiert, ohne Erklärung, ohne Abschiedskuss, ohne sich umzudrehen? Danke für die Nacht? Was war das denn für ein beschissener, ultragemeiner Spruch? Deutlicher hätte er nicht ausdrücken können, dass sie ihm egal war. Wie naiv war sie eigentlich?

»Arsch«, jaulte Rachel auf. Ein Schimpfwort reichte jedoch noch lange nicht aus, um die ganze Sache zu verdauen.

Rachel konnte nicht mehr schlafen. Ihr Kopfkissen war voller Sand. Sie wischte die Körnchen wütend vom Bett und begann, ruhelos durch ihre Wohnung zu streifen. Schaltete ihre Musikanlage ein und stellte sie wieder aus. Tat das gleiche mit dem Fernseher, dem E-Book-Reader, dem Toaster und ihrem Handy. Wie gut, dass er ihr seine Nummer gar nicht erst gegeben hatte, so brauchte sie die wenigstens nicht gleich wieder zu löschen.

»Arsch.« Sie sagte das Wort immer wieder laut vor sich hin, um es mit dem Namen Grayson Wolf so zu verknüpfen, dass es auch die letzte ihrer Synapsen endlich schnallte und dauerhaft abspeicherte.

Irgendwann klingelte das Telefon und Rachel zuckte zusammen. Sie war kurz davor, übers Sofa zum Hörer zu hechten, kniff dann aber die Brauen zusammen und ging betont langsam und beherrscht um das Sofa herum.

»McIntyre«, meldete sie sich förmlich.

»Stimmt was nicht?«, wollte Kathy wissen.

Rachel brauchte zwei Atemzüge, um die plötzlich aufsteigenden Tränen und das Engegefühl in ihrer Kehle wegzuräuspern. »Nein, hab mich nur verschluckt«, log sie, würgte den Kloß hinunter und wischte sich energisch mit dem Handrücken über die Augen. »Was ist denn?«

»Wie – was ist?«, fragte Kathy. »Wir warten auf dich, wir wollten zum Strand, schon vergessen? Eis essen, Spaß haben, schwimmen.«

»Oh, ich ... das ist heute doch nicht so eine gute Idee. Ich glaub, ich hab was Falsches gegessen. Mir liegt da irgendwas quer im Magen. Vielleicht ist es auch ein Virus. Oder ich kriege meine Tage. Ja, bestimmt ist es das.«

Aber so leicht ließ sich Kathy nicht abwimmeln. »Dann ist Sonne auf jeden Fall das Richtige. Oder du legst dich in den Schatten. Genauso gut. Ach komm schon, lass mich nicht allein mit Helen und den Kerlen. Caleb hat auch schon abgesagt!«

»Wirklich, hat er?« Stimmte ja, sie hatte nicht nur *ein* Problem. Das hatte sie so schön verdrängt.

»Nein ehrlich, Kathy. Tut mir leid. Mir ist heute nicht nach Sand und Wasser und vielen Leuten.«

Wenn Caleb nicht dabei war, wäre der Strand vermutlich der zweitsicherste Ort an diesem Tag – abgesehen von ihrer Couch mit einem riesigen Becher Eis. Dennoch hatte sie mehr als genug Sand gehabt in den letzten vierundzwanzig Stunden. In den Haaren, zwischen den Zähnen und an Stellen, die niemanden etwas angingen. Kathy verabschiedete sich, hörbar enttäuscht. Rachel legte auf.

Wie es wohl Caleb ging? Da war auf jeden Fall eine Entschuldigung fällig. Was war nur gestern Abend in die beiden Jungs gefahren? Sie war gespannt auf seine Erklärung.

Abwesend rieb sie sich übers Knie und bemerkte überrascht, dass ihre Finger klebten. Na super. Sie hatte sich das Knie aufgescheuert und es nässte. Noch mehr Sand. Ganz bestimmt wollte sie jetzt nicht darüber nachdenken, bei welcher sportlichen Betätigung das passiert sein konnte. Wehe! Aber es war schon zu spät. Bilder der Nacht stiegen in ihr hoch, zu denen ihr Bauch Samba tanzte. Fordernde Hände, wilde Küsse und viel nackte Haut ... Stopp! Zu viel Kopfkino. Zu prickelnd. Zu schmerzlich. Gar nicht gut. Katerstimmung hoch zehn. Sie brauchte jetzt Eis und einen großen Löffel. Direkt aus der Packung war die Devise und sie hoffte inständig, dass es half, irgendetwas in ihr vernünftig zu betäuben.

Zumindest hatte Rachel zwanzig Minuten später tatsächlich Bauchweh. Und obendrein einen Fleck auf dem Hemd – auf Graysons Hemd. Sie hatte es immer noch an. Kein Wunder, dass ihr sein Geruch nicht aus der Nase weichen wollte. Und geduscht hatte sie auch noch nicht. Sie konzentrierte sich darauf, tief ein- und wieder auszuatmen, gleichmäßig, langsam. Nicht gleich wieder losheulen, ermahnte sie sich. Ihre Augen machten auch so schon dem prächtigsten Albinokaninchen Konkurrenz.

Sie wollte noch gar nicht duschen. Sie mochte diesen Duft, Wut hin oder her. Ein bisschen Moschus, ein bisschen Vanille, ein wenig Aftershave und jede Menge Grayson.

Na gut, die Vanillenote stammte wohl eher von dem Eis. Trotzdem musste das Hemd weg!

Zornig zog sie es über den Kopf, zerknüllte es und donnerte es in die nächste Ecke. Danach schnappte sie sich schnaufend ein frisches Shirt und sah aus dem Fenster. Der Tag war viel zu schön, um einsam und allein in der Bude zu hocken. Automatisch griff sie zu ihren Malsachen, um in den Park zu gehen. Rose, Fotoapparat. Kuss. Herrgott noch mal! War denn alles, was ihr normalerweise half, seit Neuestem mit einer Erinnerung an Grayson Wolf verknüpft?

Gereizt griff sie trotzdem nach ihren Farben. Dann war das halt so. Dann würde sie eben leiden und sich erinnern. Auch nur eine schmerzvolle Erinnerung mehr. Also Augen zu und durch.

Im Park steuerte Rachel ganz bewusst die Stelle an, an der sie sich zum ersten Mal begegnet waren. Immerhin hatte sie schon vorher da gesessen und gemalt. Es war ja wohl nicht sein Park!

Wie eine Dampflokomotive stampfte sie um die Rhododendronhecken zum Rosenbusch und prallte fassungslos zurück.

»Was ist denn hier passiert?«, fragte sie bestürzt.

Humphrey, der Gärtner, kniete vor dem Strauch oder besser, vor dem, was davon noch übrig war. Mit traurigem Gesichtsausdruck drehte er sich zu ihr um. »Ein Tier war das jedenfalls nicht«, sagte er bitter und knipste mit seiner Schere einen der letzten abgeknickten Triebe ab. Auf dem Rasen lagen abgerissene, zerfetzte Blütenblätter und zerquetschte Knospen. »Die machen sich nicht die Mühe, jede einzelne Rose zu köpfen und kaputt zu treten. Ein Reh hätte vielleicht die Triebe abgeknabbert, das sind Feinschmecker, auch nicht schön. Aber das hier, das ist purer Vandalismus. Zerstörungsfreude.« Er schnäuzte sich geräuschvoll in ein erdiges Stofftaschentuch und steckte es umständlich zurück in seine grüne Latzhose.

»Wer tut so etwas Furchtbares?«, fragte Rachel leise und kniete sich neben Humphrey auf den Boden. Behutsam hob sie eins der malträtierten dunklen Köpfchen auf.

»Nimm die Blüten mit«, bot der Gärtner an. »Sie landen sonst einfach nur im Kompost. Das haben sie nicht verdient ... das hier hat kein Lebewesen verdient. Wann begreifen Menschen, dass auch Pflanzen eine Seele haben?«

Rachel lächelte verschämt. Sie mochte den schrulligen alten Mann und seine Ansichten über das Leben.

»Man könnte die Blütenblätter in ein Duftkörbchen legen«, überlegte sie halb laut, »und die Köpfchen, die noch heil sind, in eine Schale mit Wasser geben. Das sieht bestimmt hübsch aus.«

Rachel stand auf und half ihm, die Überreste der Verwüstung zusammenzuharken. »Wird er sich erholen, Humphrey?«, fragte sie.

Der alte Gärtner betrachtete den Busch abwägend.

»Schwer zu sagen«, meinte er und sah Rachel aus wässrigen Augen an. »Das ist eine seltene, sehr alte Sorte. Man glaubt oft, die wären so robust. Dabei sind sie sehr sensibel. Aber wenn zwei sich um ihn sorgen, wird ihm das sicher helfen.«

»Ich kümmere mich um ihn«, versprach Rachel nachdenklich. Man könnte glatt meinen, der Gärtner spräche von einem Menschen und nicht von einem Rosenstrauch. Mit seiner Hand, die mit ihren knotigen, krummen Fingern selbst einer Baumwurzel glich, drückte Humphrey kurz ihre Schulter. Dann packte er die Griffe seiner Schubkarre und trug die unwiederbringlich zerstörten Reste der schwarzen Rosen zu Grabe.

Rachel strich bedächtig über die gelichteten Äste des Strauches. »Das wird schon wieder«, tröstete sie. Helen war der alte Gärtner unheimlich, Rachel dagegen fand ihn sehr sympathisch. Menschen, die mit Pflanzen sprachen, waren schwer in Ordnung.

Das Malen musste jetzt erst einmal warten. Rachel schürzte ihr T-Shirt und trug darin eine beträchtliche Anzahl Rosenknospen und Blütenblätter zurück in ihre Wohnung. Sie erreichte den Flur im zweiten Stock, kurz bevor wildes Gerede und lautes Gelächter im Erdgeschoss die Rückkehr ihrer Freunde vom Strand ankündigte. Rachel ertappte sich dabei, wie sie die letzten Meter schleichend zurücklegte und möglichst leise die Tür aufsperrte.

Als sie am nächsten Morgen aufwachte, kam sich Rachel ziemlich verkatert vor. Ihr Wecker behauptete eisern, es sei erst halb acht. Ihre Wohnung roch betörend nach Rosen und sie brauchte einen Augenblick, um sich zu besinnen. Eine fast leere Flasche Wein, ein zerknülltes petrolfarbenes Hemd unter ihrem Kopfkissen und unzählige Schalen und Körbchen, mit Rosenköpfen und Blütenblättern gefüllt, halfen ihr auf die Sprünge.

Zumindest hatte sie endlich wieder Hunger. Ihr Magen knurrte wie verrückt. Rachel schloss einen Kompromiss mit sich selbst. Sie würde jetzt duschen, Haare waschen und das Bett neu beziehen. Das Hemd würde sie vielleicht für eine klitzekleine Weile unterm Kopfkissen aufbewahren.

Natürlich nur zu therapeutischen Zwecken: Desensibilisierung!

Nach vier Scheiben Toast, abwechselnd bestrichen mit Lemon Curd und Orangenmarmelade, und einem halben Liter Earl-Grey-Tee, ging es ihr erheblich besser. Als Nachtisch gab's noch eine Banane. Sie kämmte sich ihre handtuchnassen Haare nach hinten, schlüpfte in Shorts, T-Shirt und eine leichte Strickjacke und beschloss, nach dem Rosenbusch zu sehen, um ihn mit der Bananenschale zu verwöhnen.

Im Haus war es still. Höchstwahrscheinlich schliefen alle noch, und das war gut so. Rachel war sich immer noch nicht sicher, ob sie bei entsprechendem Nachbohren und mitleidigen Blicken ihre Fassung bewahren würde.

Der Einzige, dem sie begegnete, war Humphrey. Zum Glück war er kurzsichtig, weshalb er sie nicht auf ihre geröteten Augen ansprach. Der alte Mann schnitt den Rasen, eisern und ausdauernd mit einem ziemlich antik aussehenden Handrasenmäher. Er tippte zum Gruß kurz an seinen Tweedhut und hielt an, um sich den Schweiß von der Stirn zu tupfen. Mit demselben erdigen Taschentuch, das Rachel bereits kannte.

Er sah die Bananenschale in ihrer Hand und nickte anerkennend. »Gut für Rosen«, nuschelte er. »Hätte nicht gedacht, dass junge Leute so was noch wissen.«

»Das habe ich von meiner Großmutter gelernt«, erklärte Rachel und lächelte.

»Kluge Frau«, meinte Humphrey und stopfte sein Taschentuch so umständlich wie ungeduldig in die enge Tasche seiner grauen Arbeitshose. »Meine nicht«, brummte er. »Die Latzhose einfach in die Wäsche gesteckt. Blödsinn.«

Er grunzte ungehalten und wies mit dem Kopf zu dem verwüsteten Busch hinüber. »Wird er gut finden.«

Rachel schmunzelte. »Warum reden Sie von dem Rosenbusch, als wäre er eine Person?«

Der Gärtner musterte sie kurz, als hätte sie gefragt, ob Tomaten an Apfelbäumen wachsen. »Vom jungen Wolf rede ich natürlich«, sagte er dann nachsichtig.

Rachel erstarrte.

»Grayson?«, fragte sie, nur um sicherzugehen, dass er nicht doch von wilden Tieren redete. Ohne es zu merken, knetete sie die Bananenschale zwischen ihren Fingern.

»Ja sicher, sonst gibt's hier keine Wölfe«, keckerte der Alte, als hätte er einen besonders guten Witz gemacht. »Sind doch seine Rosen, Mädchen. Schon seine Oma hat drauf aufgepasst. Die wusste das auch mit den Schalen, kannste Gift drauf nehmen.«

»Wie lange sind Sie schon hier, Humphrey?«, wollte Rachel wissen.

»Lang genug«, antwortete der Gärtner und wollte mit seinem Rasenmäher weiterziehen.

»Aber wieso hat Grayson das dann gemacht?«, rief sie ihm verzweifelt nach. »Wenn ihm die Rosen doch was bedeuten?«

Der alte Mann blieb noch einmal stehen und sah Rachel eindringlich an. »Grayson tut so etwas nicht, Mädchen. Der würde keiner Fliege etwas zuleide tun. Egal was die Leute reden ... und die reden viel zu viel, wenn der Tag lang ist. Das war ein Unfall damals. Er hat lang genug dran geknabbert und wird die Schatten sein Leben lang mit sich herumtragen. Man sollte ihn endlich in Ruhe lassen. Meine Meinung.«

Rachel starrte den Gärtner an. Sie verstand nur Bahnhof. Aber Humphrey hatte mit einer simplen Handbewegung unmissverständlich klargemacht, dass er bereits zu viel gesagt hatte und nicht weiter über dieses Thema reden wollte. Die Unterhaltung war vorbei. Die Rasenmähpause auch. In seinen grünen Gummistiefeln und der falschen Arbeitshose stapfte er weiter, während Rachel ihm zutiefst verwirrt hinterhersah. In der Hand hielt sie die inzwischen ziemlich braun gewordene Bananenschale.

»Na? Wen hast du hier begraben?«

»Caleb?!« Rachel fuhr herum und blieb mit dem Ärmel an einem Rosenzweig hängen. »Du hast echt ein Talent, mich zu erschrecken, weißt du das?« Vorsichtig hob sie die Maschen ihres Jäckchens aus den kleinen Dornen. Caleb kniete sich neben sie, um ihr zu helfen.

»Tut mir leid«, murmelte er.

»Was genau tut dir denn leid? Das hier oder dein Auftritt neulich?« Ärgerlich wehrte sie seine ungeschickten Zupfversuche ab und nestelte alleine weiter. »Lass mal, das gibt sonst nur Laufmaschen.«

»Schätze, beides«, gab Caleb zerknirscht zu und ließ die Hände sinken. »Als du da auf einmal mit ... ihm ... aufgetaucht bist, ist es wohl mit mir durchgegangen. Ich schätze, ich hab mich nicht gerade super benommen.«

»Darauf könntet ihr euch beide sogar die Hand geben. Aber das werdet ihr wohl kaum. Ich habe inzwischen kapiert, dass ihr nicht gerade die besten Freunde seid. War ja kaum zu übersehen. Aber warum, würde mich interessieren.«

Caleb zischte abfällig. »Wer will schon mit dem befreundet sein?«

»Ich zufällig«, erklärte Rachel und richtete sich auf.

»Das hat man gesehen«, platzte Caleb heraus. Rachel strich im Geiste die absurde Schnapsidee, Caleb spontan in ihren Liebeskummer einzuweihen.

»Er weiß wenigstens, wie man sich entschuldigt«, schoss sie zurück. Sofort wurde ihr heiß, als sie daran denken musste, welche Richtung seine Entschuldigung genommen hatte. Sie pflückte eine weitere Masche ihres Jäckchens aus den Rosen. Auf jeden Fall musste sich Grayson für das abrupte Ende ihrer Verabredung ordentlich was einfallen lassen, so einfach würde sie ihm nicht verzeihen. Und schon gar nicht würde das mit Sex gutzumachen sein. Noch nicht mal mit so unglaublichem, phänomenalem ... *wenn* er überhaupt zurückkehrte, beziehungsweise wann. Aber er wohnte ja schließlich hier, und solange nicht die Möbelpacker ...

»Hallo, Rachel?« Caleb wedelte ihr mit der Hand vor dem Gesicht herum.

»Was?«

»In welchen Sphären schwebst du denn grade?«

»Nirgends«, log sie. »Haut Grayson eigentlich öfter mal einfach ab?«

»Der kommt und geht, wie es ihm gefällt.« Caleb sah sie verkniffen an. Er öffnete den Mund, um etwas zu sagen, überlegte es sich dann doch anders. »Wieso werdet ihr Mädchen eigentlich nicht schlauer? Was hat dieser Typ an sich?«, fragte er schließlich.

»Das war einfach nur 'ne Frage«, erwiderte Rachel kratzbürstig. Wie war sie nur auf die intelligente Idee gekommen, ausgerechnet Caleb auf Grayson anzusprechen?

»Hast du was mit ihm angefangen? Wart ihr miteinander im Bett?«, wollte Caleb wissen.

»Hast du ’ne Macke?«, fragte Rachel und sprang auf. »Das geht dich gar nichts an!« Sie drehte sich um und stampfte davon.

»Hey! Tut mir leid, okay? Beruhige dich!« Caleb rannte ihr nach und zupfte sie am Ärmel. Rachel schüttelte ihn bockig ab, blieb aber stehen.

»Bitte, hör auf mich. Der Typ ist einfach nicht gut für dich, Rachel.«

»Das hab ich schon mal gehört!«, schimpfte sie bitter. Ihr Kinn bebte. »Was sollen diese ganzen bescheuerten Anspielungen und schwammigen Andeutungen? Warum sagt ihr mir alle nichts? Was ist das für ein Unfall, von dem sogar Humphrey redet?«

»Ich weiß so gut wie gar nichts darüber.«

»Na klar!«, Rachel hob resignierend die Arme und ließ sie wieder sinken. »Warum auch?«, lamentierte sie.

»Lass uns einfach das Thema wechseln, okay?«, lenkte Caleb ein. »Frieden?«

Rachel schnaufte und pustete sich die Haare aus der Sicht. Cornwall! Mann, war sie genervt! Die waren hier auf dem Land alle ja so was von stur und geheimniskrämerisch – wie aus einem Jane-Austen-Roman oder einer Rosamunde-Pilcher-Verfilmung. Und das im 21. Jahrhundert. Echt! Sie schnaufte noch einmal und schluckte ihre Wut schließlich mühsam hinunter.

»Okay«, brummte sie mürrisch. Die beiden gingen eine Weile schweigend nebeneinander über den Rasen.

»Das hat schön geklungen, neulich, als du unter der Dusche gesungen hast«, sagte Caleb plötzlich.

»Wie kommst du denn jetzt darauf?« Sie sah ihn entgeistert an.

»Das haben Themenwechsel so an sich«, erklärte er verschmitzt und war schon wieder ganz der Alte. »Wenn du Bock hast, könnten wir ja mal zusammen ein bisschen Musik machen. Ich hab in so 'nem Musikladen in der Stadt jede Menge Chris-de-Burgh-Noten gefunden.«

Rachel blieb stehen und sah ihn warnend an. Caleb hob sofort die Hände. »Ganz ohne Hintergedanken. Ehrlich, ich schwöre! Es muss auch nicht *The Tower* sein«.

»Idiot!« Rachel rannte ihm nach, als er im Zickzack vor ihr flüchtete, und musste bald doch über seine Grimassen und Verrenkungen lachen. Schließlich kniete er sich auch noch vor ihr hin und flehte mit Stummfilmstar-Wimpernschlag um Gnade. »Eure Hoheit, erspart mir das Verlies, ich will's nie wieder tun, bei meiner Ehre!«

Rachel konnte ihm nicht mehr böse sein. »Na, dann steh auf, du Hofnarr«, erlaubte sie gnädig und reichte ihm huldvoll die Hand zum Kuss. »Ich erbiete Ihm denn also meine Freundschaft.«

Caleb verbeugte sich tief und wiederholte ebenso theatralisch: »Freundschaft denn, auf ewig der deine, äh, Ihre, Eure, meinte ich. Deal!«

Humphrey schob in einiger Entfernung seinen Rasenmäher vorbei und schüttelte sparsam den Kopf.

8

Die Tage vergingen und Rachel zermarterte sich immer noch in jeder unbeschäftigten Minute das Hirn darüber, was Caleb und Grayson für ein Problem miteinander hatten. Noch dazu fragte sie sich ständig, was sie falsch gemacht haben könnte oder warum sich Grayson einfach aus dem Staub gemacht hatte. War er wirklich ein Frauenaufreißer, wie alle im Schloss glaubten? Nicht bindungsfähig, nur auf schnelle Nummern und kurze Affären aus? Sie war immer noch stinkwütend auf ihn. Jetzt wollte sie erst recht wissen, was hinter all den Gerüchten steckte und warum zum Kuckuck niemand darüber reden wollte.

Rachel tat ihr Möglichstes, um sich abzulenken. Ihre Freundin Becky war irgendwann mal auf die Idee gekommen, sich dreißig Tage am Stück zu Aktivitäten zu zwingen, um Tiefschläge zu überwinden. Das war eine hervorragende Therapieform und hatte schon einmal mehr oder weniger gut funktioniert. Diesmal musste sie nur ungefähr doppelt so lang durchhalten. Oder noch länger.

Also ging sie tapfer mit der Clique schwimmen, Eis essen, Badminton spielen, bummeln, minigolfen; ließ sich zum Surfen überreden und gab es gleich wieder auf, nachdem sie geschätzte anderthalb Liter Ärmelkanal getrunken hatte. Sie ließ sich den kompletten Campus zeigen und nahm Wetten an, wie sehr sie sich an den Einführungstagen im September langweilen würde. Der Therapieerfolg war eher mittelmäßig, doch sie machte dickköpfig weiter. Das ging sogar so weit, dass sie sich in Calebs Musikkeller wagte – in den kleinen Übungsraum seiner Band.

Caleb zeigte sich die ganze Zeit über von seiner charmantesten Seite. Er startete keinen einzigen Annäherungsversuch – wahrscheinlich hatte er Rachels unmissverständliche Drohung ernst genommen, dass es dann Essig und aus wäre mit der Freundschaft. Sie verkniffen sich beide, über Wölfe im Allgemeinen und den einen im Besonderen zu reden.

Trotzdem gab es immer wieder Phasen, in denen Rachel allein in ihrer Wohnung hockte und das petrolfarbene Hemd aus dem kleinen Karton unterm Bett hervorholte. Mal vergoss sie mehr, mal weniger Tränen darin, lag grübelnd in der Badewanne, starrte zum Fenster hinaus oder textete den Rosenbusch zu. Während dieser ganzen Zeit hoffte sie auf irgendein Lebenszeichen von oben – sei es im Briefkasten, an der Türklinke, auf dem Anrufbeantworter oder einfach nur irgendein klitzekleines Geräusch aus dem dritten Stock. Doch es tat sich nichts, auch nicht, als sie das blöde Telefon einmal heftig durchgeschüttelt und fast auseinandergebaut hätte. Dafür stand irgendwann Caleb auf der Matte und fragte sie, ob alles in Ordnung sei. Als ob er einen sechsten Sinn für ihre technischen Schwierigkeiten hätte! Netterweise nahm er sich sofort Rachels Telefons an und befestigte mit dem kleinsten Schraubendreher der Welt irgendetwas im Hörer, das anscheinend verrutscht gewesen war.

Inzwischen war Rachels Knie verheilt und noch immer keine Spur, kein einziges Lebenzeichen von Grayson.

Nach wie vor spazierte Rachel jeden Tag zu dem alten Rosenbusch, um sich stumm mit ihm zu unterhalten. In

Sachen Liebeskummer war er ihr einziger Vertrauter. Sie bildete sich sogar ein, dass ihm die Aufmerksamkeit und natürlich die Bananenschalen guttaten und er sich ein wenig erholte. Humphrey betrachtete ihr Tun mit Wohlwollen, so verkehrt konnte es also nicht sein. Schließlich hatte sie ihn schon ein paar Mal – erstaunlich agil für sein Alter – Studenten mit der Forke scheuchen sehen, wenn sie sich seinen Pflanzen gegenüber schlecht benommen hatten.

Nur das Malen verkniff sie sich immer noch weitgehend. Das ließ zu viel Raum zum Nachdenken und Grübeln. Diverse angefangene Leinwände waren mit dem Gesicht zur Wand im Schlafzimmer gelandet. Und denen war es damit noch weit besser ergangen als den Zeichnungen, die unter ihren Strichen zu Porträts von G-Punkt W-Punkt mutiert waren. Sie endeten unrühmlich in der Toilette, im Reißwolf, im Papierkorb und in der Mikrowelle. Wobei ihr letztes Porträt bei 600 Watt Feuer fing und daraufhin schnell gelöscht werden musste. Und die Skizze aus dem Papierkorb strich sie dann doch wieder glatt und legte sie umgedreht in besagten Hemdenkarton. Selbstverständlich einfach nur, weil es aus künstlerischer Sicht eine ganz gut gelungene Charakterstudie war. Auf der Grayson leider sehr traurig aussah, mit seinen dunklen Augen, dem geheimnisvollen Zug um die Mundwinkel und den Fältchen, die von Kummer, Schmerz und ... Leidenschaft erzählten.

Zum x-ten Mal ließ Rachel die zerknitterte Zeichnung wieder verschwinden, stopfte das Hemd darüber und drückte fest den Deckel darauf, bevor sie den G-Punkt-W-Punkt-Gedächtniskarton mit einem Schubs ganz weit hinten unters Bett beförderte – bis zum nächsten Anfall.

Immerhin hatte sie seit Graysons überstürzter Abreise keine dunkle Rose mehr erhalten. Andererseits, wie denn auch? Bis der Busch wieder Blüten tragen würde, konnte es Herbst werden. Sie war sich inzwischen sicher, dass die Blumen von ihm stammten, und schlussfolgerte, dass doch er den Strauch so zugerichtet haben musste. Nur hatte sie noch immer keine Ahnung, weshalb und was hinter dem Ganzen steckte. Doch das würde sie schon noch herausfinden.

Das Telefon klingelte und Rachel stürmte ins Wohnzimmer. Wo hatte sie das blöde Ding nur wieder hingelegt? »Hallo?«, plärrte sie atemlos in den Hörer. Niemand antwortete, es rauschte nur und sie meinte, jemanden atmen zu hören. »Hallo? Wer ist denn da? ... Die Verbindung ist ziemlich schlecht, ich leg jetzt auf, versuchen Sie's noch mal, ja?« Keine Reaktion. Rachel meinte, ein Rascheln zu hören, bevor es klickte. Dann tutete es. Sie wartete ein paar Minuten und hielt den Apparat unschlüssig in der Hand. Aber es klingelte nicht noch einmal.

»Blöder Affe!«, knurrte sie. Und das galt vor allem Grayson, egal, ob er das jetzt gewesen war, und noch mehr, wenn nicht.

Vor einer ganzen Weile hatten Kathy, Helen und sie Bruce leichtsinnigerweise versprochen, ihm in der Stadtbibliothek beim Recherchieren für einen Artikel über Kunstmäzene in der Region zu helfen.

Während Kathy und Helen ihm Buch um Buch heranschleppten, hatte der Lieblingsnerd, wie sie ihn heimlich nannten, Rachel dazu verdonnert, im Zeitungsarchiv nach bestimmten Stichworten zu suchen.

Aus purer Langeweile tippte sie zwischendurch Grayson Wolf ein – und war völlig perplex, als das Mikrofilmverzeichnis innerhalb kürzester Zeit siebzehn Treffer meldete. Allerdings prompt gefolgt von einer Zugriffsverweigerung. Rachel versuchte es mit der Stichwortsuche im Netz. Auf Twittereinträge und soziale Netzwerkdateien folgten dort sogar Städte in den Vereinigten Staaten und irgendjemand, der mit Nachnamen Grayson hieß. Und dann tauchten plötzlich mehrere Zeitungsartikel, Unfallberichte und Gerichtsprotokolle auf. Rachel rieb sich fröstelnd die Arme. Es fühlte sich an, als hätte jemand die Klimaanlage in der Bibliothek auf einen Schlag um fünfzehn Grad heruntergekühlt.

Sie schluckte trocken. Je weiter sie scrollte, je mehr Treffer sie überflog, desto gruseliger wurde das Ganze. »Crash im Morgengrauen – Fabrikerbe überlebt!!« – »Rätselhafter Unfall mit tödlichem Ausgang« – »Grayson W. verhaftet«, las sie. »Das ist doch nicht wahr, oder?« Sie klickte die nächsten Artikel an. »Junge Frau stirbt nach Tagen im Koma. Industriellensohn beteuert Unschuld« – »Grayson W. verlegt, Selbstmordgefahr!«

Was war das denn? Das konnte nicht sein! Doch es gab keinen Zweifel. Er war es. Sie brauchte ihn nur auf dem Foto anzusehen und schon zog sich in ihrem Bauch alles zusammen. Auch wenn die Bilder teilweise verwackelt waren und der junge Mann darauf sich abwehrend eine Hand vor das Gesicht hielt – es war eindeutig ein etwas jüngerer Grayson. Rachel begann zu zittern. Ihr wurde übel. Was ihm da vorgeworfen wurde ... und dieses Mädchen ... Die Zeitung hatte ein Foto aus ihrem Abschlussjahrgang veröffentlicht. »Amelia W. – tragischer Tod mit 17.« Das

Mädchen auf dem Schwarz-Weiß-Scan war wunderschön. Lange, gewellte blonde Haare, zarte Haut, ein sanftes Lächeln ...

Bruce bog um die Ecke und starrte neugierig auf den Monitor. »Hey! Die sieht aber gut aus. Hollywoodsternchen? Neuer Film? Worum geht's?« Rachel starrte Bruce an. »Nein, völlig falscher Film«, flüsterte sie. Sie spürte einen plötzlichen Würgereiz. Sie musste hier raus. Ganz schnell. Jetzt.

Bruce glotzte irritiert auf den Bildschirm. »Oh«, machte er betreten, als er genauer hinsah. »Doch nicht.«

Da war Rachel bereits aufgesprungen und in Richtung der Waschräume verschwunden. Um ein Haar wäre sie dabei in Helen gerasselt, die mit einem weiteren Stapel Bücher auf dem Weg zum Tisch war.

»Schätzchen?« Helen schien sich tatsächlich unter jede Klotür auf der Suche nach einem bekannten Paar Schuhe zu bücken. Aber Rachel hatte sich nach einer heftigen magenreinigenden Klobrillenumarmung am Waschbecken den Mund ausgespült, den Toilettendeckel heruntergeklappt und sich mit angewinkelten Knien daraufgesetzt. Sie wollte in Ruhe nachdenken. »Ich bringe niemandem Glück.« Auf einmal bekam dieser bescheuerte Satz einen noch dämlicheren Beigeschmack. Wieso musste sie immer in solche komplizierten Geschichten hineingeraten?

»Rachel, sag doch was! Ich weiß, dass du da drin bist!« Helen gab nicht auf. Sie hämmerte beharrlich an die Tür, hinter der Rachel sich wünschte, einfach mit der Klospülung heruntergurgeln zu können und sich im Ozean homöopathisch zu verflüchtigen.

»Hör mal, das hier ist die einzige Kabine ohne Füße, die verschlossen ist. Also, wenn du dich nicht durch die Kanalisation verkrümelt oder einen Geheimgang entdeckt hast, dann komm da jetzt raus.«

Rachel vergrub ihren Kopf zwischen den Knien und kreuzte die Arme im Nacken. Sie wollte nichts und niemanden hören und sehen, obwohl es ja schon guttat, dass sich jemand um sie sorgte.

Auf einmal ertönte Helens Stimme von oben. »Oder willst du unbedingt den Hausmeister kennenlernen? Ich warne dich, der ist ein ziemlich schräger Vogel, vor allem wenn man ihm erklären muss, wieso man quer über der Kabinenwand klemmt und ...« Sie brach ab und der barsche Tonfall schlug um. Ihre Stimme klang plötzlich unsicher und angespannt. »Ähm ... stehen Sie etwa schon lange da?«

»Lang genug, Frolleinchen. Geturnt wird in der Sporthalle. Runter da, aber zackig«, hörte Rachel prompt von draußen eine ziemlich resolute männliche Stimme. Aus dem Augenwinkel erhaschte sie einen Blick auf Helen, die sich umständlich ächzend in die Nachbarkabine abseilte. Dann wummerte jemand erneut an ihre Kabine. »Und du raus da, sonst mach *ich* auf, und das wirst du nicht lustig finden.«

»Ist ja gut!«, knurrte Rachel und schlug den Haken zurück, sodass Helen am Hausmeister vorbei die Kabine stürmen konnte. Als der mit grimmigem Blick registriert hatte, dass alles so weit in Ordnung war, scheuchte er die Mädchen hinaus.

»Ganz raus!«, fauchte er mit verdeutlichender Geste, als die beiden vor der Tür in den nervös wartenden Bruce rauschten. »Und du musst dich entscheiden, Mädchen oder

Bücher«, kläffte er den armen Jungen an, der in dem Tumult verzweifelt einen Stapel voller Wälzer zu balancieren versuchte.

»Ja, ich ... dann, äh ...« Bruce sah völlig überfordert von einer zur anderen.

»Ist schon gut, Hase. Ich hab das im Griff. Mach du nur mit Kathy weiter.« Beruhigend tätschelte Helen Bruce' Schulter, der mächtig erleichtert schien, dass ihm jemand die Entscheidung abgenommen hatte.

Dann wurde Rachel von Helen zur Tür hinausgezogen. Sie war froh, an die frische Luft zu kommen. Im hellen Sonnenlicht musste sie erst einmal blinzeln.

Helen seufzte erleichtert. »Bruce ist ja wirklich ein Schnuckel, aber ich danke dir von Herzen, dass du mir weitere Mäzenatenschinken erspart hast.« Sie sah Rachel nachdenklich an. »Nur über die Art und Weise müssen wir dringend ein Hühnchen rupfen. Den grimmigen Hausmeister und die blauen Flecken an der Hüfte werde ich dir so schnell nicht verzeihen.«

Rachel verzog die Mundwinkel zu einem verlegenen Grinsen. »Das sah aber auch zu komisch aus, wie du da oben herumgestrampelt hast. Das hätte ich gerne von hinten gesehen ...«

»Na danke!« Helen kicherte mit. »Da drin kann ich mich jedenfalls so schnell nicht mehr blicken lassen. Wer hätte das gedacht, Hausverbot in einer Bücherei. Du schuldest mir ein Eis.«

»Oder du mir!«, feixte Rachel. »Weil ich dich vor dicken alten Büchern gerettet habe.«

»Na jedenfalls scheint es dir wieder besser zu gehen. Was war denn los?«

Rachels Gesicht verfinsterte sich erneut. »Man munkelt, dir sei ein Wolf über die Leber gelaufen. Das kriegen wir wieder hin. Erzähl mir alles.«

»Ach Helen, in deinem Kosmos ist immer alles so einfach«, meinte Rachel, während Helen sich bei ihrer Freundin unterhakte und sie in Richtung Hafen zog.

Einen halben Becher Vanilleeis mit Himbeeren später sah die Welt tatsächlich schon besser aus. Sie saßen auf einem Steg, mit Blick aufs Meer, und ließen die Beine über dem Wasser baumeln. Rachels Blick verlor sich zwischen den Kähnen, die in weiter Ferne den Horizont zerteilten.

»Also, wann hast du beschlossen, dich in die Reihe seiner Opfer einzureihen?«, riss Helen sie aus ihren Gedanken.

»Hab ich nicht«, jammerte Rachel. »Es ist nicht, wie du denkst ... ich ... sag mal, wusstest du, dass er einen Copen fährt?«

Helen zog verständnislos die Augenbrauen hoch. »Meinst du den kleinen grünen Flitzer? Was hat denn das jetzt damit zu tun?«

Rachel hob hilflos die Schultern. »Gar nichts. Ich steh halt auf diese Autos.«

Vor ihrem inneren Auge schlitterte ein sich um die eigene Achse drehender Copen auf regennasser Fahrbahn auf sie zu. Sie sah sich selbst wie in Trance mitten auf der Straße stehen, während das Auto immer weiter auf sie zuraste. Durch die Windschutzscheibe hindurch blickte sie in die verzerrten Gesichter der Insassen. Da war eine schreiende junge Frau auf dem Beifahrersitz und ein verzweifelt gegenlenkender Grayson am Steuer. Rachel bemühte sich, die unheimliche Vision abzuschütteln. Ihr war der Appetit vergangen, sodass sie die letzten Himbeeren aus ihrem

Plastikbecher in den Wind kippte. Eine Schar kreischender Möwen änderte augenblicklich die Flugbahn und stürzte sich gierig darauf. Rachel rieb sich die schmerzhaft pochenden Schläfen.

»Du stehst mindestens so sehr auf Grayson Wolf wie auf sein Auto.« Helen schenkte ihr einen mitfühlenden Blick. »Also, was hat dich da drin so aus der Bahn geworfen?«

Rachel schüttelte den Kopf, um die albtraumhaften Bilder loszuwerden. Sie waren hartnäckig und Angst einflößend, sie wollten einfach nicht verschwinden.

Helen interpretierte Rachels Abwehr anscheinend anders. »Schätzchen, tagelang hämmert Musik aus deinem Wohnzimmer – und zwar zu allen möglichen und unmöglichen Uhrzeiten, gepaart mit unberechenbarem Schweigen und Nichtauftauchen, dazu rätselhafte Rötungen am Kinn und Einsilbigkeit – und dann mit Caleb in den Probenraum verschwinden. Du bist verliebt, und zwar unglücklich. Glaub mir, damit kenn ich mich aus. Und dann ist da noch irgendwas, das du nicht erzählen willst ...«

»Ja, nein, ich ...« Rachel fuhr sich mit den Fingern durch die Haare, als wollte sie sie büschelweise ausreißen. Dann ließ sie sich kraftlos gegen ihre Freundin sinken. »Was du alles mitkriegst«, sagte sie resigniert.

»Tja! Wusst ich's doch!« Helen lächelte zufrieden und nahm sie in den Arm.

»Hattet ihr Sex? War er so gut, wie alle behaupten? Ich brauche Details!«

»Ich will nicht drüber reden«, murrte Rachel.

»Nicht mal ein kleines bisschen? Ach komm schon. Ich sag's auch nicht weiter.«

»Nein.«

»Och bitte.«

»Nein!«

»Okay.« Sie schwiegen.

»Und jetzt?!«, fragte Rachel nach einer Weile.

»Aufmunterungsprogramm!«, sagte Helen, doch Rachel richtete sich auf und widersprach heftig.

»Nein, so einfach ist das nicht.« Sie zeigte mit dem ausgestreckten Arm in Richtung der Häuserreihen hinter sich, wo sie die Bibliothek vermutete. »Da ist noch mehr. Dieser Unfall. Eure ganzen Andeutungen wegen Graysons Frauengeschichten und dass er jemanden auf dem Gewissen hat. Was ist da wirklich passiert? Warum redet keiner von euch darüber?«, fragte sie verzweifelt, ließ Helen aber keine Zeit zu antworten. »Was sind das für geschwärzte Zeitungsberichte, die da auf Mikrofilm auftauchen? Und diese ganzen vagen Artikel im Netz!« Sie wurde rot, als sie bemerkte, dass sie damit zugegeben hatte, Grayson sogar gegoogelt zu haben. »Was weißt du über diese Sache?«, sprudelte es weiter aus ihr heraus. »Weswegen ist er angeklagt worden und wie ist der Prozess ausgegangen?« Endlich schnappte sie nach Luft.

»Er hat Glück gehabt, soweit ich weiß«, erklärte Helen leise. »Der Anwalt seiner Eltern hat das irgendwie geregelt, heißt es. Frag mich nicht, ob das stimmt ... aber letztendlich hieß es, es sei ein Unfall gewesen. Eine ›fahrlässige Tötung‹ konnte man ihm nicht nachweisen. Ich erspar dir jetzt das ›wir haben dich ja vor ihm gewarnt‹. Ich sag nur, pass bitte auf dich auf, versprochen?« Sie sah Rachel ungewohnt ernst an und wartete das zögernde Nicken der Freundin ab, ehe sie fortfuhr. »Was genau damals passiert ist, weiß keiner genau. Seine Alten haben ihn danach ins

Ausland geschickt, soviel ich weiß. Seitdem kommt und geht er unberechenbar wie Herpes, immer dann, wenn man es am wenigsten gebrauchen kann. In der Uni ist er noch eingeschrieben, wie das geht – keine Ahnung. Ich weiß so gut wie nichts über ihn. Grayson war schon immer der einsame Wolf, an den man nicht rankam. Total verschlossen. Aber Amelia war echt nett ...« Helen brach ab.

»Du hast sie gekannt?« Rachel fuhr auf.

»Nein, nicht direkt«, gab Helen zu. »Das war alles vor meiner Zeit. Sie hat in deiner Wohnung gewohnt, bevor Nelly sie übernommen hat. Caleb war der Einzige von uns, der damals schon hier war. Er hat definitiv mehr mitbekommen als wir anderen.«

»Oh«, machte Rachel. Sie wusste nicht recht, wie sie das alles interpretieren sollte. War Amelia also Graysons Freundin gewesen? Es versetzte ihr einen Stich, einen ziemlich schmerzhaften sogar. War sie am Ende eifersüchtig auf eine Tote?

Helen sah ihre Freundin unsicher von der Seite an. »Hey, Schätzchen, ich weiß, dass das wehtut, aber ich muss es dir sagen. Er vögelt sich seither den Schmerz weg und ... Nelly war nicht die Erste und Einzige und du wirst auch nicht die Letzte sein, kapierst du?«

»Hör auf!« Tränen schossen in Rachels Augen und sie hob abwehrend die Hände. »Ich will es nicht hören. Bitte.« Sie atmete schwer. Die Bilder in ihrem Kopf gerieten außer Kontrolle.

Rachel schlief über einer Liste ein, die sie mit Bleistift in ihr Tagebuch gekritzelt hatte. Lauter tolle Kopf-Argumente dafür, Grayson Wolf schnellstmöglich zu vergessen. Der

Fairness halber hatte sie auf die andere Seite so was wie Bauch-Kommentare notiert, die wider jede Vernunft dagegensprachen, ihn einfach abzuhaken. Irgendwie ging ihr diese Bauch-Liste viel leichter von der Hand und sie wurde auch ganz von allein sehr viel länger ... Rachel verlor sich in Erinnerungen an Begegnungen, Berührungen und Schmerz. Wieso nur konnte sie diese Nacht am Strand nicht einfach vergessen? Der Typ war womöglich vorbestraft oder so gut wie. Ein Psychopath, vielleicht noch schlimmer ... und doch schrie alles in ihr, dass das nicht sein konnte, nicht sein durfte, dass es da irgendein schreckliches Missverständnis gab. Dass sich noch ein Geheimnis hinter dem Geheimnis verbarg. Vielleicht brauchte er ihre Hilfe? Wo war er bloß? Wann kam er wieder? Wovor hatte er Angst? Oder hatte sie sich – laut Helen – diese Nähe zwischen ihnen tatsächlich eingebildet? Sah sie nur, was sie sehen wollte, und nicht, dass er sie einfach benutzt hatte?

Es war spät und sie schlurfte müde ins Bad. »Wenn du jemanden therapieren willst, studier Psychologie!«, bläute sie ihrem Spiegelbild ein und schmierte es mit Zahnpasta zu.

Ein Klingeln riss Rachel aus ihren trüben Gedanken. Sie brauchte einen Moment, um es zuordnen zu können. Es war nicht die Türglocke, sondern das Telefon. Wer rief denn so spät noch an?

»Ja?«, meldete sie sich, aber am anderen Ende rauschte und knisterte es nur. »Hallooo? Wer ist denn da?«, fragte sie ungeduldig, bekam aber keine Antwort. Rachel meinte wieder, ein leises Atmen zu hören. Ein Schauer lief ihr über den Rücken. »Hör mal, wer immer du bist, ich hab keinen Bock auf so was, klar?« Kurz bevor sie das Symbol zum Auflegen drückte, schnellte ihre Hand noch einmal ans Ohr. »Grayson, bist du das etwa?«, rief sie, doch der Unbekannte hatte bereits aufgelegt.

Wieder einmal weinte sie sich in unruhigen Schlaf.

Rachel war Caleb unglaublich dankbar dafür, dass er sie auf andere Gedanken brachte.

»Ich hab ein Lied geschrieben und ich möchte, dass du es singst. Los, komm. Wir fahren rüber zum Probenraum und nehmen es auf.« Mit hochroten Wangen stand er in der Tür und wedelte mit einem handgeschriebenen Notenblatt vor ihrer Nase herum. Rachel hatte sich nach einer weiteren schlaflosen Albtraumnacht mittags ein wenig hingelegt und rieb sich die Augen.

»Was ist das?«, fragte sie benommen.

»Musik!«, rief Caleb überschwänglich. »Nun komm schon, bitte!«

»Ist ja gut«, brummte Rachel und sah sich suchend nach ihrer Kängurujacke um. Caleb angelte sie schließlich zwischen Wohnzimmertisch und Sofa hervor und stülpte sie Rachel über den Kopf.

»Du hast doch gesagt, ich soll mal selber was schreiben. Das hast du jetzt davon, also los! Lass mich nicht hängen.«

»Ich komm ja!«, seufzte Rachel und ließ sich allmählich von seiner Euphorie in einen Halbwachzustand heben.

Caleb tanzte aufgekratzt vor ihr die Treppe hinunter, und als sie schließlich auf ihren Rädern die Uni erreicht hatten, hatte der Fahrtwind sie endgültig wach gerüttelt.

»Aber keine Schnulze, ja?«

»Nein!«, versprach Caleb energiegeladen. »Hier, lies es dir durch!«

Unruhig wie ein kleines Kind rutschte er auf einem alten Sessel in dem provisorischen Studio hin und her. Der halbdunkle Raum roch nach Holz und Leder, vermischt mit dem säuerlich-süßen Aroma von abgestandenem Bier und Cola. Er quoll über von Musikinstrumenten und technischem Equipment, war mit Eierpappen an den Wänden gedämmt und Rachel fragte sich, wie viel Rührei dazu wohl durch diverse Musikermägen hatte gepumpt werden müssen.

Sie hielt die Notenblätter unter die Schreibtischlampe über dem Mischpult. Neben der Kerze auf einer alten Teekiste in der Ecke war sie die einzige Lichtquelle. »Hmmm«, meinte sie schließlich. »Ist ganz gut«.

»Ganz gut?« Caleb hopste auf und die Kerze malte flackernde Schatten an die Wände. »Das Lied ist mega! Aber wenn du es nicht singen willst ...« Er grapschte nach den Noten, doch Rachel flüchtete quietschend vor ihm um das kleine Mischpult herum. Zum ersten Mal seit Langem lachte sie völlig unbeschwert und ließ es sogar zu, dass er sie einen Moment lang umschlungen hielt, als er sie schließlich gefangen hatte.

»Okay, okay, ich gebe auf. Ich mach es ja«, versprach sie nach Luft schnappend.

»Na, wenn das kein Fortschritt ist«, gab Caleb feixend zurück. Er ließ sie sehr langsam los und griff nach seiner Gitarre. »A-Moll. Ich geb dir den Ton.«

Mithilfe seiner Akkorde tastete sich Rachel langsam durch die Melodie. Inzwischen sang sie ganz gut vom Blatt, aber er hatte ein paar kompliziertere Harmonien und Tonartwechsel eingebaut. »Warum ist die Melodie stellenweise so traurig?«, fragte Rachel.

Caleb zuckte mit den Schultern, legte den Kopf schief und sah ihr in die Augen. »Weil es zu deiner Stimme passt.« Rachel schnitt ihm eine Grimasse.

Das Lied handelte von einem kleinen Mädchen, das nach Luftballons jagt. Und ihrem großen Bruder, der ihr so sehr wünscht, dass die Ballons nicht einer nach dem anderen zerplatzen, sondern weit übers Meer getragen werden. »Wie geht es aus?«, fragte sie.

»Die dritte Strophe fehlt noch«, verriet Caleb. »Hast du eine Idee?«

Rachel überlegte. »Vielleicht kommt jemand übers Meer und bringt ihr einen Luftballon zurück? Gleichzeitig gewinnt sie einen Freund? Für die Playlist im Radio dürfte das genügen, oder?«, scherzte sie.

Caleb sah sie schief von der Seite an. »Ja, damit könnte ich ganz gut leben – bis mir was Besseres einfällt.«

Rachel runzelte die Stirn. »Wir reden übers Lied, oder?«

Caleb grinste breit. »Sind wir in einem Kellerstudio oder was? Los, noch mal und dann können wir's vielleicht schon aufnehmen, probeweise, damit du dich hörst. Das klingt immer etwas anders als über die Kopfhörer.«

»Na hoffentlich«, sagte Rachel inbrünstig. Sie erinnerte sich noch gut an den Schreck, als sie ihre eigene Stimme zum ersten Mal gehört hatte.

Am Anfang hatte es sie enorme Überwindung gekostet, vor Caleb laut zu singen. Mittlerweile funktionierte das ziemlich gut, sie hatte Selbstsicherheit gewonnen und zu ihrer Lockerheit zurückgefunden. Unter den Kopfhörern konnte sie sich ein Stück weit verstecken und das Mikrofon in der Hand gab ihr etwas, an dem sie sich festhalten konnte. Das Dreißig-Tage-Prinzip von Becky schien zu wirken.

Calebs Kuss auf der Party und der Ausraster im *Cove* waren kein Thema mehr, auch wenn sie schwören könnte, dass er sie manchmal einen Augenblick zu lang berührte, um ihr etwas zu zeigen, oder nur zögerlich aus einer Abschiedsumarmung entließ. Seine Aufmerksamkeit tat gut. Er schien immer ganz genau zu wissen, wie es ihr ging oder was sie brauchte – als ob er wüsste, was Rachel beim Abschminken ihrer Zimmerpalme verriet.

Mit der Musik und ihren Treffen im Probenraum teilten sie ein Geheimnis, denn die Musik, die Caleb mit seiner Band machte, war ganz anders als das, war er für sie schrieb. Es schmeichelte ihr, und wenn sie ganz, ganz ehrlich war, genoss sie auch die neidischen Blicke der anderen Schlossbewohnerinnen, weil sie so viel Zeit mit Caleb verbrachte. Rachel ertappte sich bei einem Lächeln, als sie daran dachte, dass er diese Songs tatsächlich für sie komponierte, nur damit sie sang. Ganz schön wow.

»Wo bist du denn schon wieder mit deinen Gedanken? Konzentrier dich, Rachel«, schimpfte Caleb. »Du hast deinen Einsatz verpasst.«

»Ja, Timing ist nicht immer meine Stärke«, sagte sie und grinste vieldeutig. Jetzt war Caleb derjenige, der verwirrt dreinblickte.

Vielleicht gab es da etwas Neues, das sie mit ihrer Palme diskutieren musste. Über das Gute, das manchmal so nah lag, und ob der streichelzahme Spatz in der Hand doch besser war als ein schöner Falke in der Ferne. Trotzdem musste sie erst noch etwas herausfinden. Sie war sich nicht sicher, ob das die einzige Motivation war, die sie bei ihren Gefühlen für Caleb ausbremste, aber sie musste es wissen.

9

Die Rosen erholten sich. Neue Triebe schlugen aus. Zum Glück, denn nach drei Wochen konnte Rachel keine Bananen mehr sehen.

»Was meinen Sie, Humphrey?«, begrüßte Rachel den alten Gärtner, der bereits seit den frühen Morgenstunden mit Harke und Rechen in den Beeten herumkrauchte, um Unkraut zu jäten, bevor die Sommerhitze unerträglich wurde.

»Alte Sorten sind robust, hab ich dir doch gesagt, Mädchen. Man darf nur die Hoffnung nicht aufgeben. Man muss Geduld haben, manchmal bis ins nächste Frühjahr. Diese Wunden hier sind schnell verheilt. Gut so.« Er nickte dem Rosenstrauch freundlich zu.

»Und manche Wunden brauchen eine Ewigkeit ...« Rachel sagte es leise, aber wenn er wollte, hatte der Alte Luchsohren.

Er sah sie listig an. »Was meinst du?«

Sie überlegte, einen Rückzieher zu machen, aber Rachel hatte es sich nun einmal vorgenommen. »Es geht um Grayson«, begann sie. »Sie kennen ihn am längsten hier. Und Sie wissen auch, was wirklich passiert ist, oder? Sie haben gesagt, er sei kein schlechter Mensch. Niemand will mit mir darüber reden oder weiß etwas Genaueres und ich ... ich muss es wissen. Was ist mit ihm? Wovor flieht er?«

Der Gärtner sah an ihr vorbei zum Schloss. Er schien abgelenkt.

»Was ist?«, fragte Rachel.

»Nichts«, meinte Humphrey müde. »Nicht alles ist, wie es scheint, Mädchen, das ist alles, was ich weiß. Man kann nur bis zur Stirn sehen, nicht dahinter. Hör auf dein Herz und halt die Augen offen. Damit bin ich immer gut gefahren. Aber pass gut auf dich auf und überlege dir genau, wem du vertraust. Ich …« Er wirkte, als ob er noch etwas hinzufügen wollte, aber sie wurden unterbrochen.

Caleb rannte über den Rasen auf sie zu. »Rachel, komm! Ich hab was für dich!« Er wedelte über dem Kopf mit einem Umschlag in seiner Hand und wirkte ziemlich überdreht.

Rachel war hin- und hergerissen. »Ja, warte, ich …«

Sie drehte sich zu Humphrey um, doch der alte Mann hatte sich den Hut in die Stirn gezogen, tippte sich flüchtig zum Abschied an die Krempe und eilte mit seiner quietschenden Schubkarre davon.

»Wieso hat er's denn plötzlich so eilig?« Rachel sah ihm verwirrt nach.

»Ach, lass doch den irren Grünzeugspinner!«, rief Caleb übermütig. »Willst du gar nicht wissen, was ich hier in meiner Hand halte?«

Rachel runzelte missbilligend die Stirn. »Er ist total nett«, rügte sie. »Und du hast ihn vergrault.« Für einen kurzen Moment hatte sie in der Mimik der beiden Männer etwas gesehen, das sie nicht einordnen konnte. Aber dann war der Augenblick auch schon wieder vorbei. »Also, was ist los?«, fragte sie Caleb pflichtschuldig, damit er endlich aufhörte, vor ihr herumzuzappeln.

»Wir sind angenommen worden!«, platzte er heraus.

»Angenommen?«, wiederholte Rachel verdutzt.

Caleb nahm sie bei der Hand und zog sie zu einer der Steinbänke bei den Rhododendren. »Mit dem, was wir seit ein paar Tagen proben. Ich hab's doch aufgenommen letztes Mal!« Er riss den Umschlag auf und las Rachel das Schreiben mit überschlagender Stimme vor.

»... blablabla ... bedanken wir uns für Ihr Demotape ... blablabla ... und laden Sie ein, Ihren Song am Freitag im Talentshop zu performen. Wie cool ist das denn? Rachel! Du und ich im Radio!« Seine Augen glänzten fiebrig.

»Was?« Rachel entzog ihm ihre Hand und krallte sich an der Steinbank fest. »Spinnst du? Du kannst doch nicht einfach ein Band mit unseren Aufnahmen an irgendwen losschicken, ohne mich vorher zu fragen. Und dann noch ans Radio?«

»Ja. Jam FM! Der Lokalsender. Der Talentshop läuft einmal im Monat. Du hast neulich mal einen Spruch losgelassen, das hat mich erst auf die Idee gebracht.«

»Hab ich nicht!«, giftete Rachel dazwischen. Rachel war sich ganz sicher, dass sie allenfalls der Palme ...

»Hast du doch!«, widersprach Caleb nachsichtig. »Noch bevor der Song ganz fertig war und du es zum ersten Mal gesungen hast. Alzheimer? Hey, überleg doch mal: Vielleicht kriegen wir einen Gig dadurch! Oder sogar einen Plattenvertrag! Rachel, bitte, du musst Ja sagen! Sei nicht sauer.«

»Ich muss gar nichts«, wehrte Rachel ab. Oh doch, sie war sauer. »Was hast du dir eigentlich dabei gedacht?«

»Jetzt brüll bitte nicht so, ich dachte, das soll erst mal unter uns bleiben.« Nervös sah er zu den Fenstern im Schloss hinüber, aber dort regte sich nichts und auch Humphrey war schon längst zwischen Beeten und Sträuchern verschwunden. »Komm, lass uns mit den Fahrrädern ins Studio fahren. Da können wir alles besprechen und ich spiel dir das Tape vor und auch ein neues Stück, das ich für dich geschrieben habe, okay?«

Widerstrebend nickte Rachel. »Einverstanden. Aber wenn ich nicht will, kann ich immer noch Nein sagen, hörst du? Das ist dann dein Problem, wie du aus der Nummer wieder rauskommst! Und ich kann auch nicht lange bleiben, ich hab Helen versprochen, dass wir nachher noch an den Strand gehen.« Missmutig schulterte sie ihre Umhängetasche und ging voraus. »Was ist? Kommst du?«

Caleb setzte sein Lausbubengesicht auf und rannte an ihr vorbei zum Fahrradschuppen.

Es gelang Rachel eher mittelprächtig, einen Teil ihrer Wut in die Pedale zu übertragen. Als sie auf dem Campus ankamen, war sie immer noch ausreichend in Fahrt. Calebs Zahnpastareklamestrahlen kam ihr gerade recht. »Das zieht nicht!«, schnauzte sie ihn auf dem Weg in die Proberäume an. »Ich dachte, unsere Sessions wären etwas Privates, das du nicht mal deiner Band erzählst?«, brauste sie auf, gleichzeitig wütend auf sich selbst, weil er sie bei ihrer Eitelkeit erwischt hatte – natürlich reizte sie so eine Chance, aber das würde sie nie zugeben!

»Deswegen ja Radio«, feixte Caleb geradezu penetrant gut gelaunt. »Niemand sieht dich, du musst auf keine Bühne und du darfst den Namen aussuchen für unsere Combo.«

»Black Rose«, rutschte es Rachel heraus, ohne darüber nachzudenken. Sie blieb stehen und war selbst überrascht, wie sie ausgerechnet darauf kam. »Na ja, du hast es mir ja bei diesem Rosenbusch erzählt«, redete sie sich heraus.

»Black Rose?«, wiederholte Caleb und sah sie an. Um seine Augen zuckte es und sie meinte, ganz kurz nur, etwas Lauerndes darin zu erkennen. In der nächsten Sekunde kramte er in seiner Hosentasche nach dem Schlüssel für den Übungsraum, stieß die Tür auf und sagte offen und fröhlich: »Ja, warum nicht? Black Rose, das klingt gut. Da kommt auch keiner so schnell auf dich und mich. Los, das müssen wir feiern! Im Kühlschrank steht sicher noch eine Flasche Sekt. Ich hol sie. Bin gleich wieder da. Lauf nicht weg, hörst du?« Die Gemeinschaftsteeküche lag am anderen Ende des Ganges, von dem die verschiedenen Studios abzweigten. »Schaust du nach Gläsern?«, bat er. »Sieh mal in der Ecke nach. Dahinten im Karton müssten welche sein.«

Rachels Augen brauchten einen Moment, um sich an das Halbdunkel des Probenraumes zu gewöhnen. In der angezeigten Ecke stand ein Turm mit unordentlich aufeinandergestapelten Pappkartons. Der erste war mit Notenblättern vollgestopft, im zweiten lagen CD-Hüllen, Kabel und Adapter und in dem untersten, der sichtbar unter dem Gewicht der anderen gelitten hatte, klirrte es vielversprechend, als sie dagegenstieß.

Vorsichtig hob sie den vorletzten Karton an und ließ ihn mit einem spitzen Aufschrei gleich wieder fallen. Zwei dicke schwarze Spinnen suchten aufgeschreckt das Weite, auf kürzestem Weg über ihre Oberschenkel, bevor sie unter dem Sofa verschwanden. Reflexbedingt rummste Rachel nach hinten gegen ein kleines Schränkchen.

»Puhh.« Sie pustete sich eine Strähne aus der Stirn und strich sie hinters Ohr. »Mädels, ihr habt mich ganz schön erschreckt«, knurrte sie den Spinnen hinterher. Die Gläser waren erstaunlicherweise heil geblieben. Rachel hob zwei aus dem Karton und stellte sie auf die Teekiste vor dem Sofa, die als Tisch diente. Dann fiel ihr auf, dass das Schränkchen, gegen das sie eben gestoßen war, sich ein wenig verschoben hatte. Beim Versuch, es wieder an die Wand zu rücken, hörte sie etwas dahinter nachrutschen. Ohne nachzudenken, angelte sie mit der Hand in den Zwischenraum und zog zwischen Spinnweben und Staubmäusen ein paar zerfetzte alte Zeitungsseiten und einen kleinen Fotorahmen hervor. Er war in der Mitte gesprungen. Eine dicke Staubschicht lag darüber.

Rachel schüttelte die klebrigen Gespinste von ihren Fingern und fuhr vorsichtig mit einem Zeigefinger über das Glas. Unter dem Staub kam ein Foto zum Vorschein. Auf der Seite, die sie zuerst freigelegt hatte, tauchte Caleb auf. Er hielt ein Mädchen im Arm und strahlte glücklich in die Kamera. Rachel nahm ihr T-Shirt zu Hilfe und wischte weiter. Das Mädchen neben ihm kam ihr bekannt vor. Wo hatte sie das Gesicht schon einmal gesehen? Dann riss die Erinnerung sie beinahe um. Das war doch ... »Amelia?«, ächzte sie überrascht und kämpfte gegen den Impuls an, das Bild fallen zu lassen, als hätte es ihr einen elektrischen Schlag versetzt. Waren die beiden etwa auch mal ... zusammen gewesen? Sie schnappte nach Luft.

Auf dem Gang hörte sie Caleb pfeifend zurückkommen. Sie hatte das Gefühl, etwas Verbotenes berührt zu haben, an ein weiteres Geheimnis gestoßen zu sein, das sie nichts anging und worüber sie mit Caleb auch nicht reden wollte. Nicht heute zumindest. Erst brauchte sie mehr Informationen.

Hastig schob sie das Bild wieder hinter das Schränkchen und rückte es in seine ursprüngliche Position. Ihr Blick fiel auf die vergilbten, staubigen Zeitungsfetzen auf dem Boden. Schnell schnappte sie danach und stopfte sie hinterher, bevor sie sich zurück aufs Sofa setzte. Dann fiel ihr auf, dass sie ein paar Ausrisse übersehen hatte, doch Caleb war bereits an der Tür. Spontan warf sie ihre Jacke darüber und zwang sich zu lächeln, was ihm im Dämmerlicht des Raumes hoffentlich nicht weiter komisch vorkam.

»Na, was hast du angestellt?«, fragte Caleb fröhlich.

»Kellerleichen ausgegraben, mit Spinnen gekämpft und Sektgläser gefunden«, erwiderte Rachel wahrheitsgemäß.

»Dann ist ja alles gut«, freute sich Caleb und entkorkte die Flasche.

»Hoffentlich«, meinte Rachel nachdenklich und hielt ihm die Kelche hin. »Also auf die schwarzen Rosen!« Ihr Magen grummelte, was verschiedene Gründe hatte. Der bevorstehende Radioauftritt, die unerwartete Entdeckung, ihr schlechtes Gewissen und schließlich die Tatsache, dass sie seit dem Frühstück nichts mehr gegessen hatte.

»Sag mal, wie spät ist es eigentlich?«, fragte sie Caleb, der auf dem durchgesessenen Sofa so nah neben ihr hockte, dass sie fast an ihm klebte. Noch dazu schmeckte der Sekt extrem sauer.

»Kurz nach eins, wieso?«

»Hast du keinen Hunger?«, fragte sie auf der Suche nach einem Alibi und weil ihr Magen wirklich knurrte.

Caleb schüttelte den Kopf.

»Ich glaub, ich muss jetzt los«, log sie. Denn eigentlich gab es keinen Zeitdruck. Sie hatte mit Helen abgemacht, dass Rachel jederzeit zum Strand nachkommen konnte. Na ja, dann kam sie eben pünktlich. »Ich will Helen nicht warten lassen.« Sie hatte es auf einmal eilig, hier rauszukommen.

»Ich dachte, wir wollten das Stück noch mal üben? Und den neuen Song möchte ich dir auch noch vorspielen.« Er schaute sie geknickt an. »Wir sind doch eben erst gekommen.«

»Ach komm schon, Cal. Üben können wir auch im Schloss. Da zieh ich mir gerne in aller Ruhe was Neues von dir rein. Du hast doch zu Hause auch eine Gitarre, soweit ich mich erinnere. Und was aufzunehmen, dafür bin ich heute wirklich nicht in Stimmung. Ich glaube, ich muss die Sache mit dem Radio erst mal verarbeiten.« Entschlossen drückte sie den Korken zurück in die Sektflasche.

»Oh, heißt das, die Prinzessin wagt sich in die Höhle des Löwen?« Er ließ ihr keine Zeit zu antworten, sondern sprang extrem gut gelaunt auf. »Na gut, ich komm mit zum Schloss. Da hab ich mit Sicherheit besseren Stoff für dich. Warte, ich bring nur die Gläser und die Flasche in die Küche.«

Rachel war erleichtert, dass er nicht sauer auf sie war, und hatte fast schon wieder ein schlechtes Gewissen. Aber sie nutzte den unbeobachteten Moment und stopfte die Zeitungsfetzen in ihre Umhängetasche.

Caleb stand im Türrahmen und beobachtete sie. Rachel fuhr zusammen. »Du hast aber auch ein Talent, mich zu erschrecken!«, schnaufte sie entrüstet. »Bist du in die Küche geflogen?«

»Nein«, gab Caleb grinsend zurück. »Ich hab mir nur gedacht, dass andere den Sekt vielleicht doch noch zu schätzen wissen, und bis morgen wäre er eh nur noch Plörre. Also hab ich die Flasche in den Flur gestellt«, erwiderte er.

»Mit den schmutzigen Gläsern?« Rachel verzog das Gesicht.

»Wer ein Problem damit hat, kann sie ja abwaschen«, gab Caleb achselzuckend zurück. »Fahren wir?«

Rachel nickte.

Helen grinste wie ein Breitmaulfrosch, als sie Caleb und Rachel einträchtig nebeneinander ihre Räder die Einfahrt hochschieben sah.

»Na, ihr Turteltäubchen?«, quakte sie.

Rachel schenkte ihr einen vernichtenden Blick, aber Helen ging gar nicht darauf ein. »Süße, du hast doch nichts dagegen, wenn zum Strand noch jemand mitkommt? Macht ja auch viel mehr Spaß, oder?«

Rachel seufzte. »Nein, natürlich nicht. Wer ist denn diesmal der Auserwählte?«

Helen schlug spielerisch mit ihrem Handtuch nach ihr. »Er heißt Ron und dürfte jeden Moment hier sein. Also reiß dich zusammen! Seht mal, diesen Ring hat er mir geschenkt.« Stolz spreizte sie ihren Ringfinger, um den sich ein monströser Drache mit spitzen, krallenbewehrten Flügeln schlang.

»Tu dir bloß nicht weh damit«, murmelte Rachel.

»Ach was«, kicherte Helen selig. »Der soll auf mich aufpassen, sagt Ron. Er kommt aus den Staaten und hat einen fürchterlich süßen Akzent. Also, was ist?«

Rachel wandte sich Hilfe suchend an Caleb. Bevor sie den zwei Turteltäubchen allein beim Flirten zuschauen musste, wäre es doch ganz gut, Caleb als Gesellschaft zu haben. Und vielleicht würde das ja die komische Stimmung, in der sie aufgebrochen waren, verscheuchen. »Oh edler Prinz, würdet Ihr mich einmal mehr erretten und mit mir die Aufgabe der Anstandsdame teilen?«, flötete sie und klimperte mit den Wimpern.

Caleb lachte und die dünne Eisschicht schien gebrochen. »Na, wenn ich so nett gebeten werde, kann ich das natürlich nicht ausschlagen. Ich hol nur meine Schwimmsachen!«

»Wunderbar!«, rief sie und starrte ihm erleichtert hinterher. Das hatte ja schon mal funktioniert. Nur der Zeitpunkt, wann sie sich ihrer heimlichen Lektüre widmen sollte, war damit in die Ferne gerückt.

Helen kam aus dem Breitmaulfroschgrinsen gar nicht mehr heraus.

»Hast du Gesichtslähmung?«, fragte Rachel pseudomitfühlend, als sie mitbekam, dass sie beobachtet wurde.

»Nein, aber offensichtlich hast du eben bemerkt, dass Caleb einen ziemlich knackigen Hintern hat«, gab Helen gackernd zu Protokoll.

Rachel verdrehte die Augen, aber was sollte Helen auch anderes denken. Zu einer bissigen Antwort kam sie jedoch nicht mehr, weil in dem Moment ein junger Mann mit suchendem Gesichtsausdruck um die Hauswand bog. Er strahlte erleichtert, als er Helen entdeckte.

»Hi«, sagte er schüchtern.

Rachel war ziemlich erstaunt, dass die sonst so schlagfertige Helen ebenfalls nur ein leises »Hi!« herausbrachte und dabei sogar rot anlief.

Heftiges Poltern und lautes Stimmengewirr aus dem Treppenhaus kündigten an, dass Caleb auf dem Weg nach unten noch ein paar Weggefährten aufgetrieben hatte. Im großen Hallo der ganzen Horde konnte Rachel die Kommunikation zwischen Helen und Ron leider nicht weiter verfolgen.

Neben den üblichen Verdächtigen wie Kathy, Bruce und

Josh waren auch neue Gesichter dabei. Das Ende der vorlesungsfreien Zeit rückte näher und das Schloss füllte sich wieder. Caleb stellte ihr Melissa vor, seine Schlagzeugerin, die in den Semesterferien verreist gewesen war und mit drei anderen Mädchen in der Wohnung im Erdgeschoss wohnte. Rachel steckte sie auf den ersten Blick ins Schubfach Groupie, so wie sie im übertragenen Sinn an seinen Lippen und im wortwörtlichen an seinem Arm hing.

Rachel schaute zu Helen, die in eine Dauergrinsestarre verfallen war, und stellte fest, dass die Freundin vermutlich nicht einmal unrecht damit hatte, dass sich bei ihr leise Ansätze von Besitzanspruch regten.

Schließlich verteilten sich alle auf zwei Autos. Eins fuhr Ron, das andere Caleb. Rachel genoss das Privileg, neben ihm vorn zu sitzen, gerade weil sie dafür einen vernichtenden Blick von Melissa erntete. Revier verteidigt, notierte Rachel im Stillen und strich beiläufig über Calebs Knie, während sie im Rückspiegel die Reaktion ihrer Rivalin abwartete. Als diese daraufhin schnell aus dem Fenster sah, kam sie sich schon wieder gemein vor. Caleb dagegen schenkte ihr sein strahlendstes Lächeln. Rachel ertappte sich dabei, wie sie fröhlich zurückstrahlte und sogar zuließ, dass sich ihre Finger einen Augenblick zu lang berührten. Es kribbelte. Sie fragte sich, ob sie womöglich wirklich viel zu verkopft war, und nahm sich vor, einfach mal locker zu bleiben.

Sie hatten den ganzen Nachmittag lang viel Spaß am Strand, spielten Volleyball und tollten im Wasser herum, wo sie Zweikämpfe austrugen. Rachel und Helen thronten auf den Schultern ihrer Verehrer und versuchten, einander umzuschubsen. Es ging unentschieden aus, weil sie das

Gleichgewicht verloren und alle vier prustend und mit lautem Geschrei untergingen. Zum Glück hatte Rachel einen gut sitzenden Bikini an. Aber Helen, die über ihrem Badeanzug eine langärmelige Bluse trug, kämpfte mit ihrer nassen Kleidung. Als sie giggelnd und erschöpft an Land robbten und auf ihre Handtücher plumpsten, fiel Rachel auf, dass sie zum ersten Mal seit Wochen nicht automatisch an Grayson gedacht hatte und daran, was er wohl gerade machte. Ob es nun an der Ablenkung lag oder an Calebs Talent, ihr den Rücken einzucremen – an diesem Nachmittag, zumindest in diesen Minuten, fehlte er ihr nicht.

Doch als dieser Gedanke Rachels Verstand erreichte, fiel ihr endlich wieder ein, was sie drei Stunden vorher im Probenraum entdeckt hatte. Was auch immer dieses Foto zu bedeuten hatte, es stand auf eine seltsam schicksalshafte Art zwischen ihr, Grayson und Caleb und wer auch immer noch darin verstrickt sein mochte ... Sie brauchte Antworten, und zwar immer dringender.

Entschuldigend stahl sie sich unter Calebs Sonnenmilchhänden hervor und drängte sich zwischen Helen und Ron, die bis zu dieser Sekunde zärtlich miteinander getuschelt hatten. »Ich muss mit dir reden, gleich«, zischte Rachel und säuselte augenzwinkernd »Sorry, Mädchenkram!« in Rons Richtung, der sich mit einem Brummen auf den Bauch rollen ließ. »Du solltest dir übrigens dringend mal den Rücken eincremen lassen. Wie wär's mit Caleb, der hat grade Sonnenmilchüberschuss an den Händen und eh nix Besseres zu tun«, schlug sie trocken vor, als sie Rons geröteten Lachsteint sah. Sie musste sich das Lachen verbeißen, als die beiden Jungs sich daraufhin irritiert anschauten. Helen fand das alles andere als komisch.

»Weißt du, wie schwierig es ist, Ron ein bisschen aus der Reserve zu locken? Er ist unglaublich schüchtern und zurückhaltend ... Ich hoffe, es ist was Wichtiges«, zischelte sie, als Rachel sie von der johlenden Clique fortzog, während Caleb mit glitschig weißen Händen und Löwengebrüll hinter dem flüchtenden Ron hersprang.

»Sag du's mir«, bat Rachel, als sie außer Hörweite waren. »Was weißt du über Amelia und Caleb?«

Helen sah sie mit versteinertem Gesichtsausdruck an. »Bitte was?«

»Ich hab ein Foto gesehen«, drängte Rachel. »Ein altes Bild, Caleb und Amelia Arm in Arm. Die Amelia, die mit Grayson zusammen den tödlichen Autounfall hatte. Bitte, erzähl mir die Geschichte dazu. Es ist wichtig für mich.«

»Wozu soll das gut sein?«, fragte Helen und rieb sich abwesend über den Arm, als ob sie frieren würde. »Lass die Toten ruhen und hör bitte endlich mit Grayson auf. Schmink ihn dir ab. Hoffentlich ist er diesmal für immer weg, er bringt nur Unglück.«

»Helen, was soll dieses geheimnisvolle Gewäsch? Warum weichst du immer noch aus, genau wie alle anderen? Ich will doch nur wissen, in welcher Beziehung Amelia zu Caleb und Grayson gestanden hat und was damals wirklich passiert ist. Ich hab das Gefühl, dass ich da in irgendetwas hineingeraten bin und alle außer mir Bescheid wissen. Das hat doch sicher auch mit Graysons Verschwinden zu tun ... und dass er und Caleb sich so anzicken, stimmt's? Bitte hilf mir.«

»Ich weiß nichts«, sagte Helen leise und kratzte sich nervös am Ärmel. »Bilde dir nichts ein. Grayson und Caleb sind einfach nur eifersüchtig aufeinander. Wegen dir.«

»In der einen Sekunde sagst du, er wäre eifersüchtig, und in der nächsten, dass ich ihn vergessen soll, weil ihm nichts an mir liegt? Außerdem glaub ich das nicht ...«, sagte Rachel entrüstet.

»Immer nur du, du, du! Was glaubst du nicht? Dass du bessere Karten bei den Jungs hast als ich?« Aus heiterem Himmel schossen ihr Tränen in die Augen und Rachel verstand gar nichts mehr.

»Helen?« Sie schüttelte ihre Freundin sanft.

»Ach, ist doch wahr«, schniefte Helen. »Du siehst gut aus, du bist schlagfertig, smart und wahrscheinlich auch noch ein Mathegenie ...« Sie lächelte schief, wischte sich die Tränen ab und schielte verlegen zu Ron und den anderen hinüber, die sich inzwischen grölend und lachend im Wasser den Ball zuspielten.

Rachel grinste vorsichtig. »Nein, Mathe und ich sind nicht besonders gut befreundet. Entschuldige, ich denk wirklich immer nur an mich. Wie läuft's denn mit Ron?«

»Netter Typ«, sagte Helen achselzuckend und schaute dabei so übertrieben locker, dass sie beide lachen mussten.

»Tut er dir gut?«, fragte Rachel besorgt und drückte ihre Hand.

Helen nickte stürmisch. »Er ist grundsolide, trinkt keinen Alkohol und mag es nicht, wenn ich zu freizügig rumrenne. Ich glaub ... aber lach jetzt nicht«, bat sie, »... ich glaub, er ist wirklich an mir interessiert. Als Mensch, meine ich, weißt du? «

»Ja, tu ich«, sagte Rachel leise und nahm Helen fest in die Arme. »Und außerdem weißt du ganz genau, dass die Kerle auf Frauen wie dich stehen. So, und jetzt ab ins Wasser mit dir, damit du deinem Ron den Kopf auf angenehmere Art verdrehen kannst. Der arme Kerl guckt ständig rüber, nicht dass er noch eine Genickstarre kriegt. Tut mir leid, dass ich euer Geturtel unterbrochen habe.«

Helen drückte Rachel dankbar einen Schmatzer auf die Wange und rannte los.

Sie selbst kehrte zu den Handtüchern zurück und blieb allein am Ufer sitzen. Ob dieser keusche Ron wirklich so gut zu Helen passte? Nachdenklich schaute sie ihren johlenden Freunden zu. Na ja, vielleicht ja gerade deshalb ...

Caleb forderte sie ein paar Mal auf, mitzumachen und ins Wasser zu kommen, aber Rachel lehnte lächelnd ab. Zu vieles spukte ihr im Kopf herum. Ihre Blicke trieben mit den Wellen planlos zwischen den Körpern ihrer Freunde hin und her. Sie streiften Calebs drahtigen, gebräunten Oberkörper, der in krassem Gegensatz zu Bruce' T-Shirt-Bräune und seiner bleichen, aber stark durchtrainierten Brust stand. So wie Helens üppige Oberweite und ihr eigener, eher kleiner Busen. Ihre Gedanken schwappten ans Ufer und zerrannen im feuchten Sand. Erschrecken über Helens verkannte Sensibilität vermischte sich mit ihrer eigenen, beständigen Sehnsucht nach Grayson und der Verwirrung über ihr wachsendes Interesse an Caleb. Schon wieder hing diese Melissa an seinem Arm, um ihm den Ball abzujagen und wer weiß was sonst noch. War sie etwa schon wieder eifersüchtig?

Rachel überlegte, ob man in zwei Männer auf einmal verliebt sein konnte. Oder war das ein Selbstschutzmechanismus, Kopf gegen Bauch, verletzter Stolz, Ablenkung, Überlebensinstinkt? Zumindest schien Caleb wirklich an ihr interessiert zu sein. Grayson war sie in all diesen Wochen kein einziges Lebenszeichen wert gewesen. Dafür hatte dieser Psychopath beinah den Rosenstrauch seiner eigenen Großmutter um die Ecke gebracht … Und dann Amelia, ihr Foto in Calebs Studio, was war die Geschichte dahinter? So viele Puzzleteile.

Siedend heiß fielen Rachel die zerknitterten Zeitungsfetzen ein, die sie in ihrer Umhängetasche aufbewahrte. Vielleicht war es ja einfach nur vergessenes Altpapier und bedeutete gar nichts. Oder eine Konzertkritik über einen Auftritt der Jungs … Aber je mehr sie sich einredete, dass ihr heimlicher Fund völlig unspektakulär war, desto mächtiger wurde der Drang, es überprüfen zu wollen. Hier am Strand konnte sie allerdings auf keinen Fall anfangen, die Papierfetzen herauszuklamüsern und zu lesen. Dafür gab es viel zu viele neugierige Blicke und außerdem war es zu windig. Und wie sollte sie Caleb erklären, woher sie die Schnipsel hatte?

Helen sah so aus, als würde sie prima allein klarkommen. Ron versuchte, an den Ball zu gelangen, und hielt sie eng umschlungen. Tolles Alibi, dachte Rachel, und so unauffällig. Sie grinste. Dann zog sie sich schnell ein T-Shirt über ihren nassen Bikini, klaubte die übrigen Sachen zusammen und wickelte alles in ihr Strandtuch, das sie zwischen die Griffe ihrer Tasche klemmte.

»Ich muss los!«, rief sie der Meute zu und machte, dass sie davonkam, bevor womöglich irgendwer aus dem Wasser sprintete, um sie aufzuhalten. Caleb sah ihr lange nach. Sie spürte seine Blicke im Rücken, aber sie drehte sich eisern nicht um.

Zu Hause kippte sie zuerst die benutzten Handtücher und den Zweiteiler in die Wanne, gab sich aber schließlich einen Ruck und hängte die nassen Sachen zumindest notdürftig über die Armatur und den Wannenrand, damit sie nicht anfingen zu müffeln. In der Badezimmertür drehte sie sich noch einmal um, kehrte zurück und spülte das Salzwasser aus dem Bikini. Wenn die Zeitungsseiten aufregend waren, würde sie später nicht mehr an solche belanglosen Dinge denken. Und wenn es sich nur um staubiges, spinnwebenverhangenes Altpapier handelte, würde sie frustriert sein und ebenfalls keine Lust mehr dazu haben.

Rachel stürmte ins Wohnzimmer, schnappte sich ihre Tasche und lief in ihr Malzimmer, wo sie sich im Schneidersitz auf den Boden setzte. Dort fischte sie die zerknitterten, durch die Badetücher etwas feucht gewordenen Seiten heraus. Sie stellte fest, dass es eine ganze Seite und zwei weitere Schnipsel waren – der eine ordentlich ausgeschnitten, der andere grob herausgetrennt. Fest stand, dass alle nicht gerade sorgfältig behandelt worden waren. Sie waren vergilbt und eingerissen und stammten offenbar aus unterschiedlichen Quellen: Layout, Schriftgröße und Typen waren völlig verschieden. Rachel griff zuerst zum vielversprechendsten Fundstück. Diese Seite war einmal recht ordentlich ausgeschnitten worden. Sie überflog den Text und machte ein enttäuschtes Gesicht. Wie sie befürchtet hatte, ging es hier um Kleinanzeigen. An- und Verkauf von Musikinstrumenten. Drei Keyboards waren eingekringelt, zwei wieder durchgestrichen worden. Wenn sie nicht alles täuschte, stand das dritte inzwischen im Probenkeller von Calebs Band. »Volltreffer«, murmelte Rachel ironisch, drehte die Seite um und legte unbefriedigt zwei Jahre alte Sonderangebote für Slipeinlagen und Rasierschaum zu den Akten.

Als Nächstes strich sie einen der zerknitterten Fetzen glatt und überflog die Artikel. Miss Murphys Katze war auf einen Baum geklettert und musste von der Feuerwehr gerettet werden. Der Lions Club hatte bei einer Tombola 300 Pfund für Obdachlose gesammelt, ein entlaufener Hund, ein Einbruch in ein Elektrofachgeschäft, bei dem irgendwelcher Überwachungs- und Abhörkram gestohlen worden war, ein Verkehrsunfall, Termine, Gezeitentabelle, Kino, Wetter, Sonnenauf- und Untergänge und eine Warnung vor überfrierender Nässe. Rachel legte das Blatt aus der Hand.

Moment mal! Ihr Blick fiel erneut auf den winzigen Einspalter. »Verkehrsunfall im Morgengrauen. Ursache noch unklar«, murmelte sie. »Zwei Verletzte«. Leider fehlte die Hälfte des Textes, weil die Seite ausgerechnet an dieser Stelle nass geworden war. Aber Rachel konnte immerhin die Worte »Hubschrauber« und »Straße über Stunden gesperrt« entziffern. Und sie hatte ein Datum, oben auf der Seite. Der zwölfte Februar vor zwei Jahren. Ob das mit den Mikrofilmen in der Bibliothek übereinstimmte?

Nervös knetete sie ihre Unterlippe mit den Zähnen. Der letzte Schnipsel war leider ebenfalls unvollständig und sehr klein. Rachel schauderte. Es war die Hälfte einer Todesanzeige. Eine alte Dame, gestorben am fünften März desselben Jahres, wurde von ihren Enkeln betrauert. Rachel atmete erleichtert durch, das passte ja zum Glück nicht zu der ganzen Sache, abgesehen davon, dass die Seiten aus demselben Jahr stammten. Auf der Rückseite allerdings sprang ihr das Geburtsdatum von jemandem entgegen, dessen Name leider fehlte. Die Person war nur ein halbes Jahr älter als sie selbst beziehungsweise – Rachel rechnete die beiden Jahre seit dem Erscheinen der Zeitungen ab – sie war niemals achtzehn geworden, denn sie war an einem fünften März ihren Verletzungen erlegen.

Rachel starrte bewegungsunfähig auf die Zeitungen. Ihr Blick verlor sich ins Leere. Amelias Abschlussbild vom College tauchte vor ihrem inneren Auge auf. Sie hatte so fröhlich ausgesehen.

Rachel fror.

Sie hatte jedes Zeitgefühl verloren.

Als die Sonne unterging, gab sie einem inneren Drang nach, stand auf und packte ihre Farben. Sie hielt sich nicht mit Pinseln oder Spachteln auf, sondern drückte den Inhalt der Tuben direkt in ihre Handflächen und griff tief in die Flasche mit der Strukturcreme. Mit den Fingern und Händen verteilte sie sie direkt auf der Leinwand. Rachel arbeitete wie besessen, wühlte ihre Hände in die kühlen Pasten, ließ sie unter ihren Fingern hervorquellen. Sie wischte und schmierte und gab irgendwann schweißgebadet auf. Es war, als ob sie Wackelpudding packen und zu Härte zwingen wollte. Je intensiver Rachel sie halten und fühlen wollte, desto mehr glitt die Masse zwischen ihren Fingern hindurch und entzog sich der Form.

Deprimiert gab sie den Versuch auf, die gebannten Gestalten aus dem Zweidimensionalen herauszuholen, anzufassen und in die Materie zu drängen, lebendig zu machen, was sie doch nur im Ansatz abbilden konnte. Sie war kurz davor, den Keilrahmen, so wie er war, aus dem Balkonfenster zu werfen, schnaufte dann aber tief durch und drehte die Leinwand mit dem Gesicht zur Wand. Wieder ein Bild, das sie nicht ansehen wollte.

10

Rachel wachte mit Kopfschmerzen auf und realisierte langsam, dass zumindest ein Teil des penetranten Klingelns nicht in ihrem Kopf stattfand, sondern vom Telefon stammte.

Caleb war dran. »Du schuldest mir noch einen Song«, behauptete er ohne Einleitung.

»Was?«, fragte Rachel begriffsstutzig. Dann erinnerte sie sich und stöhnte. »Der Radio-Auftritt.«

»Genau«, sagte Caleb. »Wir sollten vielleicht doch noch ein wenig üben, bevor wir uns in die Öffentlichkeit wagen. Was hast du heute vor?«

»Neue Songs einstudieren?«, fragte Rachel zurück.

»Gute Antwort!« Sie hörte Caleb zufrieden lachen. »Treffen wir uns in einer Stunde bei mir, du weißt ja, die Höhle des Löwen wartet.«

»Wollen wir nicht lieber ins Studio?«

»Nein, keine Chance!«, beharrte Caleb. »Josh und Bruce sind nicht da, wir haben die Bude also für uns.«

»Aber ...!«

Caleb unterbrach sie. »Du hast es versprochen.«

»Okay.« Rachel seufzte, schlurfte gähnend ins Bad und duschte sich. Sie hatte gehofft, im Probenraum die übrigen hinterm Schrank versteckten Zeitungsseiten in die Finger zu bekommen. Vielleicht gelang es ihr zumindest, Caleb in ein Gespräch über Amelia zu verwickeln. Ob es in seiner Wohnung womöglich weitere Hinweise gab? Wenn nur ihr Schädel nicht so dröhnen würde. Nach dem ersten Kaffee und einer Scheibe Toast fühlte sie sich etwas besser. Wo kamen nur diese Kopfschmerzen in letzter Zeit immer her?

Das Telefon klingelte wieder. Dieses Mal war es Helen. »Kommst du mit runter? Wir wollen im Park ein bisschen Boule spielen.«

»Ich bin schon mit Caleb verabredet«, entschuldigte sich Rachel. »Später vielleicht, okay?«

»Du hast ihn wirklich an der Angel, oder? Na, dann viel Spaß, Schwester, schnapp ihn dir!« Gut gelaunt legte Helen auf.

Rachel war erleichtert, dass Helen so fröhlich klang. Anfangs hatte sie nämlich vermutet, dass Helen heimlich in Caleb verschossen war. Vielleicht hatte sie sich darin getäuscht oder aber Ron war in seine Fußstapfen getreten. Er schien wirklich ein netter Kerl zu sein.

Rachel schüttelte ihre nassen Haare. Dann stellte sie sich unentschlossen vor ihren Kleiderschrank. Was sollte sie bloß anziehen? Allein mit Caleb in seiner Wohnung ... ein bisschen aufregend war das ja schon. Also nichts, was zu verführerisch war, obwohl ... ein bisschen sexy war ja sicher okay. Caleb würde das vermutlich *sehr* okay finden. Und sie selbst?

Rachel streckte ihrem Spiegelbild die Zunge heraus und griff nach einem T-Shirt mit weitem U-Boot-Ausschnitt und ihren Jeans-Shorts. Wo waren nur ihre Flipflops abgeblieben? Nach kurzem Durchstöbern ihres Schlafzimmers wurde sie schließlich unterm Bett fündig. Ihr Blick streifte die Grayson-Kiste. Rachel hätte schwören können, sie bei der letzten Attacke viel weiter hinten vergraben zu haben. Und wennschon ... sie würde nicht wieder sein Hemd herauskramen und daran schnuppern. Kein gutes Timing. Sie war jetzt mit Caleb verabredet, sie musste nach vorn schauen. Womöglich kam Grayson überhaupt nicht mehr wieder oder erst, wenn sie alt und grau war – so ein Quatsch, schoss es ihr im selben Moment durch den Kopf. Nach ihrem Studium würde sie garantiert nicht in Falmouth versauern, sondern eine Galerie in London eröffnen oder in Paris oder in Toronto ... jedenfalls konnte sie nicht ewig auf den Rosenmörder warten.

Davon abgesehen hatte er bei ihrer letzten Begegnung mehr als deutlich gemacht, dass er sich keine Beziehung mit ihr vorstellen wollte und diese Nacht eine einmalige Sache war. Mit der Betonung auf *ein*malig. Nicht auf ein*malig*. Pfff ... Oh nein, wehe! Sie würde jetzt nicht wieder damit anfangen, sich die Dinge schönzureden.

Ihr Blick fiel auf ihre Armbanduhr. Verflixt, sie musste sich beeilen. Als sie unterm Bett hervorkrabbelte, stieß sie sich an der Bettkante. »Schlag ihn dir aus dem Kopf«, übersetzte sie stöhnend und rieb über die entstehende Beule. Vielleicht würde sie ja in Calebs Wohnung auf weitere Hinweise über ihn und Amelia stoßen. Wohin auch immer sie das führen mochte.

Calebs Wohnung war ganz anders, als sie sich vorgestellt hatte, wobei sie eigentlich gar keine klare Vorstellung von der Jungs-WG gehabt hatte. Jedenfalls hätte sie keine puristischen Designermöbel erwartet. Es lag nichts herum – nichts! Kein einziges Paar Schuhe. Keine Jacken auf dem Fußboden, wie meist bei Rachel. Nur eine hing an einem Haken hinter der Tür, den Rest vermutete sie hinter der

Garderobe mit der Milchglastür, direkt neben dem dazu passenden Schuhschrank.

»Wow!«, raunte Rachel beeindruckt. »Sieht's bei euch immer so aus?«

»Was hast du denn gedacht? Dass ich im Sperrmüll hause?« Belustigt zog Caleb die Augenbrauen hoch und lächelte sie an. »Willst du nicht erst mal rein kommen?«

»Weiß noch nicht«, erklärte Rachel und spähte an Caleb vorbei. »Ist ja immerhin die Höhle des Löwen, wie du selbst gesagt hast. Nachher mach ich noch was schmutzig.«

Im Hintergrund lief Musik, irgendein leise plätschernder Blues.

»Ich hab Tee gemacht, falls das bei der Entscheidung hilft«, gab er zurück. »Spezialkräuter, eigene Ernte, die kriegt nicht jeder. Mein Zimmer ist da vorn links, geh ruhig schon rein.« Er verschwand in der Küche, die mit der ihren identisch war, nur dass sie kaum Gebrauchsspuren aufwies. Die Fenster zierten dieselben Beschläge.

»Du überraschst mich immer wieder, nehme ich sehr gern«, rief Rachel und wagte sich ein paar Meter weiter. Mit dem Zeigefinger stieß sie die angelehnte Tür zu Calebs Zimmer auf und staunte. Hinter einem Paravent stand sein Bett, ordentlich unter einer Tagesdecke versteckt. In der anderen Ecke des Raumes lehnte seine Gitarre neben einem Keyboard und dem Schreibtisch. Der zumindest trug Spuren von Leben und war bedeckt mit Stiften, Blättern und Papierstapeln, wenn er auch nicht so unkoordiniert überquoll wie Rachels. In der Mitte des Zimmers gab es eine kleine Sofagruppe mit ovalem Designertisch, an der Wand einen schmalen Kleiderschrank – und nirgends überflüssigen Plunder.

»Wohnst du hier schon länger? Oder hast du irgendwo die Umzugskartons mit deinen Sachen gelagert und kommst nicht ran?« Sie sah ihre Chancen, bei dieser recht übersichtlichen Einrichtung auf irgendwelche Hinweise zu stoßen, gen null sinken.

Caleb lachte. »Ich hab nur ein bisschen aufgeräumt, bevor du kommst. Ich hoffe, du trinkst mit Sahne?«

»Ja, viel Sahne bitte und ein Stück Zucker.« Rachel tappte ihm hinterher.

Die Wohnung war etwas anders geschnitten als ihre. Sie war kleiner, der Flur führte in die Küche und von da zweigten die drei Zimmer der Jungs und ein separates Bad ab.

Caleb hatte weißes Teegeschirr auf dem Designertischchen hergerichtet. »Hat's dir die Sprache verschlagen?«, fragte er amüsiert.

»Bringt deine Musik so viel Geld ein?«, wollte Rachel wissen. Sie ließ sich in einen der herrlich weichen Sessel einsinken und strich bewundernd über den Tisch. »Hey, ich weiß, was diese Dinger kosten!«

»Alles halb so wild«, meinte er. »Ich kann ganz gut mit Geld umgehen und stell mir die Bude lieber nicht so voll. Dafür spare ich auf schöne Sachen. Ich habe Geduld, weißt du?« Er sah sie verschmitzt an.

»Darf man hier bröseln?«, fragte Rachel und biss in einen Biskuit, um das Thema in eine andere Richtung zu lenken.

»Alles, was du willst.«

»Dann will ich Musik machen und so reich werden wie du, wenn ich mal groß bin«, sagte sie lachend.

Caleb lachte ebenfalls und schenkte Tee ein. »Na, dann lass uns mal damit loslegen. Der Tee muss eh noch gut durchziehen ...«

Der neue Song war lebhafter als der mit dem Luftballonmädchen, hatte aber ebenfalls eine melancholische Note. Es ging um verlorene Freundschaften und den Aufbruch in etwas Neues.

Caleb setzte sich ans Keyboard und half ihr, die richtigen Noten und den Rhythmus zu finden. »Gefällt mir«, lobte Rachel.

Nach dem dritten Durchlauf fühlte sie sich sicher genug. Ihre Kehle war trocken. Sie trank ihren Tee in einem Zug und schenkte sich gleich nach. Er war stark und ein wenig bitter. »Was ist das für eine Sorte, den Geschmack kenne ich gar nicht?«, fragte sie.

»Ist eine Eigenkreation mit Spezialkräutern. Sehr lange ziehen lassen und sehr viel Sahne. Ich experimentiere gern. Schmeckt er dir?«, fragte Caleb und setzte sich zu ihr, um sich ebenfalls nachzuschenken. Dabei rückte er ein Stück näher. Ihre Knie berührten sich. Rachel zuckte zunächst zurück, ließ es dann aber zu.

»Ja, ist ganz okay, aber es fehlt noch ein bisschen Zucker«, erklärte sie mit belegter Stimme.

Caleb grinste und beugte sich zu ihr vor. Für einen Augenblick fürchtete Rachel, dass er sie küssen wollte. Doch er griff einfach nur sehr langsam und dicht an ihr vorbei und hielt ihr etwas unter die Nase.

»Meine Zuckerdose«, sagte er leise. »Bedien dich.«

»Danke«, erwiderte Rachel. Sie mochte den Duft seines Aftershaves. Ihr war etwas schwindlig. Das Herz schlug ihr bis zum Hals und sie hoffte, er merkte es nicht.

Caleb stand auf und angelte nach seiner Gitarre. »Trink aus und dann lass es uns noch mal so miteinander probieren.«

Rachel kicherte. Wie er das sagte! Es fühlte sich gut an, als er sich neben sie setzte, den Takt einzählte und zu spielen begann. Sie fand ihren Einsatz, Caleb improvisierte eine zweite Stimme und es klang großartig zusammen.

»Jetzt das andere!«, forderte Rachel, als sie mit dem Lied fertig waren. Dann sangen sie spontan noch ein paar Chris-de-Burgh-Songs, und als sie *Satin Green Shutters* beendet hatten, waren ihre Augen feucht. Sie verstand selber nicht, warum sie plötzlich so nah am Wasser gebaut war. »Das Stück macht mich immer ein wenig sentimental, entschuldige«, sagte sie verlegen.

Caleb sah sie an und strich ihr eine Haarsträhne aus dem Gesicht. »Weißt du eigentlich, wie schön du bist?«, sagte er rau.

»Ist noch Tee da?«, fragte Rachel schnell.

»Mehr als genug, aber ich glaube, das reicht jetzt.« Behutsam nahm er ihr die Tasse ab und stellte sie zurück auf den Tisch.

Rachel starrte ihn an. »Wie meinst du das denn?« Ihre Finger vibrierten, wo Calebs Hand sie berührt hatte. Das Gefühl lenkte sie ab, lullte sie ein und auf einmal schien Calebs Mund viel größer als sonst und sehr sinnlich. »Ich möchte nur nicht, dass das Ganze hier kippt«, sagte er.

Rachel las es ein wenig benommen von seinen Lippen ab, die Bedeutung der Worte war nebensächlich. Ob sie immer noch so weich waren wie beim Mittsommerfest? Der Klang seiner Stimme hatte etwas Beruhigendes, Warmes. Sie wollte zwar mehr über Amelia herausfinden, aber das hatte Zeit, das konnte sie auch später noch. Jetzt gerade war es nicht wichtig. Jetzt gerade musste sie etwas anderes herausfinden.

Ihre Hand wurde magisch von seinem Gesicht angezogen. Behutsam berührte sie die Kontur seiner Lippen mit ihrem Zeigefinger. Caleb schien überrascht, doch er ließ es geschehen. Er öffnete seinen Mund, wie um etwas zu sagen. Aber dann saß er nur ganz still und schloss die Augen. Sein Mund schloss sich um ihren Finger. Er nahm ihn zärtlich gefangen und Rachel erschauerte, als seine Zunge ganz leicht nur die Spitze berührte und vorsichtig daran saugte. Ein heiseres Geräusch entwich ihrer Kehle und Calebs Augen öffneten sich zu einer Frage. Sie musste wohl Ja gesagt haben, denn er beugte sich zu ihr, gab ihren Finger frei und drückte seine Lippen auf ihren Mund. Rachel tauchte ein in das Gefühl und ließ sich auf seinen Wellen tragen. Die Gitarre fiel polternd zu Boden und sie lachten unter ihren Küssen.

Rachel war ein wenig schwindlig und sie schob Caleb sanft zurück. »Warte mal, ich brauche ein bisschen Luft«, entschuldigte sie sich. »Es dreht sich gerade alles.«

»Ja, das ist echt guter Stoff, nicht wahr?« Er sah sie abwartend an.

»Moment mal.« Rachel rappelte sich mühsam und mit enormer Willensanstrengung hoch. Ihr war schwindlig, ihr Mund war trocken, ihr Herzschlag beschleunigt. Ihr Verstand tat sich einen Augenblick schwer, sich aus seiner Benommenheit zu lösen. Doch dann zählte er eins und eins zusammen und sie kamen auf dasselbe Ergebnis. »Du hast doch nicht ... der Tee ... hast du da was reingetan? Von was für Stoff reden wir hier bitte?«

»Na, meine Spezialkräuter«, Caleb sah sie verdutzt an. »Du hast doch gesagt, du möchtest dir bei mir was reinziehen.«

Rachel kreischte und sah sich selbst dabei wie in Zeitlupe zu. »Was?« Auf einmal saß sie kerzengerade.

»Ach, du Scheiße!« Caleb raufte sich die Haare. »Oh, Rachel, verdammt, ich hab echt gedacht, du wolltest, du wüsstest ...« Hilflos stammelte er herum. »Du hast im Probenraum den Sekt zugestöpselt und gesagt, du willst dir lieber bei mir was Neues reinziehen ... Mann, das ist echt holprig mit uns, oder?«

»Was hast du in den Tee getan?«, fragte Rachel tonlos.

»Nur Gras, keine Sorge, das baut sich in zwei, drei Stunden vollständig wieder ab. Keine Nebenwirkungen.«

»Zwei, drei Stunden?«, wiederholte Rachel alarmiert und sprang auf. »Himmel, Caleb, du hast uns Drogentee gebraut? Machst du diesen Mist öfter?«

»Ich hab dich falsch verstanden, okay?«, wehrte Caleb ab. »Das kann doch mal passieren. Die Höhle des Löwen, du erinnerst dich?«

Rachels Kreislauf zwang sie, sich wieder hinzusetzen. »Du dachtest, ich ...«

»Du wärst nicht die Erste«, erklärte Caleb trocken.

Sie sah sich um. »Stammt daher das Geld für deine Möbel?«

Caleb schüttelte heftig den Kopf. »Nein, nicht mal ein Bruchteil«, widersprach er scharf. »Das hat wirklich die Musik reingebracht. Bitte, Rachel, es tut mir leid. Ich bin doch kein Dealer, ich gebe nur Freunden was ab und manchmal revanchieren sie sich.« Er beobachtete sie genau, als er leiser weitersprach. »In der Szene wirst du mit Angeboten überhäuft. Viel Dreck dabei, da nehme ich lieber mein eigenes Kraut. Und ich experimentiere nun mal gern ... nicht nur, was Musik angeht.«

»Wissen Josh und Bruce davon?«, fragte sie, während ihre Kopfschmerzen zunehmend stärker wurden.

»Spinnst du?« Caleb wehrte entsetzt ab. »Das wär's noch.«

»Das Verrückte ist, ich glaub dir sogar«, meinte sie schnaufend. »Cal, du musst damit aufhören, bevor es zu spät ist, hörst du? Ich ...« Sie brach ab und sagte dann leise. »Ich hab meine beste Freundin durch so 'nen Blödsinn verloren. Und einmal reicht, darauf kannst du Gift nehmen.«

Caleb sah sie wachsam an. Rasch wich sie seinem Blick aus, bevor der tief versteckte Schmerz über Becky in ihr hochkriechen konnte. Stattdessen versuchte sie, das Gespräch in eine andere Richtung zu lenken. Womöglich führte dieser Vormittag doch noch zu etwas. »Hast du auch schon mal jemanden verloren?«, fragte sie geradeheraus.

»Viel zu oft«, gestand Caleb, nahm ein Glas Wasser, lehnte sich zurück und drehte es abwartend hin und her.

Rachel legte eine Hand auf Calebs. »Dieses Mädchen, das tödlich verunglückt ist, Amelia, kanntest du sie gut?«

Es gab ein knackendes Geräusch. Das Glas in Calebs Hand platzte, Splitter und Wasser regneten auf Tisch und Teppich. »Was weißt du darüber«, fragte er und sah sie scharf an. »Was hat Grayson dir erzählt?«

»Grayson?« Rachel schrak zurück und starrte gebannt auf die Scherben. »Gar nichts.«

Ein roter Tropfen perlte von Calebs Hand und verwirbelte sich in der kleinen Wasserpfütze auf dem Parkett zu einem psychedelischen Muster. Rachel löste sich aus ihrer Erstarrung. »Wo hast du Kehrblech, Handfeger und Pflaster?«, fragte sie.

»Unter der Spüle«, sagte Caleb mechanisch. »Pflaster sind im Bad. Aber lass doch, es ist nichts.«

»Nichts ist nicht zinnoberrot«, widersprach Rachel. »Bleib sitzen und beweg dich nicht, sonst blutest du deine schönen Sachen voll.«

Sie fand schnell, was sie suchte. Im Spiegelschrank entdeckte sie allerlei Tablettenröhrchen, auf denen hoffentlich nicht nur der Form halber etwas von Kopf- und Magenschmerzen stand. Hinter Zahnpasta, Nassrasierer, Schaum und Aftershave entdeckte sie schließlich Pflaster und Jodtinktur. Sie riss ein paar Lagen Toilettenpapier ab und öffnete die Schranktüren unter der Küchenspüle. Ihr Blick streifte abschätzig eine Reihe Apparaturen, die nicht so aussahen, als taugten sie zum Marmeladekochen. Halbherzig drückte sie Caleb die Daumen, dass er nie ungebetenen Besuch von einem Drogenfahnder und seiner vierbeinigen Spürnase bekam.

Rachel griff entschlossen nach seiner Hand, pflückte vorsichtig ein paar darin verbliebene Scherben heraus und begutachtete den Schnitt, der knapp oberhalb des Daumenballens parallel zu seiner Herzlinie verlief.

»Vielleicht sollte man das lieber klammern«, überlegte sie laut.

»Blödsinn«, wiedersprach Caleb. »Es blutet doch schon gar nicht mehr.«

Zum Beweis spreizte er die Finger und Rachel konnte gerade noch das Toilettenpapier unter seine Hand halten, damit er nicht das Sofa volltropfte.

»Nee, gar nicht«, schimpfte sie. »Ich hab Klammerpflaster drüben. Du bleibst hier sitzen und rührst dich nicht, klar so weit?«

»Weißt du eigentlich, dass du unglaublich süß aussiehst, wenn du wütend bist?« Caleb angelte mit glasigen Augen nach der nervigen Haarsträhne, die ihr schon wieder ins Gesicht gefallen war. Rachel wich ihm aus.

»Weißt du, dass ich dir gern so was von in den Hintern getreten hätte, wenn du mir nicht grade davonbluten würdest? Bin gleich wieder da.«

Sie zog die Tür zu seiner Wohnung bis auf einen Spalt zu und rannte den Flur entlang. Der Schreck hatte sie auf einen Schlag wieder nüchtern gemacht. Allenfalls ihr räumliches Sehvermögen war noch etwas eingeschränkt. Sie vertraute ihrem Verstand, der ihr sagte, dass das Schloss sicher gebaut war und seine Wände nicht vorhatten, über ihr zusammenzuschlagen. Gut, dass ihre Eltern weit weg waren, die hätten garantiert eine Staatsaffäre daraus gemacht. Rachel fragte sich, ob Helen und die anderen von Calebs weitläufigeren Hobbys wirklich nichts wussten. Vielleicht profitierten sie ja sogar heimlich davon – und nur ihr, als der Neuen im Schloss, hatte man bisher nichts erzählt.

Irgendwie konnte sie die ganze Drogengeschichte auch nachvollziehen. Die Versuchung musste groß sein, sich nach einer Geschichte wie der mit Amelia betäuben zu wollen. Inzwischen war sie sich ziemlich sicher, dass auch Caleb in Amelia verliebt gewesen war, so heftig wie er reagiert hatte. Und wenn einem »die Szene«, wie er es nannte, das Zeug auf dem Präsentierteller vor die Nase hielt … es war ihm fast schon hoch anzurechnen, dass er sich nicht auf Koks, Amphetamine oder anderen Chemiemüll eingelassen hatte. Aber dass er ihr einfach so Marihuanatee untergemogelt hatte, das war ganz schön krass, die Diskussion war nur aufgeschoben.

Amelia ... vielleicht hatte Calebs Ausraster ja sogar einen Vorteil und sie konnte heimlich noch ein bisschen stöbern. Schon allein bei dem Gedanken daran kam sie sich ziemlich hinterhältig vor. Nein, sie musste ihn ansprechen, ganz direkt.

Während sie ausreichend Verbandsmaterial für ein halbes Bataillon zusammengesucht hatte, musste sich Caleb aufs Bett geschleppt haben und dort eingenickt sein. Rachel schmunzelte, er schnarchte leicht und sah trotz allem zum Anbeißen aus – jedenfalls aus Vampirsicht. Selber konnte sie sich gerade noch beherrschen.

Er wurde auch nicht wach, als sie die Jodtinktur großzügig auf den Schnitt träufelte. Ein Glück für ihn. Drei Klammerpflaster und eine ordentliche Schicht Mullbinde später kümmerte sie sich um die Scherben und kippte den Rest Tee – immerhin eine halbe Kanne – mit gerümpfter Nase in den Ausguss. Sie kam sich ziemlich spießig dabei vor, aber vielleicht wurde ja zumindest der ein oder andere Fisch noch ein wenig high davon.

Caleb stöhnte leise im Schlaf. Rachels Blick fiel auf seine blutbefleckte Jeans, die sie ihm nicht ganz ohne Neugier aufknöpfte und abstreifte. Bei einem im Schlaf erschlafften Körper war das allerdings ein ganzes Stück Arbeit und weniger erotisch.

»Hast du noch was vor?«, murmelte Caleb plötzlich. »Darf ich mitmachen?«

Er bewegte sich. Rachel wurde rot und deckte ihn schwungvoll mit der Bettdecke zu.

»Du hast genug angerichtet heute, bleib, wo du bist«, mahnte sie und flüchtete mit der Hose in Richtung Badezimmer. Sie drückte die Jeans ins Waschbecken, richtete einen Strahl eiskaltes Wasser auf den Schritt und dachte bei sich, dass das nicht nur der Hose, sondern auch ihrem Träger guttun würde.

Sie beschloss zu beichten, jetzt oder nie. Das würde Caleb garantiert auf andere Gedanken bringen. Als sie zurückkehrte, nahm sie ihren ganzen Mut zusammen und platzte heraus: »Amelia und du. Wart ihr ein Paar? Ich hab das Foto und die Zeitungsausschnitte gefunden.«

Caleb machte sich nicht die Mühe zu leugnen. Stattdessen verfinsterte sich sein Gesicht. »Hier?«, fragte er knapp.

»Quatsch, im Probenraum, als ich die Sektgläser gesucht habe. Ich wühle doch nicht deine Sachen durch!«, widersprach sie empört und wurde ein bisschen rot, als sie sich ihre kurze Versuchung eingestand. Dann bohrte sie weiter. Sie schien ja richtig zu liegen. »Du musst nicht drüber reden. Es ist mir auch vollkommen gleichgültig, ob du sie Grayson ausgespannt hast oder er sie dir oder was auch immer ... Und die anderen haben auch brav dichtgehalten über euer großes Geheimnis. Du brauchst also nicht sauer auf sie zu sein. Ich hab's alleine rausgekriegt und mehr will ich im Grunde gar nicht wissen.«

»Was ...?« Caleb versuchte, sie zu unterbrechen, aber Rachel redete einfach drauflos. »Es geht mich auch nichts an, ich weiß. Trotzdem kann ich mir gut vorstellen, was das für ein Schock gewesen sein muss, sie zu verlieren. Aber Drogen sind echt keine Lösung. Hör auf damit, okay?«

Caleb ließ sich zurücksinken und starrte schweigend an die Decke. In seinem Kopf schien es zu arbeiten. Das genügte Rachel. »Ich geh dann jetzt«, verkündete sie und stand auf.

Caleb griff nach ihrer Hand. »Bitte, bleib noch ein bisschen.«

Rachel schüttelte den Kopf. »Ich muss mich ausschlafen, das Zeug von dir knallt echt rein, alter Schwede.« Sie erwiderte Calebs schiefes Grinsen und ließ sich von seiner unverletzten, erstaunlich kräftigen Hand aufs Bett ziehen.

»Du könntest hierbleiben und auf mich aufpassen«, flüsterte er. »Als meine ganz persönliche Krankenschwester. Das Bett ist breit genug und ich bin auch ganz brav und eh zu nichts mehr fähig, versprochen.« Seine leise Stimme ließ ihr Herz schneller schlagen. Doch dann schüttelte sie erneut den Kopf, langsam und mit geschlossenen Augen, damit sie nicht doch noch schwach wurde.

»Nein«, seufzte sie und ließ sich zu einem kurzen Abschiedskuss herunterziehen. Verflixte Inkonsequenz aber auch. Dann machte sie, dass sie hinauskam, und zog die Tür fest hinter sich ins Schloss.

11

Rachel saß eine Weile stumpf in ihrer Wohnung und sah aus dem Fenster in den Park. An Schlaf war nicht zu denken, ihre Gedanken spielten in ihrem Kopf Fangen und ließen keine Hirnwindung aus. Also beschloss sie, sich den Kopf freizujoggen. Sie bereute nicht, Caleb geküsst zu haben, sie fragte sich nur, ob es auch ohne den Tee dazu gekommen wäre oder ob sie es einfach als weiteren Schritt ihres Ablöseprozesses von Grayson feiern sollte.

Ihre Theorie, dass Amelia mit Grayson und davor oder danach mit Caleb zusammen gewesen sein musste, passte wie der Wolf zum Geißlein, zumal Caleb dem nicht widersprochen hatte. Zynisch notierte sie, dass sich da eine weitere Parallele zwischen ihr und Amelia anbahnte. Und doch fehlten noch Bausteine. Stand wirklich »nur« die Eifersucht um ein verstorbenes Mädchen zwischen den Jungs? Wenn Grayson den Unfall verschuldet hatte, war es nachvollziehbar, dass Caleb nichts mehr mit ihm zu tun haben wollte. Aber umgekehrt? Und warum schwiegen alle?

In der Auffahrt begegnete sie Ron, der offenbar gerade auf dem Weg zu Helen war.

»Hey«, begrüßte er sie und lächelte offen, als sie über den knirschenden Kies auf ihn zutrabte. Er schien etwas zu überlegen, druckste einen Moment lang herum und bat dann fast schon schüchtern: »Rachel, warte. Kann ich dich mal was fragen? Es ist wegen Helen.«

Rachel trippelte auf der Stelle, um sich warm zu halten. »Hat das bis später Zeit? Ich wollte grade loslaufen und hab's ein bisschen eilig.«

»Ja, äh, klar«, sagte Ron entschuldigend. »Kein Problem, viel Spaß.«

»Danke. Dann bis später, ich denk dran, versprochen.« Sie nickte ihm freundlich zu und joggte weiter. Was konnte er nur von ihr wollen? Fast bereute sie, ihn einfach so stehen gelassen zu haben. Aber bevor sie sich mit neuen Problemen beschäftigte, entschied Rachel, wollte sie erst einmal einen klaren Kopf bekommen.

Das Laufen tat gut. Auf halber Strecke wurde sie von einem kleinen Schauer überrascht. Der Regen war warm und verbesserte ihre Laune schlagartig. Vielleicht hatte sie sich tatsächlich ein wenig in Caleb verknallt, nachdem sie ihm so viel Mist durchgehen ließ. Sie musste über sich selber schmunzeln, auch wenn es alles andere als witzig war. Das war wieder typisch, immer suchte sie sich die Kerle mit den größten Baustellen. Vielleicht sollte sie nicht Kunst, sondern lieber Psychotherapie studieren? Jedenfalls wurde es Zeit, dass das Semester endlich begann, sie etwas Vernünftiges zu tun bekam und sich ein geregelter Tagesablauf einstellte. Ihr Studentenleben erfüllte bisher alle Klischees, noch bevor die Uni überhaupt angefangen hatte. Ob es wirklich so eine gute Idee gewesen war, einen Schnitt zu ziehen und weit weg von zu Hause neu anfangen zu wollen? Manche Dinge wurde man anscheinend nicht los. Sie funktionierten wie ein gigantischer Magnet oder eine unsichtbare Leuchtreklame über dem Kopf: Therapiefälle zu mir! Ich kann es nicht lösen, aber ich bewundere dein Problem!

Als sie nach Hause kam, war eine kleine Privatparty auf der Terrasse in vollem Gange. Die Musik schallte bis zur Auffahrt herunter. Rachel bog eigentlich nur in Richtung der gut gelaunten Truppe ab, um in den völlig verschwitzten Sportklamotten die perfekte Ausrede zu präsentieren, an diesem Tag auf Nudelsalat, Bowle und Grillwürstchen verzichten zu müssen.

Sie schnupperte. Es roch allerdings sehr lecker, was Bruce und Josh da auf dem Grill gezaubert hatten. Ihr Magen knurrte und boykottierte aufs Schärfste, was sie sich so schön zurechtgelegt hatte.

Neugierig lugte sie um die Ecke. »Hey, ich dachte, ihr wolltet am Strand Boule spielen?«

»Das dachte ich auch«, brummte Ron.

Helen winkte sofort, als sie Rachel erspähte. »Haben wir auch, aber dann hatten wir Hunger und Durst und Lust auf Musik. Außerdem wollte ich zur Abwechslung gern mal relaxen, ohne von Kindergeschrei gestört zu werden.«

Ron seufzte.

»Ach komm schon, entspann dich«, erwiderte Josh und hielt ihm augenzwinkernd ein Bier hin.

»Nein danke«, sagte Ron artig. »Ich trinke nicht, schon gar nicht tagsüber.«

Josh verdrehte heimlich die Augen und schnitt Rachel eine Grimasse. Musste Helens Auserwählter denn so eine Spaßbremse sein? Sie verkniff sich ein Grinsen.

»Hi, hast du Hunger?« Caleb schien wieder auf den Beinen zu sein. Strahlend kam er auf Rachel zu und hielt ihr eine Flasche Cola hin. »Es sind noch Würstchen auf dem Grill und wir haben Reissalat, griechischen Salat und gegrillte Kartoffeln.«

Sie war ziemlich überrumpelt – vor allem, als er einfach seinen Arm um ihre Hüfte legte und ihr einen Kuss auf die Wange drückte. Zwar war Rachel erleichtert, dass er so locker über den Vormittag hinwegsah, fühlte sich dabei aber dennoch unbehaglich. Wie selbstverständlich war das eigentlich für ihn, dass sie über seine Kräutertees und Werweißwasnochs schwieg? UND über seine Annäherungsversuche? UND das mit Amelia?

»Danke für dein Verständnis«, hauchte er ihr ins Ohr.

Ron sah peinlich betreten weg. Helen dagegen zwinkerte Rachel vielsagend zu, als sie Calebs Hand um ihre Taille registrierte, und streckte verschwörerisch ihren Daumen hoch. Aber Rachel war nicht nach Daumen hoch. Sie schüttelte Caleb mürrisch ab und nahm ihm die Cola aus der Hand. »Danke. Ich muss erst duschen, dann komm ich wieder runter, okay?«

»Wir heben dir was auf«, versprach Bruce.

Kathy und Josh tanzten in der Nachmittagssonne Salsa. Melissa spielte im Takt mit dem Salatbesteck Schlagzeug und merkte nicht, dass Bruce sie mit Kuhaugen anhimmelte. Ron hackte irgendeine Nachricht in sein Handy und Rachel kam sich vor wie die letzte Zicke. Warum nur war sie so launisch in letzter Zeit und warum konnte sie Calebs reuevolle Aufmerksamkeit nicht einfach genießen?

Sie joggte die Treppen nach oben und fror in der Bewegung ein. Ihr Atem geriet ins Stocken. Das vertrug sich überhaupt nicht mit der vorangegangenen Anstrengung, sodass sie kräftig husten musste. Als der Anfall vorüber war, starrte sie auf die Klinke ihrer Wohnungstür, hinter der erneut eine langstielige Rose klemmte. In einem wunderschönen, extrem seltenen Dunkelrot, beinahe schon Schwarz. Sie versuchte, sich zu erinnern, ob der Rosenstrauch schon wieder Blüten angesetzt hatte.

Was sollte das denn jetzt? Stammten die Rosen womöglich wirklich nicht von Grayson – oder eben gerade? Sie betrat ihre Wohnung, und während sie die Blume in ein Glas Wasser stellte, ertappte sie sich dabei, wie sie auf mögliche Geräusche von oben lauschte. »Du spinnst ja«, wies sie sich selbst zurecht und hüpfte unter die Dusche. Sie hatte wirklich Hunger und sie würde sich jetzt beeilen, nach unten zu kommen, statt hier herumzulauschen und zu grübeln.

Das warme Wasser und der Schaum taten gut auf ihrer Haut. Sie schloss die Augen und genoss das beständige Rinnen. Dann meinte sie, etwas zu hören. Von oben? Sie stellte die Brause ab. Doch das Déjà-vu war ihr einfach zu stark. Sie beschloss, ihre Ohren zuzuklappen, und duschte ohne weitere Vorkommnisse zu Ende. Danach trocknete sie sich ab, schlüpfte in ihre Klamotten und zog schleunigst die Tür hinter sich zu. »Wenn man halluziniert, sollte man sich schnell in Gesellschaft anderer Menschen begeben«, zitierte sie halb laut einen Rat ihrer Großmutter – warum auch immer sie ihr den einmal gegeben hatte. Über Selbstgespräche würde sie sich ein andermal Gedanken machen.

Die Würstchen waren ein wenig verkohlt, vermutlich auch deswegen, weil Bruce und Melissa inzwischen angeregt über die höhere Mathematik in musikalischem Takt- und Rhythmusgefüge philosophierten.

Rachel nahm sich schmunzelnd eine Folienkartoffel, etwas Salat und sezierte kunstvoll die schwarze Kruste von der Bratwurst, nachdem sie sich mit ihrem Teller zu den anderen gesetzt hatte.

Kathy, Josh, Helen und Ron aalten sich mit ihren Sonnenbrillen auf den Liegestühlen und bewegten die Füße wippend zum Beat aus dem Gettoblaster. Caleb war nirgends zu sehen.

Als hätte Rachel laut gefragt, antwortete Helen schläfrig: »Er holt Cider aus dem Keller.«

»Aha«, machte Rachel mit vollem Mund und kaute selig auf ihrer Kartoffel herum. »Haben wir Ketchup?«

»Kommt sofort, die Dame!« Wie aus dem Nichts war Caleb wieder aufgetaucht und reichte ihr die Flasche.

»Wie geht's deiner Hand?«, fragte Rachel.

»Fast wie neu«, behauptete er und hob seine Linke. Den Verband hatte er entsorgt, er trug lediglich ein dickes Pflaster. »Das ist wasserdicht und hält rundrum bombenfest.«

»Was ist denn passiert?«, fragte Melissa interessiert. Caleb und Rachel guckten sich verstohlen an.

»Ich hab mich an einem Glas geschnitten«, erklärte er wahrheitsgemäß.

»Ist heute Morgen beim Proben passiert«, ergänzte Rachel und hätte sich gleich darauf am liebsten in den Hintern gebissen.

»Was probt ihr denn?«, hakte Melissa natürlich sofort nach.

»Den Aufstand«, gab Rachel schnippisch zurück. »Nichts weiter.«

Caleb lachte und legte Rachel den Arm um die Schulter. Sie ließ es zu, obwohl sie sich nicht ganz wohl in ihrer Haut fühlte.

»Wir haben ein bisschen Musik gemacht, das hat nichts mit der Band zu tun.«

»Aha«, machte Melissa.

»Soso«, machte Helen.

»Und darf man mal was hören?«, fragte Josh.

Rachel wollte protestieren, aber Caleb sagte natürlich prompt Ja. Ganz zufällig hatte er sogar seine Gitarre im Schatten an die Hauswand gelehnt, also warum nicht gleich? Rachel hätte schwören können, dass das Instrument eben, als sie kam, noch nicht da gewesen war.

Alle Augen waren auf sie gerichtet. Es sah nicht danach aus, als ob sie aus dieser Nummer so einfach herauskommen würde.

»Muss das sein?«, flüsterte sie Caleb zu.

»Nimm es als Generalprobe«, erwiderte er leise und zwinkerte ihr zu.

»Generalprobe? Wofür?« Helen hatte Luchsohren, das musste man ihr lassen.

»Kleiner Gig bei Jam FM«, erklärte Caleb so beiläufig wie möglich und zwinkerte Rachel zu.

»Ihr seid im Radio? Das ist ja der absolute Hammer! Und das behaltet ihr einfach für euch? Das muss ich hören!!! Wann? Los, sagt schon! Ist nicht wahr, oder?!«

Caleb gab ihr bereitwillig die gewünschten Infos und sonnte sich in den bewundernden Blicken der anderen.

»Und deine Hand?«, fragte Rachel. Himmel, es musste doch eine Hintertür geben, aber die Freunde klatschten bereits rhythmisch und riefen: »Sin-gen, sin-gen, sin-gen!«

»Kein Problem«, antwortete Caleb lachend und meinte vermutlich beides.

Rachel ergab sich in ihr Schicksal, setzte sich neben Caleb auf die Terrassenbrüstung und traf sogar direkt ihren Einsatz, als er das Lied von dem Ballonmädchen anspielte. Es klappte erstaunlich gut. Nach der zweiten Strophe wurde Rachels Stimme kräftiger und ihre Nervosität legte sich. Immerhin waren das ihre Freunde und keine Krokodile.

Sie mussten natürlich auch den zweiten Song spielen, und als Helen und Kathy im Chor »Zugabe!« brüllten, landeten sie bei den Beatles, Coldplay und den Rolling Stones. Es klang gar nicht so schlecht, als nach und nach alle einstimmten und mitsangen. Wer den Text nicht mehr weiterwusste, improvisierte mit Lalala oder Badadam.

Mit einem Mal hörte Rachel auf zu singen. Sie lauschte, allerdings keinem Ton, sondern einer anderen Wahrnehmung. Plötzlich war da dieses eindringliche Gefühl, beobachtet zu werden. Nicht von der Gruppe, nicht von Caleb, sondern von weiter weg, weiter oben. Es war, als ob jemand sie mit einem unsichtbaren Lasermarker fixierte, bannte und sie aus dem Takt brachte. Rachel versuchte, die Quelle herauszufinden. Sie scannte das Haus ab. Es war nur eine schnelle Bewegung, ein Schatten am Fenster, über ihrer Wohnung. Doch er genügte und Rachel versteinerte. Ihr Herz aber hüpfte.

Caleb spielte eine Extraschleife und gab ihr erneut den Einsatz. Doch Rachel schüttelte den Kopf. Sie war die Einzige, die ihn gesehen hatte – oder zumindest die Erste. Denn schon folgte Kathy ihrem Blick, dann Helen und die anderen. Caleb hörte auf zu spielen.

Bruce winkte und johlte ausgelassen. »Hey, Wolf, komm runter und spiel mit uns!«

Das würde er doch nicht tun, oder? Rachel schluckte trocken, als Grayson wortlos die Vorhänge zuzog.

Er war wieder da.

Und jetzt?

»Ach kommt schon, spielt weiter, es war gerade so schön«, bat Melissa und riss Rachel aus ihrer Betäubung.

Caleb fing sich als Erster. »Na gut, wo waren wir?«

»Nein, nicht euren blöden Oldiekram, spielt was Aktuelles!«, bat Melissa und klopfte mit dem Salatbesteck einen Grove vor. Caleb gab lachend nach. »Ich bin raus«, sagte Rachel. Mit zittrigen Knien stand sie auf und holte sich ein Glas Wasser. Als die Haustür knarrte, brauchte sie sich nicht umzudrehen. Ihre aufgestellten Nackenhärchen gaben ihr die gewünschte Auskunft.

»Hey, Mann, einsamer Wolf! Alles cool, Alter? Bock, 'n bisschen mit uns abzuhängen?«

Melissa kicherte, als Bruce seine eben mit ihr geübten Umgangsfloskeln über den Musikpegel hinausplärrte. Er lallte ein wenig. Anscheinend hatte er bereits ein Glas Cider zu viel getrunken. Rachel konzentrierte sich auf ihre Atmung und darauf, nicht umzufallen. Sie hätte sich liebend gern wieder auf die Mauer gesetzt, aber dazu hätte sie sich umdrehen müssen. Im Moment konnte sie sich wirklich Besseres vorstellen, als Grayson vor den prüfenden Augen der anderen wiederzubegegnen. Einen Liter Essig trinken zum Beispiel oder eine Matheklausur schreiben oder zum Zahnarzt gehen oder ...

»Hallo zusammen.«

Er war es tatsächlich und zum Fliehen war es jetzt leider zu spät.

Rachel spürte, wie ihr die Röte ins Gesicht schoss, als sie seine Stimme hörte und sie sich spontan an die Höhle, die heiße Gänsehautnacht und den eiskalten Morgen danach erinnerte. Da sich kein Spalt im Boden auftat, um sie hilfsbereiterweise zu verschlucken, und auch kein grüner Elefant durch den Garten tobte, um alle anderen abzulenken, bemühte sie sich, cool zu bleiben.

»Oh, hallo, hi«, sagte sie und versuchte, sich möglichst entspannt umzudrehen. Aber wie drehte man sich »entspannt« um? Lässig die Hand in die Hüfte stützen, nicht das Wasser ausschütten, nicht über die eigenen Füße stolpern oder so ähnlich?

Zu ihrer Verwunderung sah Grayson sie gar nicht an. Niemand sah sie an. Stattdessen hatte er sich einen der Gartenstühle genommen, sich zu den anderen gesetzt und verteilte eine Tüte hausgemachte Fudges. Sogar Caleb hatte zögerlich die Gitarre beiseitegestellt und alle stopften sich die sahnig weichen Karamellbonbons, die so typisch für Cornwall waren, in den Mund. Wie billig war das denn? Und wie kindisch! Ihre Freunde ließen sich mit Fudge kaufen von einem Typen, dem sie sonst nicht mal einen Schirm leihen würden.

»Oh, Rachel, probier mal!«, schwärmte Kathy und winkte sie heran. »Das ist übrigens Grayson.« Sie zog vielsagend die Augenbrauen hoch, womit sie sich zweifelsohne auf die vielfach ausgesprochenen Warnungen bezog.

Helen verschluckte sich und sprühte ihren Apfelsaft hustend über die Terrasse. Rachel verengte ihre Augen zu Schlitzen. Kathys Frage ließ darauf schließen, dass Helen es tatsächlich einmal im Leben geschafft hatte, dichtzuhalten – na ja, bis gerade eben zumindest. Dafür brauchte sie nicht hinzusehen, um zu wissen, wie gespannt Caleb mit einem Mal dreinschaute.

Ruppig reichte Rachel ihrer Freundin ein Taschentuch. »Rachel und ich, wir kennen uns bereits«, antwortete Grayson charmant. »Ich bin leider gleich bei unserer ersten Begegnung in Ungnade gefallen und habe versucht, das mit einem Essen im *Cove* wieder auszubügeln. An dem Abend, als Caleb probegespielt hat. Hast du das gar nicht erzählt, Caleb?« Die beiden sahen sich auf eine Art in die Augen, die einen Waffenschein erfordert hätte. Außer Rachel schien das aber niemandem aufzufallen.

»Im *Cove?«*, fragte Melissa interessiert. »Ich dachte, da wolltest du nie hin, weil dir der Laden zu versnobt ist?«

»Und, hast du den Gig bekommen?«, fragte Kathy. »Hast du nie erzählt.«

»Nein«, sagte Caleb langsam und ergänzte an Grayson gewandt: »Ich mochte das Publikum da nur teilweise.«

»Ohohoho«, machte Helen und steckte sich ein weiteres Karamell in den Mund.

»Jetzt wird's interessant«, raunte Josh.

Rachel sagte gar nichts.

»Du musst dir keine Sorgen machen, Caleb.« Grayson hatte keine Schwierigkeiten, seinem Blick standzuhalten. »Wir sind zwar dank deiner Hilfe vom Regen in die Traufe geraten, aber wir haben das Beste draus gemacht und ich habe Rachel heil nach Hause gebracht. Alles andere ist Schnee von gestern.«

Rachel schnaubte. So konnte man das natürlich auch ausdrücken.

»Ich versteh nur Bahnhof«, nölte Ron. »Können wir jetzt wieder was singen?« Helen drückte ihm ein Bonbon in den Mund und einen Kuss auf die Wange.

Caleb ließ nicht locker. »Wieso bleibst du eigentlich zur Abwechslung nicht mal für immer weg?«

Grayson ging nicht drauf ein, sondern wandte sich zum ersten Mal direkt an Rachel. »Ich würde dir gern unter vier

Augen etwas sagen. Es dauert nicht lange.« In seinem Blick lag etwas Schmerzvolles, Flehendes und Rachel fühlte, dass sie nachgeben würde. Doch Caleb ging dazwischen.

»Sie bleibt hier.«

»Ich denke, Rachel kann für sich selbst entscheiden«, sagte Grayson ruhig und hielt ihr eine Hand hin.

»Genau wie Amelia?«

Graysons ausgestreckte Hand ballte sich zur Faust. Er zog sie rasch zurück und presste sie an seinen Körper. »Wenn du noch einmal ihren Namen in den Mund nimmst ...«

In Rachels Kopf purzelten alle Gedanken wirr durcheinander. Was war hier los? Worum ging es da eigentlich? Was wollte Grayson von ihr – und was Caleb?

»Hört auf damit!« Helen kreischte laut und hielt sich die Ohren zu.

»Ich bin für ein klassisches Duell«, lamentierte Bruce weinselig. »Grayson wählt die Waffen.«

»Ich finde, ihr solltet ganz schnell eure verklebten Vorderhirnlappen abkühlen. Hat niemand einen Kübel Eiswasser?«, rief Josh dazwischen.

»Wasser – das ist gut! Grayson, wie wär's mit einer Runde im Pool?«, schlug plötzlich Kathy vor.

»Wasserball«, entschied dieser schnell.

»Was?«, platzte Rachel heraus. War sie die Einzige, die darüber erstaunt war, dass er auf diesen Blödsinn auch noch einging? Hatte sie irgendwas nicht mitbekommen?

»Wasserball«, wiederholte Grayson ruhig. »Lasst uns eine Partie spielen.«

Caleb verzog abfällig das Gesicht.

»Hab ich auch noch irgendwas mitzureden?«, fragte Rachel aufgebracht.

»Nein«, sagte Caleb scharf. Auf einmal fand er den Plan offenbar doch gut. Das war so typisch Jungs!

Rachel blieb der Mund offen stehen.

»Du darfst aber entscheiden, in wessen Mannschaft du spielst.«

»Na großartig«, blaffte Rachel. »Was sagt ihr eigentlich dazu?« Hilfe suchend sah sie sich um.

»Das ist eine Spitzenidee«, freute sich Kathy, die sichtlich darum bemüht war, die Stimmung wieder etwas aufzulockern. »Wir waren schon ewig nicht mehr im Hausschwimmbad!«

»Kein Wunder, wenn der Verwalter auch immer den Schlüssel auf seine ominösen Verschwindungsreisen mitnimmt«, meinte Bruce, anscheinend verwundert über seine eigene Wortschöpfung.

»Also«, bohrte Caleb. »In wessen Mannschaft spielst du?«

»In meiner eigenen«, gab Rachel wütend zurück. »Mädchen gegen Jungs.«

»Guter Zug«, lobte Grayson und ein Lächeln umspielte seinen Mund. »Das heißt, du gewinnst in jedem Fall, Chapeau!«

Rachel funkelte ihn an. So lief sie am wenigsten Gefahr, sich neu in ihn zu verlieben, in sein hintergründiges Lächeln, die Fältchen um seine Augen, in die unvergleichliche Art, wie er den Kopf leicht schief legte, wenn er sie ansah, dass ihr die Knie butterweich wurden ...

»Ich weiß nicht«, jammerte Ron. »Ich hab keine Badesachen dabei.«

»Brauchst du nicht, ist ein Privatpool.« Helen zwinkerte ihm zu, aber Ron wirkte nicht so, als fände er die Aussicht, nackt gegen die Mädchen Wasserball spielen zu müssen, sehr verlockend. Jeder andere würde das für einen Sechser im Lotto halten …

»Geht's denn auf?«, fragte Josh pragmatisch.

»Rachel, Helen, Kathy und Melissa gegen Caleb, Grayson, Josh, Ron und mich«, zählte Bruce auf und betrachtete seine Finger. »Mist, einer zu viel.«

»Ich kann auch aussetzen«, sagte Helen schnell.

»Helen, du bist eine Frau«, bügelte Josh sie ab. »Wir haben einen Mann zu viel.«

Helen sah irgendwie unglücklich mit der Entscheidung aus. Doch als sie Rachels nachdenklichen Blick auffing, überspielte sie ihr Unbehagen und verdrehte mit einem angedeuteten Lächeln die Augen. Ein Mann zu viel, sollte das wohl ausdrücken, das wäre für mich kein Problem.

»Wir brauchen unbedingt einen guten, überparteilichen und unbestechlichen Schiedsrichter«, sagte Grayson und drückte Bruce freundschaftlich die Schulter. »Vorher solltest du allerdings einen starken Kaffee und ein Glas Wasser trinken.«

»Und wenn ich gar keine Lust habe?«, fragte Rachel, als alle aufbrachen, um ihre Badesachen zu holen. »Ich dachte, du wolltest reden?«, rief sie Grayson hinterher, der Bruce an der Schulter in Richtung Schlosstür steuerte.

»Später«, formte er mit den Lippen und ging hinein.

»Zu spät, meine schöne Prinzessin«, sagte Caleb leise. »Du bist in der Nummer drin, fürchte ich.«

»Und deine Hand?«, versuchte es Rachel noch einmal.

»Das ist nur ein Kratzer«, behauptete er. »Ich weiß, was ich tue.«

Er schob sich an ihr vorbei, ohne sie anzusehen. Anscheinend blieb ihr nichts anderes übrig, als ebenfalls nach oben zu gehen und ihr Badezeug zu holen. Sie hoffte inständig, dass irgendjemand eine Badehose für Ron hatte. Denn nackte Tatsachen würde sie an diesem Tag nicht ertragen.

12

Das Schwimmbecken war riesig, bestimmt neun Meter lang und vier Meter breit, schätzte Rachel. Das Wasser war türkisfarben. Die terrakottafarbenen Bodenplatten fühlten sich rau unter ihren nackten Füßen an und verbreiteten spanisches Flair. Passend zum Stil der Halle. Selbst in Sommerkleidung war es hier drin durch die feuchte und warme Luft fast unerträglich heiß. In einer Ecke des Raumes standen zwei Liegestühle und eine Palme, deren Zweige fast das Wasser berührten. Nur die Wände waren ein wenig trist, in ihrem schlichten Weiß. Die könnte man super bemalen, überlegte Rachel, eine Landschaft in der Toskana vielleicht oder irgendwas Römisches.

»Hast du deinen Bikini?«, riss Kathy sie aus ihren Gedanken. Mit einem Nicken deutete sie auf ihre Tasche. »Dann lass uns mal duschen gehen, ich zeig dir alles«, versprach sie und Rachel folgte ihr mit Handtuch, Duschgel und Badekleidung. Auch die anderen trabten Kathy hinterher.

»Ich hatte keine Ahnung, was sich hinter dieser Tür verbirgt«, staunte Rachel. Nicht einmal Chlorgeruch war ihr aufgefallen, wenn sie in der Halle an der holzverkleideten, schweren Eisentür vorbeigegangen war. »Ich dachte immer, das wäre ein Keller oder so was.«

»Falsch gedacht, jetzt weißt du's«, lachte Kathy. »Hier links sind die drei Warmduschen«, erklärte sie. »Da rechts gibt es noch eine Schwallbrause und einen Tauchzuber. Und dahinter ist die Sauna.«

»Eine Sauna gibt's auch?«, fragte Rachel beeindruckt und spähte um die Ecke.

»Na, sonst hätte ja der Tauchzuber keinen Sinn«, tönte Helen von hinten, griff auch prompt hinein und spritzte Kathy und Rachel übermütig mit eiskaltem Wasser voll. Beide Mädchen sprangen quietschend zur Seite.

»Hast du den Whirlpool schon gesehen? Da passen bestimmt sechs Leute rein!«, ergänzte Helen und verdrehte verzückt die Augen.

»Deswegen sind wir ja auch immer angefressen, wenn der Wolf einfach mit dem Schlüssel verschwindet und wir von den Gnaden seiner Lordschaft abhängig sind«, erklärte Kathy.

Rachel schüttelte den Kopf. »Wahnsinn.«

»Der Poolbereich hat einen Zugang zu meiner Wohnung, das ist der Grund«, erklärte Grayson ruhig. Er trug schmal geschnittene, lange blaue Badeshorts und warf Ron eine weitere zu. »Hier, fang auf.«

»Du wohnst doch aber im dritten Stock?«, fragte Rachel verwirrt.

»Es gibt eine extra Treppe von hier nach oben«, erklärte Helen.

»Aha«, sagten Ron und Rachel gleichermaßen verdutzt und sahen sich an.

»Wollt ihr jetzt alle hier im Weg rumstehen oder können wir endlich duschen gehen?«, mischte sich Josh ein und quetschte sich, Kathy an der Hand, an der Gruppe vorbei. Die beiden hatten sich schon in ihre Handtücher gehüllt und trugen nur noch Badeschlappen, als sie in eine der Duschkabinen marschierten und den Vorhang hinter sich zuzogen. Der Wasserhahn wurde geöffnet, sie hörten

Kathy quieken und dann kichern. Rachel war einfach nur sprachlos.

»Das ist noch harmlos«, behauptete Caleb plötzlich dicht an Rachels Ohr. »Normalerweise sind wir hier alle nackt.«

»Und zugedröhnt?«, zischte sie zurück, sodass es nur Caleb hören konnte. Er ging nicht darauf ein.

»Aber wir nehmen Rücksicht auf die Neuen in der Runde, deswegen gehen wir heute ausnahmsweise mal nicht in die Sauna«, meldete sich Bruce wichtigtuerisch zu Wort. »In den Duschen könnt ihr euch aber umziehen, wenn ihr euch geniert. Oder in der Toilette dahinten.« Sein Blick galt zwar Ron und Helen, trotzdem fühlte Rachel sich angesprochen. Anscheinend hatte der Kaffee geholfen, Bruce artikulierte sich wieder klar und deutlich und schien schon in seiner Schiedsrichterrolle aufzugehen.

»So, wer will jetzt in eine der Kabinen?«, fragte Caleb herausfordernd. Rachel war unsicher, wie sie sich Grayson gegenüber verhalten sollte. Sie vermied es, in seine Nähe zu kommen, und versteckte sich hinter den anderen. Als niemand sich meldete, verschwand Caleb hinter dem nächsten Vorhang. Melissa schlüpfte in die Dusche, aus der Kathy und Josh eben herauskamen. Somit war noch eine Duschkabine frei.

Helen und Ron zögerten, genau wie sie selbst. Grayson schob sich an ihnen vorbei und sah Rachel einen Augenblick zu lange an, bevor er den Vorhang zurückgleiten ließ. Helen gab ihr einen scherzhaften Schubs, aber Rachel wurde nur rot und verzog sich in die Toilette. »Ich zieh mich hier um«, nuschelte sie und ließ das Pärchen allein. Das Rauschen aus den verschiedenen Duschkabinen machte die Toilette beinahe schalldicht. Rachel schloss für einen

Moment die Augen und atmete tief durch. Ihr Wiedersehen mit Grayson hatte sie sich irgendwie ganz anders vorgestellt und bestimmt nicht halb nackt im Schwimmbad, noch dazu vor so vielen mehr als interessierten Augen. Sie wusste nicht, was sie tun, wie sie sich verhalten oder was sie denken oder sagen sollte.

Wenn sie an Grayson dachte, bekam sie Knie wie Wackelpudding und Ameisenarmeen krabbelten über ihre Haut. Außerdem sah er sie ganz bestimmt nicht an wie jemanden, mit dem man aus vollem Herzen Schluss gemacht hatte, im Gegenteil, eher ziemlich leidend. Aber er hatte sich kein einziges Mal gemeldet, sondern sich nach der hammerwahnsinnigmegaschönsten Nacht damit verabschiedet, dass es aus und vorbei war, ohne den Hauch einer Erklärung. Caleb dagegen war beinahe öfter für sie da, als es Rachel lieb war – er war aufmerksam, zärtlich und ein in mehrerlei Hinsicht therapiebedürftiger Junkie. Eine absolut adäquate Alternative also.

Rachel wäre am liebsten mit der Klospülung ins Meer verschwunden, hätte sich in feinste Salzkristalle aufgelöst und bis nach Afrika treiben lassen. Aber sie würde wohl eher im Poolwasser irgendwo in Cornwall in einem Schlösschen mit Pauken, Trompeten und einem zerfetzten Wasserball untergehen. Wie war sie nur hier hineingeraten? Sie sah in den Spiegel über dem Waschbecken, aber der wusste auch keine Antwort. Sie wollte doch weg von allen Problemen, beschwerte sich Rachel bei ihrem ebenso sprach- wie ideenlosen Abbild. Weit weg von dem, was war, weit, weit weg, in die westlichste, tiefste, abgelegenste Provinz Englands. Mit einspurigen Sträßchen, lehmigen Äckern und uralten, staubigen Mythen von Merlin und Arthur. Die hatten's ja auch nicht leicht gehabt.

Sie seufzte und zog sich um. Kneifen konnte sie jetzt wohl nicht mehr.

Caleb, Kathy und Josh waren mit ordentlich Getöse und entsprechendem Platschen in den Pool gesprungen und spielten sich bereits warm, als Rachel in dem Bikini, den sie vor gefühlten hundert Jahren mal gekauft hatte, in den Poolbereich zurückkehrte. Bruce thronte stilecht mit Trillerpfeife um den Hals auf einer Steinbank und gab Handzeichen.

Melissa und Grayson tauchten nach ihr auf. Während Grayson sich elegant vom Rand ins Wasser gleiten ließ, hechtete Melissa mit einem Sprung, der dem namensgebenden Fisch alle Ehre gemacht hätte, an ihnen vorbei und durchtauchte das ganze Becken.

Rachel zog Graysons Variante vor. Das Wasser war angenehm warm und fühlte sich weich an. »Es riecht immer noch nicht nach Chlor«, stellte sie erstaunt fest.

»Kann es auch nicht. Das Wasser wird mit Sauerstoff und UV-Licht gereinigt«, erklärte Josh und schwamm mit kräftigen Zügen an ihr vorbei.

»Wo sind denn Ron und Helen?«, wunderte sich Rachel.

»Sie haben gesagt, wir sollen nicht warten«, prustete Melissa und wischte sich Wasser aus Gesicht und Haaren.

»Aha«, entfuhr es Rachel überrascht.

»Wohl eher: Soso«, meinte Caleb. Er grinste dämlich und zog vieldeutig die Augenbrauen hoch.

Rachel schlug mit der flachen Hand ins Wasser und spritzte Caleb eine Fontäne ins Gesicht. »Halt die Klappe!«

Immerhin ging das Grinsen daraufhin mit Caleb auf Tauchstation.

»Okay!« Bruce setzte die Trillerpfeife an und ließ ein markerschütterndes Signal hören. »Los geht's. Erste Halbzeit. Die Mädchen spielen links, die Jungs haben die rechte Poolhälfte. In Ermangelung von Toren zählt es jeweils einen Punkt, wenn der Ball die kurze Seite der gegnerischen Mannschaft touchiert. Dann muss zunächst über die Mittellinie zurückgespielt werden, bevor ein neuer Angriff zulässig ist. Alles klar so weit?«

»Mensch Bruce, so lange habe ich dich ja noch nie am Stück reden hören«, feixte Josh.

»Erste Verwarnung, Schiedsrichteranmache«, schimpfte Bruce und zeigte mit der Pfeife auf Josh. »Ab ins Wasser, Mädels, und rüber in eure Hälfte!«

»Wir haben noch nicht mal eine Strategie entwickelt«, protestierte Melissa, doch Bruce war unerbittlich.

»Drei, zwei, eins.« Er hob einen orangefarbenen, nicht ganz aufgepusteten Wasserball über seinen Kopf und warf ihn auf Höhe der Poolmitte in die Luft. Sofort kreischten und johlten alle durcheinander und versuchten, den Ball zu erwischen. Rachel wunderte sich noch, warum er nicht prall aufgeblasen war, was sich aber sofort klärte. Melissa hatte den Ball mit einem Luftsprung als Erste ergattert und sich mit einer Hand buchstäblich hineingekrallt, damit ihn ihr die Jungs nicht so schnell abjagen konnten. Die andere benutzte sie zum Schwimmen und um Caleb abzuwehren, der ihr bereits von hinten an der Schulter hing.

»Rachel, fang!«, gurgelte sie, halb im Untergehen, und warf.

Rachel erschrak. Rings um sie herum sprudelte das Wasser plötzlich von gierigen Körpern, sie kam sich vor wie in einem Piranhabecken. Reflexartig schnappte sie nach dem Ball, um ihn gleich an Kathy weiterzuspielen, die ihr zuwinkte. Kathy gab an Melissa ab, die bereits zwischen den Jungs hindurch in die andere Beckenhälfte durchgetaucht war. Sie schoss aus dem Wasser, streckte sich in die Höhe, und bevor Josh sie packen konnte, hatte sie die orangefarbene Knautschkugel bereits mit einem satten Geräusch auf den Terrakottaplatten landen lassen. Die Mädchen kreischten und klatschten sich ab. Sogar Rachel ließ sich von der Freude der anderen anstecken. Die Jungs reagierten beinahe beleidigt.

»Eins zu null«, rief Bruce, pfiff schrill und sprang auf, um Melissa den Ball zurückzuwerfen.

Allmählich begann Rachel, an dem Spiel Gefallen zu finden und auch Melissa mit anderen Augen zu sehen. Im Grunde war sie gar nicht so übel. Selbst Bruce schien das zu registrieren, stellte sie amüsiert fest. Als sie Graysons Blick auf sich spürte, tauchte sie schnell bis zur Nasenspitze ab, um ihr Lächeln zu verstecken. Ein Blick von ihm genügte, um sie aus dem Konzept zu bringen, wie machte er das nur?

Auf gar keinen Fall wollte sie mit ihm in Körperkontakt geraten, genauso wenig wie mit Caleb. Aber so schön sie sich diese Strategie auch zurechtgelegt hatte, der Spielverlauf gab es nicht her. Wenn sie keine Bälle verschenken wollte, musste sie zupacken.

Bei jeder zufälligen oder beabsichtigten Berührung durchströmte sie ein Kribbeln bis zum kleinen Zeh und sie versuchte angestrengt, sich ihre Gefühle nicht anmerken zu lassen. Grayson genoss Rachels Unsicherheit sichtlich. Dreimal luchste er ihr den Ball ab, woraufhin Rachel von ihrer Mannschaft einen Anschiss kassierte.

»Sei nicht so zimperlich, Rachel, Bodycheck und rauf da!«, forderte Melissa stimmgewaltig und wurde prompt von Caleb untergetaucht.

Rachel hustete. Sie hatte Wasser geschluckt, weil Josh sie unter Wasser am Bein gezogen hatte, um sie aus dem Gleichgewicht zu bringen. Natürlich hatte sie den Ball daraufhin losgelassen und die gegnerische Mannschaft holte einen Punkt, den sie grölend feierte. Nur Grayson und Caleb waren nicht einmal jetzt bereit, sich abzuklatschen.

Das größte Handicap für die Mädchen war die Wassertiefe – nur für Kathy nicht, die ziemlich schlank und groß war. Rachel berührte knapp mit den Zehen den Grund, weshalb sie sich von den Attacken kaum erholen konnte. Die Wärme des Wassers strengte zusätzlich an. »Wie lange spielen wir eigentlich«?, rief sie Bruce zu.

»Bis eine Mannschaft mit zwei Punkten Unterschied vorn liegt«, antwortete er, die Augen unablässig auf Melissa und Caleb geheftet, die sich gerade eine heftige Rangelei um den Ball lieferten. »Nicht an den Haaren ziehen, Melli, das gilt auch für dich! Das ist ein Foul. Einwurf!«, brüllte er. Inzwischen hatten sie alle hochrote Köpfe. Rachel ließ sich von der guten Laune der anderen anstecken. Zum Nachdenken blieb sowieso keine Zeit, sie musste sich ständig auf die orangefarbene Knautschkugel konzentrieren.

Rachel war überrascht, wie schnell sie ihre Scheu abgelegt hatte. Ohne Zögern kletterte sie den halb nackten jungen Männern auf den Rücken, schlang ihre Arme um sie oder drückte sie auf der Jagd nach dem Ball unter Wasser. Wobei sie regelmäßig den Kürzeren zog. Grayson ließ sie am ausgestreckten Arm regelrecht verhungern.

Wenn er sie ansah, zog sich alles in Rachel vor Sehnsucht zusammen, seine Blicke konnte sie nicht deuten. Er hielt keinen Augenkontakt lang genug. Wenn er sie im Streit um den Ball anfasste, lag Zärtlichkeit in seinen Berührungen, die immer etwas länger als nötig dauerten, dann aber blitzschnell in Finten und Kniffe umschlugen. Rachel revanchierte sich, so gut es ging, drehte und wendete sich knapp außerhalb seiner Reichweite und spritzte ihn dann mit einem Beinschlag nass, sodass er sich wegdrehte und den zugeworfenen Ball verpasste.

»Na warte, du kleines Biest«, zischte er und seine Mundwinkel zuckten. Aber bevor er sie erreichen konnte, blockte ihn Melissa ab und Kathy erzielte ein weiteres Tor.

Bruce pfiff. »Halbzeit, Wasser trinken, Seitenwechsel.« Es stand zwei zu eins für die Mädchen.

Stöhnend hievten sie sich aus dem Wasser und setzten sich an den Beckenrand. Josh reichte Kathy eine Hand, um ihr aus dem Pool zu helfen, und stieß sie auf halber Höhe wieder zurück. »Das ist die Rache für den Kratzer auf meinem Rücken. Touché!«, schimpfte er scherzhaft und sprang selber wieder hinein. Die beiden umarmten und küssten sich im Wasser. Rachel sah schnell weg. Ihr Blick traf Calebs, der sie intensiv beobachtete.

»Ich geh mir ein Wasser holen«, verkündete sie und steuerte ihre Tasche an.

Ihr Rachen fühlte sich an wie Sandpapier, und das lag nicht nur an dem ständigen Kreischen, dem Sport und dem warmen Wasser ... Sie war schon lange nicht mehr so ausgelassen gewesen, so schwerelos. Doch kaum war sie aus dem Wasser, war all das Gewicht, das auf ihrer Seele lag, sofort wieder da. Ihr Herz suchte Grayson, doch der war im wahrsten Sinne des Wortes abgetaucht und durchquerte auf dem Beckenboden die Länge der Bahn.

»Jetzt sind Ron und Helen aber wirklich schon ganz schön lange weg«, flüsterte Kathy ihr unauffällig zu und nahm ebenfalls einen Schluck aus der Wasserflasche. Rachel nickte und sah sich um. Bruce war mit Melissa in ein Gespräch vertieft. Caleb chillte in der Pose einer römischen Götterstatue am Beckenrand und hatte die Augen geschlossen. Josh trocknete sich gerade ab und Grayson kraulte inzwischen an der Wasseroberfläche hin und her. »Der wird auch nie müde«, meinte Kathy. »Schon echt ein schräger Typ.«

»Rastloser Wolf eben«, kommentierte Rachel. »Ich geh mal gucken, okay?«

Kathy nickte.

Rachel hoffte inständig, nicht in irgendeine peinliche Situation hineinzuplatzen, und schwor sich, beim leisesten Verdacht sofort den Rückzug anzutreten. Auf halbem Weg kam ihr Ron entgegengerauscht. Er knöpfte gerade wütend sein Hemd zu und schleuderte ihr Graysons Badehose vor die Füße, als er sie sah.

»Jetzt brauchen wir auch nicht mehr reden«, zischte er. »Das war's für mich. Endgültig. Ich hab versucht, mich anzupassen. Aber zu viel ist einfach zu viel! Ihr seid mir echt zu sexbesessen! Wahre Liebe ist für mich was anderes. Das ist bei euch Europäern wohl unmodern. Und ihr behauptet immer, wir Amerikaner wären oberflächlich!«

Rachel wusste nicht, was sie damit anfangen, geschweige denn darauf erwidern sollte. »Hey, warte doch mal!«, rief sie Ron völlig perplex hinterher, doch der machte nur eine abfällige Geste, drehte sich nicht einmal mehr um und verschwand ohne ein weiteres Wort durch die Feuerschutztür.

»Halloooo?«, sagte Rachel fassungslos. Sie starrte die mit einem mächtigen Rums zugefallene Tür an und tippte sich an die Stirn. »Selber bekloppt«, murmelte sie und drehte sich um. »Helen?«, rief sie in den Gang hinein. Sie spähte um die Ecke in den Saunabereich, doch dort war alles still, die Toilette war ebenfalls leer und dunkel. Dann vernahm sie ein leises Plätschern aus den Duschräumen. Dort angekommen bemerkte sie, dass in der hinteren Dusche noch immer Wasser lief. Als sie darauf zusteuerte, nahm Rachel noch etwas anderes, Merkwürdiges wahr, das sie nicht recht zuordnen konnte, ein dumpfes Klopfen, dazu unterdrücktes Schluchzen. »Helen?«, fragte Rachel noch einmal. »Geht's dir gut?« Es kam keine Antwort. Lediglich das dumpfe Geräusch setzte nach einer kurzen Pause wieder ein.

»Helen, bist du in Ord...?« Weiter kam Rachel nicht. Sie blickte auf den Fußboden. In kleinen Rinnsalen schlängelte sich blassrot gefärbtes Duschwasser Richtung Abfluss und suchte sich seinen Weg ins Dunkel. Doch bald wurde der Rot-Ton immer intensiver, bis hin zu einem satten Kirschrot ... einem Blutrot.

»HELEN!«, kreischte Rachel schon, während sie den Vorhang beiseiteriss.

Ihre Freundin kauerte zitternd und gekrümmt in einer Ecke, wiegte sich vor und zurück und schlug ihre Stirn immer wieder gegen die Kacheln. Jedes Mal mit diesem schrecklich dumpfen Geräusch, das Rachel bis in die Eingeweide drang, und jedes Mal klatschte ein frischer, tiefroter Klecks auf die Fliesen, den das nachlaufende Wasser mitnahm. Auch unter ihr quoll Blut hervor und wurde von dem stetigen Rinnen der Dusche verwässert und weggespült. Ein nasses Handtuch lag zerknüllt auf dem Boden und Rachel sah erschrocken, dass es ebenfalls blutgetränkt war.

»HILFE!«, brüllte sie, so laut sie konnte. »Wir brauchen einen Krankenwagen!«

Sie hockte sich neben Helen, berührte sie an den Schultern und strich behutsam eine Haarsträhne beiseite, um ihr ins Gesicht schauen zu können. Helen zuckte nicht einmal, sie starrte ins Leere, war in ihrem eigenen Rhythmus gefangen und schlug weiter monoton mit der Stirn gegen die Wand.

»Helen, lass das, hör auf damit!«, drängte Rachel und versuchte, ihre Freundin wegzuziehen. Doch die war überhaupt nicht ansprechbar. »Was ist passiert, Liebes?«, fragte Rachel mit kratziger Stimme und zog und zerrte weiter an Helens Armen herum. Als das nicht half, packte sie von hinten mit beiden Händen ihren Oberkörper, um sie von den verletzenden Kacheln wegzuschleifen.

Endlich brach Helens Widerstand, sie fiel in sich zusammen, direkt in Rachels Arme. Auf einmal fiel ihr auf, dass ihre Freundin splitternackt war und sich mit den Fingernägeln und dem spitzen Drachenring, den Rachel nicht leiden konnte, in ihr eigenes Fleisch verkrallt hatte. Sie bemühte sich, Helens Finger zu öffnen, damit sie den klebrigen, scharfen Gegenstand losließ. Das spitze, metallische Pling, das der Ring auf dem gefliesten Boden machte, brannte sich grausam in ihr Gedächtnis ein. Rachel presste ihre Hand auf den klaffenden Spalt in Helens Unterarm, aus dem dunkles Blut hervorquoll.

»Wir brauchen hier Hilfe!«, brüllte sie noch einmal, fiel in Helens wiegende Bewegung ein und flüsterte leise in ihr Ohr: »Was hat er dir angetan, dieses Schwein?«

Endlich hörte sie die Schritte der anderen näher kommen. Alle riefen aufgeregt durcheinander. Jemand griff über ihr nach dem Hahn und stellte das Wasser ab, andere Hände breiteten über sie beide ein trockenes Handtuch. Rachel verlor jedes Zeitgefühl. Irgendwer rannte weg und holte Verbandszeug. Dann löste jemand Rachels widerstrebende Hand von Helens Arm, machte einen Druckverband und wickelte Wundauflagen und Mullbinden um ihren Kopf.

In diesem emsigen Chaos hielt Rachel ihre Freundin intuitiv ganz fest an sich gepresst. Sie musste gehalten werden, Rachel spürte es, sie durfte nicht loslassen, damit das Leben in Helen blieb und ihre Seele nicht mit dem Blut und dem Wasser weggewaschen und fortgeschwemmt wurde.

Helen klammerte sich schmerzhaft an sie und doch hätte sie beinahe das leise Flüstern überhört. »Was hast du gesagt?«, fragte Rachel leise und hielt ihr Ohr ganz dicht an Helens Mund. Ihre Haare klebten aneinander, Helens Haut war zart und kalt.

»Er wollte gar nicht mit mir schlafen«, wisperte sie so leise, dass Rachel Mühe hatte, die Worte zu verstehen. »Er war der Einzige, der nicht mit mir ins Bett wollte. Und dabei war er der Erste, den ich rangelassen hätte.«

Rachel hielt die Luft an, in ihrem Magen drehte es sich. Sie brauchte einen Moment, bis sie begriff, was sie da gerade gehört hatte. Helen war noch Jungfrau? Auf einmal bekamen sämtliche Jungsgeschichten, die Helen erzählt und die sie selber miterlebt hatte, einen fürchterlichen Beigeschmack.

»Er ist wütend geworden, weil ich angeblich nicht ernst genommen habe, was er immer so erzählt hat, von wahrer Liebe, Enthaltsamkeit, Keuschheit und so. Ich dachte, das wäre seine Masche, mich richtig heiß zu machen und aus der Reserve zu locken ... und da ist er weggelaufen«, flüsterte Helen unablässig weiter. Als hätte sie mit ihren Adern ein Ventil geöffnet, brach nun alles aus ihr heraus. »Die anderen sind immer abgehauen, wenn ich Nein gesagt habe. Die wollten immer nur Sex, Erfahrungen sammeln, grapschen, aber sie haben mich nicht gesehen, haben sich überhaupt nicht für mich interessiert, verstehst du? Ron war so anders ... Ich wollte ihm einen blasen ... und er hat mich einfach hier unter der Dusche sitzen lassen, als ich ihn angefasst habe. Bin ich so hässlich? Warum liebt mich denn keiner?« Ihre Stimme wurde noch leiser. »Ich kann nicht mehr. Ich bin so müde, Rachel.«

»Helen, Süße ...« Der Kloß in Rachels Kehle wurde immer dicker. »Sag so was nicht, das ist doch Blödsinn, *wir* lieben dich, hörst du?! Wir kriegen das wieder hin, wir kriegen das alles wieder hin! Bleib bei mir!« Helen weinte und Rachel wiegte ihre Freundin wie ein Baby sanft hin und her und machte leise »Schhh...«.

»Hat er ihr was angetan?« Calebs Stimme klang wutverzerrt. »Den schnapp ich mir, diesen Bastard.«

Rachel hob den Kopf und schüttelte ihn leicht. »Nein, nein, nicht! Es ist nicht ...« Sie brach hilflos ab.

Kathy kniete sich neben sie und legte ihr die Hand auf die Schulter. Rachel hatte keine Ahnung, wie viel von Helens leiser Lebensbeichte bis zu ihr gedrungen war, aber Kathy überblickte die Situation sofort. »Das war nicht Ron«, stellte sie sachlich fest und deutete auf Helens Arme.

Rachel folgte ihrem Blick und fuhr zusammen. Erst jetzt entdeckte sie die Narben. Ziemlich viele Narben, die teilweise schon recht alt zu sein schienen. Deswegen also immer die langärmeligen Hemden ...

»Beruhigen wir uns mal wieder. Jungs, danke für eure Hilfe, aber jetzt raus hier. Seht nach, ob der Krankenwagen schon in Sichtweite ist, und sorgt dafür, dass uns die Sanis hier finden. Der Rest ist Mädchensache, okay?« Sie wandte sich an Helen. »Kannst du aufstehen, wenn wir dich stützen, Süße? Gleich hier draußen sind eine Decke und was zu trinken.«

Helen hielt die Augen geschlossen, wiegte sich sachte hin und her und reagierte nicht. Aber mit vereinten Kräften gelang es ihnen, Helen aus der Kabine zu bringen, notdürftig in einen Bademantel zu stecken und auf den Liegestuhl zu heben, den helfende Hände in den Gang getragen hatten. Melissa stand hilflos daneben und knetete ihre Hände.

»Melissa, könntest du vielleicht Helens Anziehsachen holen?«, bat Rachel. Als Melissa verschwunden war, zeigte Kathy mit einer Kopfbewegung auf Helens Bauch. »Da sind sogar noch mehr Narben. Helen, wie lange ritzt du dich schon?«, fragte sie behutsam.

Helen öffnete langsam die Augen. Sie schien nicht richtig da zu sein. Ihre Augen hatten einen abwesenden Glanz. »Das ist meine Strichliste«, sagte sie und Rachel wurde flau im Magen, als ihr die Bedeutung dieser Worte klar wurde. Jeder Korb ein Schnitt ... eine Narbe.

Wenig später trafen endlich die Sanitäter ein. Grayson zeigte ihnen den Weg. Sie fühlten routiniert Helens Puls und Atmung, stellten bescheuerte Fragen nach Suizidgefährdung, sexueller Gewalt, Drogen, Alkohol, Eltern und der Krankenversicherung und sahen sich nicht einmal die notdürftig verbundenen Wunden an Helens Kopf und Armen richtig an. Kathy rannte los, um ein paar von Helens Klamotten und die Versichertenkarte aus ihrer gemeinsamen Wohnung zu holen. Rachel hockte die ganze Zeit über neben ihrer Freundin auf dem Boden und hielt ihre Hand.

»Kinder, so was sehen wir öfter. Das habt ihr gut gemacht, schade nur, dass ihr nicht früher was bemerkt habt. Jetzt übernehmen wir«, sagte einer der Sanitäter.

Rachel sah ihn erschüttert an. »Was wollen Sie damit sagen?«, fragte sie.

»Nichts«, sagte der andere. »Wir bringen sie ins Krankenhaus. Ihr wisst, wo ihr sie finden könnt, bin gespannt, wie viel Besuch sie dann tatsächlich von euch bekommt.« Abschätzend sah er in die Runde.

Caleb lehnte mit verschränkten Armen an einem Pfosten. Melissa hatte sich in die Arme von Bruce geflüchtet, dessen Gesicht ebenso kalkweiß aussah wie das von Josh. Grayson war nirgends zu sehen.

»Partygeneration«, murmelte er abfällig unter seinem Schnauzbart, nickte dann seinem Kollegen zu und kommandierte »Auf drei«. Damit hoben sie Helen auf eine Trage mit Rollen, zogen das Fahrgestell aus und schoben sie durch den schmalen Weg zum Ausgang.

»Sie haben doch überhaupt keine Ahnung!«, brauste Rachel auf und lief an Helens Seite, während die anderen folgten. Sie drückte unablässig Helens Hand und streichelte ihr beruhigend die Wange. Doch ihre Freundin schien nichts davon zu merken. Sie hatten ihr ein Beruhigungsmittel injiziert, wahrscheinlich tat es bereits seine Wirkung. Zumindest mit ihr waren sie fürsorglich und behutsam umgegangen.

Der Krankenwagen stand draußen auf dem Kies. Humphrey schnitt vertrocknete Blüten von den Spalieren an der Hauswand. Er nickte Rachel kurz zu und zog sich dezent zurück, als er die Sanitäter und die Traube aus jungen Leuten um die Trage wahrnahm.

Als die Rettungsassistenten die Heckklappe öffneten und Helen hineinknattern ließen, war Rachel gezwungen, ihre Hand loszulassen, die nun kraftlos von der Trage hing. Das Letzte, was Rachel sah, bevor die Wagentür hinter ihrer Freundin zufiel, war diese verletzliche, schlaffe Hand.

Kathy schaffte es gerade noch rechtzeitig. »Warten Sie«, brüllte sie gegen das Motorengeräusch an. Sie klopfte im Laufen an die Fahrerseite des Krankenwagens. Der Sanitäter nahm die gepackte Tasche durch das Fenster entgegen, ohne noch einmal anzuhalten. Dann schaukelte der Wagen im Schritttempo zur Ausfahrt hinunter. Am großen schmiedeeisernen Tor schaltete er Martinshorn und Blaulicht an.

13

Irgendwo am Rand ihres Bewusstseins nahm Rachel wahr, wie die anderen zurück ins Haus gingen. Um ihre Sachen zu holen. Um sich anzuziehen. Vielleicht um aufzuräumen. Blut wegzuwischen. Helen wegzuputzen.

Rachel fror.

Sie konnte nicht mehr aufhören zu zittern. Sie hatte das Gefühl, jeden Moment umzukippen und ins Bodenlose zu fallen.

Doch jemand war da.

Trockene, starke Hände legten ihr einen flauschigen, warmen Bademantel um, wischten ihr die nassen Haare aus dem Gesicht und zogen sie an sich. Es war Grayson.

Er war einfach nur da und hielt sie ganz fest und Rachel brach in sich zusammen.

Sein gleichmäßiger Herzschlag beruhigte, sie ließ sich fallen und fing an, heftig an seiner Schulter zu schluchzen. Ungefragt reichte er ihr ein Taschentuch. Irgendwann, als keine Tränen mehr da waren, als ihr Hals schmerzte und sie bis zum Würgereiz leer geweint war, saßen sie auf einer Bank unter dem großen Rhododendron. Er hatte ihre Beine quer über seine gelegt und hielt sie immer noch fest an sich gedrückt.

»Hast du davon gewusst?«, fragte er leise.

Rachel schüttelte benommen den Kopf. »Ich bin eine beschissene Freundin. Ich habe nichts kapiert. Erst neulich hat sie am Strand 'ne Andeutung gemacht und ich habe nichts begriffen. Anscheinend schnalle ich nie etwas. Wahrscheinlich wollte Ron sogar mit mir über irgendwas in die Richtung sprechen. Ich glaub, er hat sich wirklich Sorgen gemacht, auch wenn er so durchgeknallte Ansichten hat. Können wir ins Krankenhaus fahren?«

Grayson nickte. Um seine Mundwinkel zuckte es. »Allerdings sollten wir uns vielleicht vorher etwas anderes anziehen, wenn sie uns nicht gleich dabehalten sollen.« Rachel sah an sich hinunter. Sie trug Graysons Bademantel und der war stellenweise nass und rötlich verfärbt.

In ihrem Kopf tobte ein Orkan. Tausend Gedanken wirbelten unter ihrer Schädeldecke durcheinander und nicht alle hatten mit Helen zu tun oder mit Becky. Sie wollte nicht daran denken. Sie wollte an gar nichts denken. Leere, bitte, bitte Leere, einfach nur Leere in ihrem Kopf. Es tat so gut, von Grayson gehalten zu werden. Doch in dieses Gefühl mischte sich die Angst, kamen alte und neue Bilder hoch und ungeklärte Fragen: Wo warst du? Warum warst du weg? Weswegen hast du dich nicht gemeldet? Wieso bist du jetzt wieder hier?

»Wie soll das weitergehen mit uns?«, fragte sie schließlich unglücklich. »Es geht doch weiter, oder? Das hast du nicht so gemeint, neulich?«

»Ich kann es dir nicht sagen«, erwiderte Grayson leise, sein Gesicht in ihre immer noch feuchten Haare gepresst. »Ich hab genauso viel Angst wie du. Es ist Wahnsinn, ich dürfte nicht hier sein. Es widerspricht der Vernunft und allem, was ich mir geschworen habe, nachdem ... Aber ich habe immer dein Gesicht vor mir gesehen. Ich konnte es nicht länger aushalten. Und als ich dich dann heute mit Caleb gesehen habe, dachte ich schon ...« Rachel wollte ihn unterbrechen, ihn auf Amelia ansprechen, auf das, was sie bereits wusste, und nach den Puzzleteilen fragen, die ihr noch fehlten. Jetzt oder nie! Aber er brach ab, bevor sie ansetzen konnte, hob ihr Kinn an und sah ihr spitzbübisch in die Augen, als hätte er einen inneren Schalter umgelegt. »Weißt du eigentlich, was für eine Qual das ist, gegen dich Wasserball zu spielen? Dich zu spüren, zu berühren und nicht ... anfassen zu dürfen? Bitter, bittersüße Folter. Ich sollte mit Bruce über das Regelwerk diskutieren. Das ist unerlaubte Härte!«

»Unerlaubte Härte, soso.« Rachel war verwirrt. Sie schmunzelte gegen ihren Willen und schniefte. Wie machte er das nur, sie immer und immer wieder aus der Bahn zu werfen?

»Das wollen wir jetzt nicht vertiefen. Los, komm, ziehen wir uns um.«

Als Stimmen das Herannahen der anderen ankündigten, ließ Rachel schnell Graysons warme, Sicherheit gebende Hand los.

»Da bist du ja, ich hab dich schon gesucht. Nicht noch eine, um die ich mir Sorgen machen muss, oder? Geht's dir gut?« Kathy sah Rachel prüfend an, als ob sie überlegte, ob sie Rachels heftigem Nicken wirklich Glauben schenken konnte. »Hier, ich hab deine Sachen mitgebracht«, sagte sie stirnrunzelnd und hielt ihr die Badetasche hin. »Ich hoffe, ich hab da drin alles gefunden, was dir gehört.«

»Danke«, antwortete Rachel. »Müssen wir nicht noch ...?«

»Ist schon erledigt«, erklärte Melissa und kickte verlegen einen Kieselstein über den Kiesweg. »Ich war froh, dass ich was zu tun hatte. Bruce hat mir geholfen.« Sie nickte Grayson zu. »Die Dusche ist wieder sauber.«

»Wir wollen noch ins Krankenhaus fahren«, erklärte Rachel. »Kommt jemand mit?«

»Auf jeden Fall«, sagte Kathy. Josh und Bruce schüttelten den Kopf.

»Ich brauche 'ne Pause«, gab Josh ehrlich zu. Caleb schien zu überlegen.

»Ich kenne sie ja nicht so gut«, unterbrach Melissa entschuldigend das aufkommende Schweigen. »Ich komme bestimmt in den nächsten Tagen mal mit. Also, ich meine ... wenn sie ... wie lange bleibt man wohl mit so was ... drin?«, stotterte sie betreten und sah beklommen von einem zum anderen.

»Es ist nicht ansteckend«, sagte Rachel und löste damit erneut Stille aus.

»Ich komme auch mit«, sagte Caleb schließlich. Er starrte Grayson an. »Wer fährt?«

»Ihr habt alle schon was getrunken, wenn ich euch erinnern darf. Ich setze mich ans Steuer«, erklärte Kathy und Rachel atmete erleichtert aus. »Wir nehmen Calebs Wagen, den bin ich schon öfter gefahren.« Fordernd hielt sie Caleb so lange die Hand hin, bis der den Autoschlüssel aus seiner Jeanstasche pulte und ihr übergab. Zufrieden drehte sie sich zu Rachel und Grayson um.

»Hauptsache, der Wagen klopft nicht mehr so«, brummte Rachel.

»Ist doch schon lange repariert«, beschwichtigte Caleb abwesend.

Kathy sah verständnislos von einem zum anderen. »Aber so nehm ich euch nicht mit«, erklärte sie streng.

»Wir wollten uns gerade umziehen«, erklärte Rachel.

»Wir«, wiederholte Caleb missbilligend.

»Hast du keine anderen Sorgen?« Rachel verdrehte die Augen und rannte nach oben. Sie hörte Schritte hinter sich, aber sie hatte keine Lust auf Diskussionen, Rechtfertigungen, Anspielungen und eifersüchtige Jungs ...

Mit dem Herzschlag knapp unterhalb der Kehle gelang es ihr im dritten Anlauf endlich, ins Schlüsselloch zu treffen. Die Schritte hinter ihr stoppten kurz, zögerten, gingen weiter, ein Stockwerk höher. Mit fliegenden Fingern öffnete sie die Wohnungstür, ließ ihre Tasche fallen und rutschte langsam mit dem Rücken am Türblatt herunter. Mist, Mist, Mist. Und zu allem Überfluss hatte sie auch noch Graysons Bademantel an. Wie blöd war sie eigentlich? Nein, sie würde jetzt nicht nach oben gehen und ihn zurückbringen. Erstens musste er gewaschen werden – das kann Grayson auch selber machen, das wirst du schön bleiben lassen – und zweitens sollte sie sich beeilen, damit die anderen unten nicht allzu lange warten mussten.

In was hatte sie sich da bloß hineinmanövriert und was war sie für ein herzloser Gefühlsklotz, dass sie in dieser furchtbaren Situation überhaupt über Wolfs-Taktiken nachdachte?

Sie raffte sich und Graysons heruntergerutschten Bademantel vom Boden auf, schlüpfte in frische Wäsche, gab ihrem Herzschlag zehn Sekunden, sich zu beruhigen, und atmete noch einmal tief durch. Dann huschte sie die Treppe wieder hinunter.

Die Stimmung während der Autofahrt war ziemlich gedämpft. Grayson saß vorn neben Kathy und Rachel quetschte sich in weitestmöglichem Abstand mit Caleb nach hinten. Die Fahrt verlief größtenteils schweigend. Jeder hing seinen eigenen Gedanken nach und alles, was über »links ist frei« oder »hier müssen wir abbiegen« hinausgegangen wäre, blieb ihnen im Hals stecken.

Ein paar Mal war Rachel kurz davor, einfach ihre Hand nach vorn auszustrecken und Grayson zu berühren. Am Kopf, an der Schulter, egal wo, sich einfach nur zu versichern, dass er wieder da war, dass er sich ebenfalls um Helen sorgte. Doch unter Calebs Argusaugen und wegen Rachels Zerrissenheit blieb er eben nur beinahe greifbar, und das schmerzte sie fast körperlich.

Es dauerte ewig, bis sie einen Parkplatz gefunden hatten. Kathy übernahm die Führung des kleinen Trüppchens, das sich mit hängenden Köpfen zur richtigen Abteilung durchfragte. Rachel beeilte sich, mit ihr Schritt zu halten, Caleb und Grayson benahmen sich zivilisiert, solange sie mit keinem von beiden redete. Wie im Kindergarten, dachte sich Rachel. Im Moment hatte sie aber weder die Kraft noch den Kopf frei, sich damit auseinanderzusetzen.

Von der Notaufnahme schickte man sie in die Chirurgie, von dort zum Pförtner und wieder zurück. Schließlich erbarmte sich eine Schwester und teilte ihnen mit, dass sie sowieso nicht zu ihr dürften. »Aber wir sind ihre Freunde!«, protestierte Rachel aufgebracht. »Sie braucht uns. Ich habe ihre Lieblingsschokolade dabei!«

»Tut mir leid.« Die Schwester blieb hart. »Sie braucht jetzt vor allem Ruhe.«

Jemand zupfte Rachel am Ärmel, aber sie schüttelte ihn ab, ohne sich umzudrehen. »Können Sie ihr dann wenigstens eine Nachricht von uns geben?«, bohrte sie beharrlich nach.

Die Schwester wandte sich ab, aber Rachel wollte nicht gehen, bevor sie nicht ihren Willen durchgesetzt hatte.

Nach einem anscheinend überzeugenden Redeschwall gab die etwas ältere Frau schließlich nach. »Na gut, eine Nachricht. Aber mach schnell, Mädchen. Ich muss zurück an die Arbeit.« Rachel schnorrte sich kurzerhand ein Blatt Papier und einen Kugelschreiber von den Stationsschwestern und improvisierte mit ein paar schnellen Strichen eine Brieftaube mit Blumen und Herzen und einer Sprechblase, in der stand: »Komm bald wieder, wir vermissen und brauchen dich. Und melde dich, die lassen uns nicht zu dir!«

»Los, alle unterschreiben«, befahl sie der Clique und drückte der breitgeschlagenen Krankenschwester den gefalteten Gruß in die Hand. »Sie geben's Helen aber auch wirklich, oder?«, stellte sie noch einmal sicher. »Ja, werde ich«, antwortete sie mit einem verschwörerischen Blinzeln. Da erst war Rachel bereit, mit den anderen abzuziehen.

»Nicht, dass ihr mich gleich lyncht«, begann Caleb schließlich, »aber wir haben morgen einen Gig, Rachel. Wir sollten noch mal proben.«

»Wie kannst du jetzt an …«, setzte Rachel empört an, brachte den Satz dann aber nicht zu Ende. »Du hast ja recht«, sagte sie kleinlaut. »Wäre ziemlich peinlich, wenn Helen das Radio anstellt und wir unseren Auftritt in den Sand setzen. Sie wollte doch unbedingt zuhören.« Rachel schluckte. Diese Radiosache und der ganze übrige Wahnsinn schienen in einem anderen Universum stattzufinden, in einer weit entfernten Galaxie, einer ganz anderen Welt. Sie kam sich schäbig vor, weil sie wusste, dass ihr die Ablenkung mit Caleb und seiner lässigen Art guttun würde.

Grayson schwieg. Er sah nicht besonders glücklich aus, wie Rachel mit einem Seitenblick feststellte. Es war glasklar, dass ihm die ganze Sache nicht passte. Aber da konnte sie ihm jetzt auch nicht helfen ... Sie war selbst nicht glücklich. Genauso wenig wie Kathy und erst recht Helen.

Verdammte Hacke!

Die Fahrt zurück verlief so still wie die Hinfahrt. Am Schloss angekommen, trotteten sie, jeder für sich, die Anhöhe vom Parkplatz hinauf. Als Caleb keine Anstalten machte, das Feld zu räumen, verschwand Grayson mit finsterem Blick hinter Kathy im Haus.

»Wir müssen noch was wegen des Auftritts besprechen«, zischte Caleb ihm nach.

Rachel wandte sich energisch an Caleb, so langsam hatte sie die Nase gestrichen voll von diesem Imponiergehabe. »Ich brauche heute echt nicht noch mehr Turbulenzen, okay? Mein Bedarf an Adrenalin ist für die nächsten Monate ausreichend gedeckt. Wir gehen jetzt proben, nicht im Keller, nicht bei dir, nicht bei mir. Hier draußen im Park. Ich brauche frische Luft. Verstanden?«

Er nickte nur, offensichtlich erschlagen von Rachels Tonfall. Sie zog ihn hinüber zur Terrasse. Zu spät ging ihr auf, dass Graysons Wohnung ja in alle vier Himmelsrichtungen Fenster hatte, sodass sich keine zwei Minuten später seine Blicke in ihren Rücken bohrten. Sie drehte sich eisern nicht um, sondern bemühte sich, mit geschlossenen Augen richtig zu singen und den Text zu behalten.

»Wir sind im Radio«, rief Caleb ihr ins Gedächtnis. »Du darfst ablesen, wenn du Angst hast, hängen zu bleiben. Das merkt kein Mensch.«

»Doch, die im Studio«, widersprach Rachel mit wachsender Nervosität. »Und dann posten sie's bei Facebook oder wo auch immer. Das muss ich so hinkriegen!«

Sie bestand auf vier komplette Durchläufe. Als sie diese ohne einen einzigen Patzer gemeistert hatten und Rachels Rücken wider Erwarten immer noch lochfrei geblieben war, gab sie Ruhe.

»Du hast Nerven«, seufzte Caleb und sah sie bewundernd an.

»Eben nicht«, widersprach Rachel. Doch als sie sich umdrehte und hochschaute, waren sämtliche Vorhänge im dritten Stock zugezogen.

»Hat der Wolf den Bau schon wieder verlassen?«, stichelte Caleb.

»Ach, halt doch die Klappe«, brauste Rachel auf. »Ich kommentiere doch auch nicht, wenn du mit Melissa flirtest.«

»Gibt es da nicht einen kleinen Unterschied?«, fragte Caleb spitz.

»Wieso das denn?«, brauste Rachel auf.

»Ach, vergiss es«, wehrte Caleb ab.

Rachel funkelte ihn an, beruhigte sich gleich darauf aber wieder. »Bitte, lass uns nicht streiten, ja? Ich glaub, bei uns allen liegen heute die Nerven blank.«

»Einverstanden«, sagte Caleb. »Waffenstillstand – bis nach dem Auftritt. Und bis wir was Neues von Helen hören.«

Rachel zückte jede halbe Stunde ihr Handy und fragte es auf sämtlichen Kanälen nach neuen Nachrichten ab, doch alles blieb still. Kathy war sich eigentlich ganz sicher, Helens Handy mit eingepackt zu haben. Also konnte nur der Akku leer sein – unwahrscheinlich – oder Helen hatte keine Möglichkeit, an ihr Telefon zu kommen – weil sie mit ans Bett geschnallten Händen und Bauchgurt an ein vorsintflutliches Krankenhausbett gefesselt war. Oder man hatte sie mit Beruhigungsmitteln vollgestopft. Dieses Bild war noch furchterregender. Rachel hatte dabei eine hohläugige, schaumsabbernde Helen mit wirrem Blick vor Augen. Sie zog die Brauen zusammen. Vielleicht war es ganz gut, dass man sie nicht zu ihr aufs Zimmer gelassen hatte. Womöglich hätten sie sie auch gleich dabehalten, dachte sie zynisch und seufzte.

In ihrer Wohnung angekommen, schmierte Rachel sich lustlos ein Sandwich, öffnete einen Joghurt, hatte aber nach drei Löffeln keinen Appetit mehr und lümmelte sich schließlich mit einem großen Glas Wasser auf ihr Sofa. Im Fernsehen kam nur Schrott, langweilige Reportagen über die Osterinseln, Antikauktionen in Wales oder die Tätowierungen und den Mageninhalt eines tiefgefrorenen Urzeitwanderers aus einem österreichischen Gletscher.

Als sie halb am Einschlafen war, hörte sie auf einmal in den Räumen über sich rastlose Schritte, gefolgt von einem kurzen, heftigen Möbelrücken, das ihre Deckenlampe zum Klirren brachte. Sie war kurz davor, nach oben zu stürmen, aber wer wusste schon, wo das wieder enden würde und ob sie überhaupt erwünscht war. Also versuchte sie, den Krach über sich zu ignorieren und ihn mit einem Sofakissen über den Ohren wenigstens etwas zu dämpfen. Irgendwann kehrte endlich Ruhe ein. Mit schlecht geputzten Zähnen schlurfte sie schließlich weit vor ihrer üblichen Zeit ins Bett.

Tief in der Nacht schreckte sie aus einem Albtraum hoch. Helen und Becky waren zu einer Person verschmolzen, die ihr Hilfe suchend die Hände entgegenstreckte, aber sie konnte sie nicht greifen. Rachels Beine waren bis zu den Knien im Fußboden versunken. Ein Zug dröhnte quer durch die Küche in ihrem Elternhaus, raste bedrohlich schnell auf die Becky-Helen zu und sie kam und kam nicht vom Fleck. Rachel wachte durch ihr eigenes Schluchzen auf. Ihre Wangen waren nass geweint.

Draußen zirpten lediglich die Heimchen und in der Wohnung über ihr war auch endlich alles still. Rachel kletterte aus dem Bett, wischte sich die Tränen aus dem Gesicht, lugte durchs Fenster und ließ das Rollo herunter, um weiterschlafen zu können, ohne vom Licht des Vollmondes geblendet zu werden. Dann ging sie zur Toilette, putzte sich die Nase und legte sich wieder ins Bett.

Tausend Gedanken rasten durch ihren Kopf. Erinnerungen an Becky und Helen, das Blut in der Dusche, die blasse, schlaffe Hand ihrer Freundin auf der Trage. Sie wühlte sich in ihr Bettzeug und stellte sich vor, es wären Graysons Arme, die sie hielten, und der Herzschlag, den sie hörte, wäre nicht ihr eigener, sondern seiner. Sie konzentrierte sich darauf, nur diesem stetigen Pochen zu lauschen, seine Arme um sich zu spüren. Ein bisschen Trost und Wärme. Irgendwann vermischten sich Fantasie und Traum. Die Hände, die sie umfingen, machten sich selbstständig, glitten höher und tiefer, tasteten sich zu ihrer Brust, streichelten ihren Po, ihre Beine. Die Innenseiten. Sie konnte seine Wärme fühlen, seinen Atem hören. Dicht an ihrem Ohr ihren Namen stöhnen, sie berühren, überall. Küsse auf ihrer Haut, Hände um ihre Brüste. Lippen, Zunge. Sie fanden, was sie suchten. Rachel ließ sich gehen, ließ zu, dass Finger zwischen ihre Beine glitten, das pulsierende Gefühl dort steigerten. Wissende Hände.

Sie krallte sich in die Laken, versuchte, mit dem Mund die Hand zu fangen, die ihr übers Gesicht strich, ihre Lippen nachzeichnete. Sie drehte sich auf den Rücken und öffnete die Augen, Graysons Namen auf den Lippen. Doch das Gesicht, das sie im Zwielicht wahrnahm, war Calebs. Und er trug einen gestreiften Pyjama. Rachel fuhr auf. »Hau ab!«, wisperte sie entsetzt und griff nach dem heruntergerutschten Bettzeug, um sich zuzudecken. Der Nachtmahr löste sich in nichts auf, genau wie die erotische Stimmung. Rachels Herz raste.

Mit zittrigen Fingern leerte sie ein Glas Wasser und stellte es auf dem Nachttisch ab. Drei Uhr zweiunddreißig. Sie legte sich wieder hin, lauschte misstrauisch noch einen Augenblick mit geschlossenen Augen. Caleb blieb weg. »Geht doch«, brummte sie und fiel in einen traumlosen Schlaf, bis der Wecker sie schrill ins Hier und Jetzt zurückbeförderte.

Sie fühlte sich, als hätte sie in einer Waschmaschinentrommel im Schleudergang geschlafen. Alle Knochen taten ihr weh, ihr Schädel brummte, ihr Mund war trocken und am Kinn spürte sie einen schmerzenden Pickel wachsen. Perfekte Voraussetzungen für einen Auftritt beim Radio. Aber wie hatte Caleb so treffend festgestellt: Die sehen dich nicht, die hören dir nur zu. Als ob das nicht schlimm genug wäre. Sie kam sich vor wie am Tag ihrer Abschlussprüfungen in der Schule. Nur dass die schon morgens angefangen hatten. Wie sollte sie nur den Tag überstehen, bis es sechs Uhr abends war? Die Sache mit Helen war so betrachtet ja fast schon Glück im Unglück, weil sie dadurch weder den ganzen Tag an Grayson noch an die Radio-Sache denken musste – auch wenn sie dieser Gedanke vermutlich zehn Punkte näher an eine Eintrittskarte in die Miese-Freundinnen-Hölle gebracht hatte.

Rachel tupfte sich einen Klecks Zahnpasta auf den roten Hügel rechts unterhalb ihrer Lippe und überlegte, ob heute ein Kaffee- oder Teetag war. Aus Graysons Wohnung drang kein Laut, der Herr schlief vermutlich noch und womöglich sogar gut.

Rachel fing wieder an zu grübeln. Davonlaufen half nichts. Und zur Detektivin eignete sie sich auch nicht, wie sie sich schonungslos eingestehen musste. Sie war sprunghaft, launisch, superleicht abzulenken, und als der liebe Gott den Ehrgeiz verteilt hatte, musste sie sich gerade nach etwas gebückt haben, das ihr heruntergefallen war, denn schusselig war sie auch. Aber so kamen sie nicht weiter. Sie musste mit Grayson reden, über Amelia. Über Caleb. Über Helen. Einfach über alles. Und diesmal würde sie sich nicht einfach abwimmeln lassen, und wenn er einen heißen Strip hinlegte! Hmmmmm ... Nein, keine Bilder!, verbot sie sich.

Ob sie ihn anrufen und zum Frühstück einladen sollte? Blöd nur, dass sie seine Nummer nicht hatte. Und einfach bei ihm klingeln, war wieder zu aufdringlich. Das war doch total bescheuert: Sie hatten sich geküsst, sie hatten miteinander geschlafen. Sie hatten sich ewige Liebe geschworen – na ja, nicht in Worten natürlich, aber gefühlt so gut wie – und sie hatte nicht mal seine Telefonnummer. Also musste sie sich wohl doch überwinden und nach oben marschieren. Rachel sah an sich herunter. Besser frisch geduscht und zugeknöpft bis unters Kinn. Nicht dass er womöglich dachte, sie würde ihn zu einem etwas anderen Frühstück einladen!

Wie in geheimer Mission schlich Rachel nach oben. Sie klopfte. Dann klingelte sie. Dann öffnete sie den Briefschlitz und lauschte. Kein Ton. Er schien wirklich nicht da zu sein. Wie war das denn schon wieder möglich? Einen Augenblick lang gab sie sich dem Tagtraum hin, er wäre zum Bäcker geradelt und käme gleich pfeifend mit Brötchen um die Ecke – oder würde mit einer dunklen Rose zwischen den Zähnen und der Brötchentüte in der Hand wie schon einmal auf ihrer Fußmatte sitzen ... und sie fragen, ob sie auf Bora Bora heiraten wollten oder lieber auf Hawaii – und die Limousine zum Flughafen hätte er schon geordert. Sie seufzte und schüttelte den Kopf, um die Flausen daraus zu verscheuchen. Dann trat sie den Rückzug an, um sich selbst ein paar Brötchen zu besorgen. Im Erdgeschoss lief sie ausgerechnet Caleb in die Arme.

»Na, konntest du auch nicht mehr schlafen? Aufgeregt? Oder gibt's was Neues von Helen?«

Er sah besorgt aus, wie Rachel schuldbewusst feststellte, während sie selbst den Gesundheitszustand ihrer Freundin über erotische Albträume bestens verdrängt hatte und stattdessen schon wieder mit einem gewissen Wolf beschäftigt war. Obwohl Verdrängung ja eine psychische Fähigkeit war, die durchaus ihre Berechtigung hatte, wie sie durch die Sache mit Becky gelernt hatte.

»Nein, nichts Neues«, sie schüttelte den Kopf und war beruhigt, als die Vergangenheit sich brav verflüchtigte. Sie hatte mit der Gegenwart genug zu tun. »Wann müssen wir eigentlich los?«, fragte sie. »Und du trägst nicht wirklich gestreifte Pyjamas, oder?«

»Bitte was?« Caleb sah sie an, als hätte sie ihn gerade danach gefragt, was er am liebsten im Bett anhatte. Rachel wurde knallrot, als sie begriff, dass sie genau das tatsächlich eben getan hatte. Er legte den Kopf schief. »Ich glaube, du schläfst nicht genug, Rachel. Aber komm gern vorbei und schau nach.«

»Ohhhh!« Rachel jagte den Vokal eine Oktave die Tonleiter hinauf, um ihrem Ärger möglichst viel Gewicht zu verleihen. Caleb ignorierte das.

»Ich würde vorschlagen, wir treffen uns um fünf, spielen alles noch mal durch, gehen einen Kaffee trinken und fahren dann ins Studio. Okay?«

»Wird das nicht viel zu knapp? Lieber halb fünf, ja? Ich sterbe ohnehin schon tausend Tode. Wenn wir dann auch noch zu spät kommen ... das halte ich nicht aus!«

Caleb lachte und nahm Rachel in den Arm. »Komm mal her. Keine Panik, sie werden dich nicht auffressen, versprochen!«

Rachel ließ sich drücken und atmete erleichtert durch. Das war rein freundschaftlich, ganz platonisch gewesen, alles wunderbar. »Danke!« Es kam aus tiefstem Herzen und sie fragte sich wieder einmal, warum in ihrem Leben immer alles so kompliziert sein musste.

»So, jetzt muss ich aber los, habe noch was zu erledigen«, erklärte Caleb mit seinem unschlagbaren Lächeln. »Wir sehen uns um halb fünf, kommst du dann runter oder meinst du, ich werde dich tragen müssen?«

Rachel nickte und streckte ihren Daumen hoch. »Ich schaff das!« Sie grinste und sah zu, wie er mit seinem Knackpo immer drei Stufen auf einmal nehmend die Treppenstufen hinaufsprang.

Ließ sie sich etwa schon wieder um den Finger wickeln? Sei's drum. Auf einmal hatte sie keinen Brötchenappetit mehr, zumal sie das Geld vergessen hatte. Aber wenn sie schon mal hier war, konnte sie wenigstens die Rosen besuchen.

Der Strauch war niedriger als ursprünglich und ein wenig lichter, aber ansonsten hatte er sich inzwischen erstaunlich gut von der Attacke erholt, sogar neu ausgetrieben und tatsächlich zahlreiche Knospen und Blüten angesetzt. Rachel schnupperte. Der Duft dieser Blumen war wirklich etwas ganz Besonderes. Vielleicht sollte sie Helen ein paar Rosen ins Krankenhaus bringen? Suchend sah sie sich nach Humphrey um. Aber an diesem Tag war von dem alten Mann keine Spur zu sehen, und ohne ihn um Erlaubnis zu fragen, wollte sie dem Busch auf keinen Fall zu nahe kommen.

Eine Weile tigerte sie planlos hügelauf, hügelab im Garten umher. Irgendwann beschloss sie, dass es eine gute Idee sein würde, Kathy nach Neuigkeiten von Helen zu fragen und so oder so noch einmal ins Krankenhaus zu fahren. Irgendwann mussten sie sie ja schließlich zu ihr lassen.

Kathy war nicht zu Hause, also setzte Rachel sich alleine aufs Rad, hielt kurz am Blumenladen an und setzte ihre Fahrt mit einem farbenfrohen Strauß Sommerblumen, der Helen bestimmt gefallen würde, fort.

Im Eingangsbereich des Krankenhauses lief sie Kathy und Josh über den Weg. »Hey! Wir haben versucht, dich zu erreichen, aber du warst nicht da!«, wurde sie von Kathy begrüßt.

»Dito«, grinste Rachel. »Ich war ein bisschen im Garten und hab dann bei dir geklopft. Gibt's was Neues?«

»Da waren wir wohl schon weg«, antwortete Kathy. »Der

Pförtner konnte uns nichts sagen, er behauptet, er wäre nicht befugt, uns Auskunft zu geben. Aber sie wollten uns jemanden runterschicken.«

»Was heißt, er ist nicht befugt, Auskunft zu geben? Wir waren es immerhin, die den Krankenwagen gerufen haben. Die kennen uns hier doch. Das ist ganz schön komisch, oder?« Rachel gruselte es plötzlich. Es kostete sie enorme Willenskraft, die konfusen Bilder wegzudrängen, die ungebeten in ihrem Kopf Gestalt annehmen wollten.

Zwei Kittel kamen auf sie zu. In dem einen steckte die Schwester, die Rachel gestern genötigt hatte, die Botschaft an Helen weiterzugeben. In dem anderen steckte ein Schlipsträger mit lose baumelndem Stethoskop um den Hals, der sehr ernst und wichtig dreinschaute. Er roch nach Desinfektionsmittel und sah auch schon so antiseptisch aus. Rachel fiel wieder einmal auf, wie wenig sie Krankenhäuser mochte.

»Wieso willl der Pförtner uns nichts über unsere Freundin sagen?«, platzte Rachel heraus.

»Ich wünsche ebenfalls einen schönen Tag, wie geht es Ihnen?«, begrüßte sie der Arzt förmlich. Die Schwester musste grinsen.

»Mir geht es nicht gut, weil ich nicht weiß, was mit meiner Freundin Helen ist«, schimpfte Rachel. Kathy knuffte sie in die Seite, woraufhin Rachel schuldbewusst hinzufügte: »Aber danke, dass Sie sich Zeit für uns nehmen.«

Der Mediziner zog die Augenbrauen hoch und seufzte. »Glauben Sie mir, ich weiß es zu schätzen, gerade in so einer Situation, dass Sie als Freunde Interesse an unserer Patientin zeigen.«

»Aber?«, fiel ihm Rachel ins Wort.

»Nun, Sie haben sicher von der ärztlichen Schweigepflicht gehört und ich habe ganz sicher nicht vor, dagegen zu verstoßen und für Sie ...« Er sah prüfend von einem zum anderen. »... eine Ausnahme zu machen, zumal den Eltern, die wir als nächste Verwandte natürlich informiert haben, ebenfalls sehr daran gelegen ist, dass die Privatsphäre unserer Patientin gewahrt bleibt. Aber anscheinend«, er schmunzelte verhalten, »geht es der jungen Dame genauso wie Ihnen, und da sie über achtzehn ist ...« Er sah die Schwester an, die für ihn weitersprach.

»Sie hat mich gebeten, Ihnen auszurichten, dass sie nach Truro ins Royal Cornwall verlegt wurde. Die haben eine Spezialabteilung für Psychotherapie. Aus meiner Erfahrung weiß ich, dass sie dort in den kommenden Wochen keinen Besuch empfangen darf und Handys verboten sind.« Sie kniff die Augen zusammen und fügte verschwörerisch hinzu: »Aber ich soll Ihnen ausrichten, dass sie Radio hören darf und das auch ganz sicher tun wird.« Die Mimik des Arztes änderte sich und bekam wieder den leicht blasierten Ausdruck. »Was immer sie damit sagen wollte, entzieht sich meiner Kenntnis.« Damit wollten sich die beiden anscheinend verabschieden.

»Ja, aber ...«, haspelte Rachel und sah hilflos von einem zum anderen. Kathy sprang ein. »Wie geht es ihr denn überhaupt? Das ist doch das Allerwichtigste. Haben Sie eine Ahnung, welche Sorgen wir uns machen?! Hat sie viel Blut verloren? Wird das heilen? Und wie lange muss sie im Krankenhaus bleiben?«

Die Schwester sah den Arzt an. Der zuckte mit den Achseln, was offenbar sein Einverständnis signalisieren sollte, und ging. Die Krankenschwester blieb zurück und antwortete freundlich: »Solche Verletzungen sehen meist schlimmer aus, als sie sind. Was vor allem heilen muss, ist die Seele. Und das wird eine Zeit brauchen. Sie ist rechtzeitig zu uns gekommen und in Truro in sehr guten Händen. Rufen Sie nächste Woche mal dort an. Das müsste in Ordnung sein.«

»Wir fahren hin«, entschied Rachel trotzig und drückte der verblüfften Krankenschwester im Gehen die Blumen in die Hand. »Danke trotzdem.«

»Immerhin wissen wir jetzt, wo sie ist und dass es ihr gut geht«, fasste Josh zusammen, als sie allein waren.

»Das haben sie so nicht gesagt«, schränkte Kathy ein.

»Sie ist nicht in Lebensgefahr. Das ist ein Anfang«, sagte Rachel. »Wenigstens was. Also auf nach Truro.«

Kathy sah auf ihre Uhr. »Das schaffen wir heute nicht mehr, denk an deinen Auftritt ... echt süß, dass Helen den selbst im Krankenhaus nicht verpassen will. Und wenn die Schwester sagt, die lassen uns eh nicht rein, sollten wir sicherheitshalber doch erst mal dort anrufen.«

»Kriegen die den Sender denn in Truro noch rein?«, wunderte sich Rachel.

»Offensichtlich«, meinte Kathy und zwinkerte ihr zu. »Jetzt sollten wir dich mal ein wenig hübsch machen, was Vernünftiges essen und dir vor deinem großen Auftritt was anderes anziehen.«

»Das ist Radio, kein Fernsehen«, gab Rachel altklug zurück. »Und ich kriege eh keinen Bissen runter.«

Letztendlich landeten sie doch bei ihrem Lieblingsitaliener, weil sie auf dem Heimweg daran vorbeikamen und man die Räder dort prima parken konnte. Rachels Magen knurrte inzwischen laut genug, dass der Kellner ihr augenzwinkernd die doppelte Portion Weißbrot vor dem Essen hinstellte.

Als sie zahlten, war es plötzlich halb vier und Rachel war sich sicher, weder in die Jeans zu passen, die sie für den Auftritt ausgesucht hatte, noch einen einzigen richtigen Ton lange genug halten zu können.

»Ich werde kurzatmig herumjapsen«, schwor sie, während sie den Berg hinaufkeuchte. »Genau wie jetzt!«

»Wir werden dich trotzdem noch zum Schwimmen mitnehmen, auch wenn es ein Fiasko wird«, versprach Kathy mitleidslos.

»Vielleicht gerade«, ergänzte Josh. »Damit du die Kalorien wieder loswirst – oder um dich unterzutunken.«

»Ihr seid echt ein toller Trost«, grunzte Rachel und strampelte verbissen weiter. Wenn es etwas an Cornwall gab, auf das sie getrost verzichten könnte, dann waren es garantiert die viel gerühmten grünen Hügel. Zumindest in den Städten waren die mehr als nutzlos, extrem anstrengend und obendrein überhaupt nicht grün.

14

Als sie endlich am Schloss ankamen, stand Caleb bereits in den Startlöchern. »Wo bleibst du denn? Und wo warst du überhaupt?«, fragte er nervös und sah auf seine Uhr.

Rachel grinste. *»Du* bist aufgeregt, ausgerechnet du? Ich dachte immer, du wärst die Ruhe selbst«, schmunzelte sie. »Das macht dich ja irgendwie menschlich.«

»Bin ich normalerweise auch, aber die haben eine Planänderung. Wir sollen eine halbe Stunde früher da sein. Wieso hattest du denn dein Handy nicht mit?«

»Ach, du heiliges Kanonenrohr!« Rachel wurde bleich. »Das liegt oben auf der Kommode. Hab ich wohl vorhin vergessen.«

Caleb stöhnte. »Du brauchst dich nicht zu wundern, wenn ungefähr zehn Nachrichten drauf sind, alle von mir. Wie lange brauchst du?«

»Zehn Minuten?« Rachel sah ihn fragend an.

»Fünf!«, korrigierte Caleb und Rachel sprintete los. Sport war auch etwas, das leicht überbewertet wurde. Jetzt war ihr so richtig schlecht und sie konnte nicht einmal einordnen, ob das von der Aufregung kam oder weil die Pizza so herumgeschüttelt wurde, dass sie ihren Magen für einen Cocktailshaker halten musste.

Sie brauchte vier Minuten, um umgezogen, mit Handy und hastig vollgestopfter Handtasche wieder unten zu sein.

»Willst du gar nicht wissen, wie es Helen geht?«, fragte Rachel, während sie in Calebs Twingo lostuckerten.

Caleb reagierte nicht gleich, er war zu sehr mit dem Verkehr und der Schaltung seines Wagens beschäftigt. »Cal?«, hakte sie nach.

»Was? Ach so, nein, natürlich ... wie geht es ihr? Habt ihr denn dieses Mal mit ihr sprechen können?«

Rachel schüttelte den Kopf und sah nach vorn, damit ihr nicht noch schlechter wurde.

»Sie ist verlegt worden, nach Truro.«

»Ach was«, sagte Caleb leichthin.

»Bist du gar nicht erstaunt darüber?« Rachel runzelte die Stirn.

Mit einem fürchterlichen Kreischen rastete der nächsthöhere Gang ein. Rachel verzog schmerzlich das Gesicht. »Soll ich mir das mal ansehen bei Gelegenheit?«

»Nein, nein, alles gut«, behauptete Caleb. »Ich hab mir das nur schon gedacht.«

»Ach was«, wiederholte Rachel seinen Ausspruch.

»Für solche Fälle sind die hier unten nicht wirklich ausgelegt«, erklärte er. »Das ist der übliche Ablauf. So, wir sind da. Bereit?« Er zog seinen Gitarrenkoffer vom Rücksitz und lächelte.

Rachel wünschte sich etwas von Calebs Sorglosigkeit. Sie schluckte und beäugte beklommen das Gebäude hinauf bis zur Leuchtreklame. »Frag mich hinterher, ob ich überlebt habe, okay?« Mit wackeligen Knien folgte sie ihm durch die Drehtür. An der Rezeption bat man sie zu warten. Die Wände waren mit Musikpostern und Konzertankündigungen tapeziert, davon waren allerdings die meisten schon vom Vorjahr oder noch älter.

Tagträumerische Fluchtgedanken überfielen Rachel unvermittelt. In einem romantischen Schmachtfetzen käme jetzt der jugendliche Held ins Bild geritten, überlegte sie. Er würde natürlich wie Grayson aussehen, sie vor den erstaunten Augen von Caleb zu sich auf den feurigen Schimmel heben, ihr das Studio ersparen und mit ihr in den Sonnenuntergang galoppieren. Leider war das hier keine billige Romantik-TV-Produktion, sondern das pralle Leben in einem kleinstädtischen Lokalradiosender. Grayson tauchte nirgends auf und Caleb sah nicht so aus, als ob er mit ihr Pferde stehlen wollte. Nicht jetzt jedenfalls. Ausgesprochen schade.

Rachel hatte Durst und wühlte in ihrer Handtasche nach der Plastikflasche, die sie eingepackt hatte. »Auch einen Schluck Wasser?« Sie wischte mit der Hand über die Öffnung und hielt ihm die Flasche hin.

»Oh, willst du mir das Wasser reichen?«, fragte er und präsentierte ihr sein unverwüstliches Gute-Laune-Grinsen.

Rachel streckte ihm die Zunge heraus und genau in dem Augenblick erschien natürlich die Redakteurin, um sie in Empfang zu nehmen und zum Studio zu begleiten. Wie peinlich!

Weil Caleb jetzt noch breiter grinste, boxte sie ihn unauffällig in die Seite. »Blödiot«, zischte sie. Die Redakteurin tat, als hätte sie nichts gehört, und lächelte in sich hinein.

Man bot ihnen eine Limo an und parkte sie in einer Sofaecke. Wenn Rachel sich anlehnte, hingen ihr die Blätter einer künstlichen Palme ins Gesicht, also musste sie notgedrungen etwas dichter an Caleb heranrücken. Der studierte emsig irgendwelche Notizen, die er sich zur Vorbereitung auf das Gespräch mit der Moderatorin gemacht hatte.

Durch Glaswände konnten sie das emsige Treiben in einem Großraumbüro beobachten. An ihnen vorbei waren ständig irgendwelche Mitarbeiter auf dem Weg zur Toilette, zur Teeküche, zu den Studios und den Sprecherkabinen. Mal hatten sie lose Zettel, mal benutzte Kaffeetassen in der Hand. Manche nickten freundlich, andere glotzten stur geradeaus. Irgendwie hatte es sich Rachel beim Radio ganz anders vorgestellt.

Endlich kam eine etwas untersetzte, kleine blonde Frau mit ziemlich starken Brillengläsern auf sie zu und streckte ihnen strahlend ihre Hand entgegen. »Hi, ihr müsst Caleb und Rachel sein. Ich bin Sophie und mache nachher das Interview mit euch. Wollen wir kurz mal den Inhalt durchgehen?«

Rachel schluckte alarmiert. »Interview? Davon hast du nichts gesagt, Caleb. Ich dachte, wir müssen hier einfach nur singen!«

»Nur die Ruhe«, schmunzelte er und tätschelte ihr Knie. »Ich mach das schon.«

Rachel wurde flau. »Ich glaub, ich geh noch mal zur Toilette.«

Du warst doch gerade?, schienen Calebs Augen zu fragen. Aber anscheinend hing er am Leben, denn er sprach es nicht laut aus.

Als Rachel zurückkam, war alles Wichtige offensichtlich geklärt. Caleb war aufgestanden, hatte seine Gitarre geschultert und sah Rachel abenteuerlustig an. »Wollen wir?«

»Jetzt schon?«

»Bringen wir's hinter uns«, meinte die Moderatorin und führte sie durch eine schallgedämmte Tür mit kleinem Fenster ins Studio.

Die Theke mit den Barhockern erinnerte Rachel irgendwie an eine Küche. Nur dass statt Leuchten Mikrofone von der Decke baumelten und statt Tellern Kopfhörer auf dem Tisch lagen. Auf der anderen Seite der Theke, an der Sophie Platz nahm, gab es statt Herd und Spüle eine Art Flugzeugcockpit mit allerlei Monitoren, Reglern und in Rot, Grün und Gelb blinkenden Tasten.

Sophie erklärte kurz die wichtigsten Funktionen. »Über diesen Rechner wird mir der Verkehrsservice zugespielt, da stehen die Mods, also die Moderationen drin, der Bildschirm hier zeigt den Sendeablauf. Alle Jingles, Teaser, Werbung, Beiträge und natürlich die Musik sind schon in der richtigen Ablaufreihenfolge eingespeichert. Wir haben also klare Zeitfenster, an die wir uns halten müssen. Dort wo ›Live‹ steht, das seid ihr. Wir haben zwanzig Minuten eingeplant, das geht superschnell vorbei, ihr werdet sehn.«

Rachel schluckte. Das war beinahe eine halbe Stunde – endlos lange. Wie sollte sie das nur überstehen, ohne ohnmächtig zu werden? »Und woher wissen wir, wann wir dran sind?«, fragte sie aufgeregt.

»Ich gebe euch Handzeichen. Wenn die rote Lampe leuchtet, sind wir On Air. Dann bitte nur Geräusche machen, wenn ich es sage.« Sophie grinste breit und bekam rote Bäckchen. »Aber Caleb kennt das ja schon, habe ich gehört.« Flirtete die ihn etwa an?

»Tust du?«, fragte Rachel tonlos.

»Alles easy!«, schwor Caleb und zwinkerte Sophie zu.

»Können wir ein bisschen das Fenster aufmachen?«, bat Rachel.

Sophie verneinte und sah Rachel mitleidig an. »Im Studio geht das leider nicht. Pfefferminz?«

Rachel nahm das Bonbon dankend mit schwitzigen Fingern entgegen.

»Wollt ihr später zum Musikmachen lieber stehen oder sitzen? Dann können wir die Mikros gleich entsprechend einrichten.«

»Stehen«, sagte Caleb.

»Sitzen«, bat Rachel zeitgleich. Sie wurde das Gefühl nicht los, dass ihr Kreislauf das Studio schlagartig und ohne Rücksprache verlassen würde, sobald die rote Lampe über Sophies Mikro leuchtete. Caleb gab seufzend nach.

Die Moderatorin lachte erneut und Rachel hätte ihre professionelle Fröhlichkeit gerne mit einem dieser Regler auf null gezogen.

Dann wurde es ernst.

Sophie verschwand hinter ihrem Mikro, Caleb und Rachel kletterten ihr gegenüber auf die Barhocker, setzten die Kopfhörer auf und hörten sich zusammen die Nachrichten an. Fasziniert stellte Rachel fest, dass die Stimme, die sie hörte, zu einer Sprecherin mit Punkfrisur und Piercings in der verglasten Nachbarkabine gehörte. Eine Nachrichtensprecherin hätte sie sich ganz anders vorgestellt, ihre Stimme stimmte irgendwie nicht mit der Optik überein. Rachel war verwirrt.

Die Punkerin war fertig und steckte den Kaugummi, den sie während der Nachrichten anscheinend unter das Pult geklebt hatte, wieder in den Mund. Auf einen Fingerzeig von ihr spielte Sophie die Eröffnungsmelodie ihrer Sendung ein. Ein paar Sekunden später begrüßte die Moderatorin Caleb und Rachel, die sich brav und ein wenig heiser mit »Hallo« vorstellten, und spielte den ersten Song ab, irgendwas von Rihanna. Nachdem das rote Licht wieder erloschen war, atmete Rachel erleichtert aus. Sie hatte die ersten zwei Minuten schon fast geschafft, ohne vom Stuhl zu kippen.

Als Rihanna ihren letzten Ton schmetterte, schaltete das Studiolicht wieder auf Rot. Kurzerhand zog Sophie die Mikros auf und stellte Caleb allerlei Fragen über Musik, das Komponieren und Texten und wo er schon überall gespielt hatte.

»Aber heute ist unser gut aussehender Lokalstar …«, sie flirtete ihn wirklich an! Unglaublich!, dachte Rachel, »… nicht mit seiner Band hier, sondern mit einem von ihm entdeckten Nachwuchstalent. Rachel, geht's dir gut?«

»Ich glaube, ja«, stammelte Rachel und hörte sich über die Kopfhörer heftig atmen.

Sophie blubberte weiter. »Zusammen sind sie *The Black Rose* und ihr hört den Talentshop von Jam FM. Bleibt dran!«

»Das versendet sich«, behauptete sie fröhlich, als Rachel sie völlig überrumpelt anstarrte, während der nächste Song lief. »So, Umbaupause.«

Caleb rückte seinen Hocker ein wenig von der Theke weg, hängte sich seine Gitarre um und ließ zu, dass Sophie lange sehr dicht vor ihm mit einem weiteren Mikrofon herumfuchtelte, angeblich um es passend zu justieren.

Bei Rachel gab es offenbar nichts zu justieren. Sie beschloss, sitzen zu bleiben, und drehte sich von Sophie weg zu Caleb hin.

»Nee, das geht so nicht, du musst ins Mikro singen«, protestierte Sophie.

»Kann ich dann vielleicht ein Handmikro haben?«, bat Rachel.

»Zu spät«, sagte Sophie und gab Caleb ein Zeichen.

Caleb klampfte das Intro, während er Rachel stumm den Takt vorzählte. Unsicher, aber immerhin auf den Punkt, setzte sie ein. Damit sie Sophie nicht ansehen musste, schloss sie die Augen. So einfach ging das. Zwischendurch riss sie sie einmal panisch wieder auf, weil sie fürchtete, ausgerechnet in ihrem Solopart den Text vergessen zu haben. Aber Caleb sang tonlos mit und zwinkerte ihr beruhigend zu, sodass sie doch noch die Kurve kriegte. Rachel schaffte es sogar zurückzulächeln. In diesem Augenblick hätte sie ihn knutschen können. Er war die Ruhe selbst und seine gelassene Ausstrahlung färbte auf Rachel ab.

Sophie lächelte nur noch der Form halber, während sie enthusiastisch klatschte. Eifersüchtig! Sie war tatsächlich eifersüchtig!

»Wow, Falmouth. Habt ihr das gehört, Leute? Das waren Rachel und Caleb alias *The Black Rose* mit *Seidengrüne Luftballons.* Sahnehammer! Da möchten wir doch gleich eine Zugabe hören. Seid ihr dabei?«

Rachel atmete erleichtert aus und ertappte sich dabei, total wirres Zeug zu denken. Ob es wohl jemanden wundern würde, wenn ein kleines Riesen-Mädchen das Studiodach abschraubte und zu ihnen hinunterriefe: »Wusste ich's doch, Mama hat gelogen, in meinem Radio sind drei kleine Männchen und sie machen Musik!« Rachel musste grinsen. Sie hätte sich gern erklärt, aber das rote Licht war schon wieder an.

Sophie nickte Caleb zu, der umgehend ihr nächstes Lied anspielte. Rachel nahm ihren ganzen Mut zusammen, griff sich noch im Intro das Mikro und sagte: »Das hier ist für Helen, unsere beste Freundin, die gerade im Krankenhaus liegt und uns ganz sicher zuhört. Wir vermissen dich, Süße, werd schnell gesund!« Caleb lachte und spielte eine Schleife. Vor Aufregung zitterten Rachels Knie wie Espenlaub, aber sie war stolz auf die kleine Eigenmächtigkeit.

Ihre Stimme war klar und sie ließ sich von den Harmonien im Duett mit Caleb tragen. Es störte sie auch überhaupt nicht mehr, dass Sophie sie anstierte wie ein gebohnertes Eichhörnchen. Sie klangen gut zusammen, mit der Gitarre und über Kopfhörer … und ein kleiner Teil von ihr genoss die Vorstellung, dass *sie* nachher mit Caleb nach Hause gehen würde, nicht Sophie.

Rachels Knie bebten immer noch, ihre Achselhöhlen klebten, aber sie hatte tatsächlich überlebt und mehr als das – sogar mit gutem Gefühl. Die zwanzig Minuten waren derart schnell vorbeigegangen, dass sich Rachel im ersten Moment gefragt hatte, ob ihre Uhr falsch ging oder Sophie sie absichtlich eher aus der Sendung warf. Aber es hatte alles seine Richtigkeit.

Nach ausgiebigen Abschiedsküsschen rechts und links, ein paar Werbekugelschreibern und einem Mitschnitt auf CD in der Tasche konnten sie endlich gehen. Je weiter sie das Studio hinter sich ließen, desto euphorischer und leichter fühlte sich Rachel. Sie tänzelte und hüpfte ausgelassen um Caleb herum und bombardierte ihn mit einer Menge »Hast du dies gesehen«- und »Hast du das gehört«-Fragen. Sie hängte sich sogar den ganzen Rückweg über glücklich an seinen Arm, was er sichtlich zu genießen schien.

»War gar nicht so schlecht, oder?«, fasste er schließlich zusammen, als sie das Auto erreicht hatten.

Gerade als er die Gitarre wieder auf dem Rücksitz verstaute, schossen Kathy, Melissa, Bruce und Josh johlend mit einer Flasche Sekt um die Ecke, spritzten die beiden damit nass und fotografierten ihre dummen Gesichter.

»Einmal knutschen fürs Foto«, forderte Kathy überschwänglich. Verlegen erfüllten Caleb und Rachel den Wunsch ihrer Fans. Bevor er sie wieder losließ, streichelte seine Hand verstohlen über ihren Rücken. Rachel suchte seine Augen, um darin etwas lesen zu können, aber er wurde bereits von Josh und Bruce mit Fragen überschüttet.

Dann bestürmten die Mädchen auch schon Rachel, quetschten sie über sämtliche Einzelheiten aus und ignorierten die teils knurrigen Passanten, die ihnen auf dem schmalen Bürgersteig um eine Sektpfütze herum ausweichen mussten.

»Wollen wir nicht erst mal nach Hause oder irgendwo anders hin?«, lachte Rachel. Plötzlich bemerkte sie auf der anderen Straßenseite eine Bewegung, die sie stutzen ließ. Dutzende von Leuten wuselten auf dem Bürgersteig herum, aber nur einer davon warf gerade ein Päckchen in einen Papierkorb und eilte um die nächste Straßenecke.

»Grayson? ... Da war Grayson ... Grayson!« Rachel achtete weder auf ihre Freunde noch auf die Autos, sondern spurtete, so schnell sie konnte, auf die andere Straßenseite. Jemand hupte sie an, die anderen riefen ihr hinterher, aber sie rannte weiter, dem Schatten nach.

»Grayson?!« Endlich gelang es ihr, ihn einzuholen. Sie packte ihn am Ärmel. »Warte doch. Wo willst du hin?«

Er blieb stehen, sah ihr kurz in die Augen und pflügte sich mit beiden Händen durch die Haare.

»Ich wollte nicht ... ich ...« Er sammelte sich und begann noch einmal, aber Rachel verstand nach wie vor nur

Bahnhof. »Ich hab dich im Radio gehört. Da dachte ich ... und dann habe ich die anderen gesehen. Dich und ... Caleb.«

»Verdammt, Grayson, was willst du eigentlich von mir? Du solltest wissen, was ich für dich empfinde. Du bist doch derjenige, der mich ständig abblockt und auf Abstand hält. Was soll ich denn bitte tun? Ins Kloster gehen? Garantiert nicht!«

»Rachel. Wenn er dir guttut, dann ...« Im selben Moment schüttelte er heftig den Kopf. »Nein, das ist nicht in Ordnung. Jeder andere Kerl auf dieser Welt, aber bitte nicht er!« Grayson holte Luft. »Ich habe kein Recht, dir das zu sagen, ich weiß, aber ...«

Rachel strahlte, obwohl sie sich kindisch dabei vorkam. »Bist du etwa eifersüchtig?« Doch die Ernüchterung folgte auf dem Fuß. Grayson atmete tief durch.

»Vielleicht. Anscheinend. Aber das darf keine Rolle spielen. Ich muss Dinge klären, ich muss weg, ich kann nicht bleiben ...« Rachel sah ihn einfach nur an.

»Herrgott noch mal, mach es mir nicht so schwer«, brach es aus ihm heraus. »Das kann nichts werden mit uns, ich bin ... ich darf dich da nicht mit reinziehen.«

»Und warum kommst du dann her?«, fragte sie. »Ein ums andere Mal und brichst mir das Herz, immer wieder neu, wenn ich mich gerade wieder sortiert habe?«

Grayson schnaufte schwer und schien mit sich zu ringen. Unvermittelt zog er sie an sich heran, zögerte einen Augenblick und sah ihr in die Augen. »Weil du du bist und ich dir einfach nicht widerstehen kann.« Dann küsste er sie und Rachel vergaß alles und jeden um sich herum. Es war ihr egal, dass sie mitten auf dem Gehweg standen und alle sie sahen. In seinem Kuss lag so viel Verzweiflung, Zärtlichkeit und Leidenschaft ... wenn man das kybernetisch hätte nutzen können, hätte es für einen Langstreckenflug nach Sri Lanka gereicht.

Doch da war es schon wieder vorbei und Rachel landete auf dem harten Asphalt von Falmouth, Cornwall, England.

»Mach das noch mal«, sagte sie leise, als er seine Lippen schließlich sanft von ihren löste.

»Du bist schrecklich«, beschwerte er sich stattdessen leise. »Das kann nicht gut gehen, Rachel. Du hast doch gesehen, ich bringe allen nur Unglück.«

»Du meinst doch wohl nicht Helen, oder?«, fragte Rachel. »Das ist doch vollkommener Blödsinn, das hat nichts mit dir zu tun!«

Grayson schüttelte den Kopf und kickte mit der Schuhspitze eine Zigarettenkippe über die Bordsteinkante. »Ich weiß nie, ob es ein Morgen gibt, keine Beziehung, Rachel. Es hat keinen Sinn. Nicht mit mir, nicht in diesem Leben.«

»Das ist mir egal«, sagte Rachel und drängte sich in seine Arme. »Halt mich nur einen Moment.«

Verzweifelt löste er sich. »Genau das meine ich«, erklärte er und hauchte ihr einen Kuss auf die in Falten gelegte Stirn. Er atmete tief durch. Es schien ihm wirklich schwerzufallen, sich von ihr loszumachen. Dann sah er auf seine Uhr. »Ich muss gehen.«

Verwirrt und aufgewühlt sah Rachel ihm nach.

»Kommst du?«, hörte sie plötzlich Calebs Stimme hinter sich. »Wir warten.«

Rachel zuckte zusammen. »Wie lange stehst du schon da?«

»Lange genug«, behauptete er und sah sie an. Sie konnte seinen Blick nicht deuten. »Die anderen wollen feiern«, sagte er. »Falls du nichts Besseres zu tun hast?«

Rachel schüttelte abwesend den Kopf. Sie hörte seinen Zynismus heraus, hatte aber keine Lust, darauf in irgendeiner Weise einzugehen. Grayson war bereits irgendwo zwischen den Menschen, den Autos und den Häuserreihen verschwunden. Die Begegnung eben wäre ihr beinahe wie eine Fata Morgana erschienen, wenn ihre Lippen nicht noch vibriert hätten. Das war alles, was ihr von ihm in diesem Moment blieb. Es hatte etwas Symbolisches.

Rachel folgte Caleb wie ein gescholtener Hund, dem sein Knochen geklaut worden war. Als sie an dem Papierkorb vorbeikamen, zögerte sie einen Moment und spähte hinein. Sie hatte also richtig gesehen. Es lag ein Päckchen darin, oder besser gesagt, ein in Papier geschlagener Strauß Blumen. Sie fischte ihn heraus, obwohl er etwas lädiert war. Schließlich war er für sie bestimmt gewesen und die Pflanzen sollten nicht umsonst abgeschnitten worden sein. Caleb hatte ihren kurzen Stopp anscheinend nicht bemerkt. Sie eilte ihm im Laufschritt hinterher, damit das auch so blieb. Erst im Auto spähte sie zwischen der Papierhülle hindurch und es war gut, dass sie saß. Es waren schwarze Rosen. Und es mussten fast alle Knospen sein, die der Strauch inzwischen hervorgebracht hatte.

Am nächsten Tag regnete es in Strömen. Als ob jemand die Luft aus den Wolken gelassen hatte, sodass der Himmel über Cornwall in sich zusammensackte und alles an Flüssigkeit hergab, was darin gespeichert gewesen war.

Seit Stunden stierte Rachel über der inzwischen dritten Tasse Tee in das graue, nasse Nichts und auf den Rosenstrauß. Sie fuhr zusammen, als es polternd klopfte.

Vor ihrer Wohnungstür stand schwer atmend »Humphrey?«. Der alte Mann trug wie immer seine Mütze, hatte den Kragen seines Ölmantels hochgeschlagen und tropfte auf ihre Fußmatte. Selbst an seiner Nasenspitze hing ein Regentropfen.

»Ist was passiert?«, fragte Rachel verwundert. Sie hatte Humphrey noch nie im Haus gesehen, geschweige denn auf ihrer Schwelle.

Der Gärtnermeister schüttelte unwirsch den Kopf und japste. »Ganz schön viele Treppen.« Dabei fummelte er umständlich irgendetwas Widerspenstiges aus seiner Jackentasche. »Hier. Pass du drauf auf. Was soll ich denn damit?« Er schüttelte den Kopf. »Schlepp ich schon seit Tagen mit mir rum.«

»Was ist das?,« fragte Rachel irritiert, als er ihr den kleinen Schlüssel energisch in die Hand drückte.

»Ein Schlüssel«, erklärte er etwas ungeduldig. »Zum Schwimmbad. Vom jungen Wolf. Der Hausmeister ist nicht da und geben würd ich ihm den sowieso nicht. Wer weiß, wen der alles in den Pool lässt. Und du bist verantwortungsbewusst, das weiß ich.« Er wandte sich wieder zum Gehen.

»Kann ich Ihnen einen Tee anbieten?«, fragte Rachel.

Doch Humphrey winkte ab. »Muss zusehen, dass mir meine Dahlien nicht wegschwimmen, lass gut sein. Bist 'n Goldstück, da hat er schon recht.« Damit ließ er sie stehen und schlurfte ächzend davon.

Rachel hatte mindestens drei Fragezeichen im Gesicht.

Kopfschüttelnd hockte sie sich wieder auf ihr Sofa und drehte unaufhörlich den Schlüssel in ihren Händen. Es war gruselig, an das leere Schwimmbad zu denken und an das, was vor ein paar Tagen darin passiert war. Doch je mehr sie darüber grübelte, desto schlimmer wurden die Erinnerungen und Bilder in ihrem Kopf. Ein Satz ihrer Großmutter fiel ihr ein: »Um dem Horror den Schrecken zu nehmen, muss man hinschauen.« Damals hatte sie kurzerhand Licht im Kinderzimmer angemacht und aus dem Ungeheuer, das sabbernd mit ausgestreckten Klauen am Schreibtisch stand, wurde wieder der harmlose Bademantel über ihrem Stuhl.

Rachel seufzte und fasste einen Beschluss. Irgendwann musste sie das Schwimmbad wieder betreten. Beziehungsweise – wollte sie. Also würde sie es jetzt tun. Nur mal gucken, nicht schwimmen ... ganz allein, ohne die anderen. Die Bilder voller Blut gegen Erinnerungen an Grayson austauschen. Vielleicht war ja seine Wärme dort gespeichert und überwog Helens Tränen. Humphrey hatte den Schlüssel in ihre Obhut gegeben. Das machte sie irgendwie stolz. Es war ein großes Zeichen seines Vertrauens, seiner Zuneigung, dafür, dass sie etwas Besonderes für ihn war – egal, was er sonst sagte und erst recht, was die anderen behaupteten oder dachten.

Beschwingt schlich sie durchs Treppenhaus nach unten. Als sie den Schlüssel im Schloss drehte und hineinhuschte, kribbelte es in ihrem Magen, als ob sie etwas Verbotenes täte. Mit einem metallischen Geräusch fiel die Tür hinter ihr zu. Das Licht ging automatisch durch Bewegungsmelder an. Obwohl Rachel das wusste, fuhr ihr der Schreck in alle Glieder, sodass es sie fast schon gruselte. Zusammen mit den anderen war es hier ganz anders gewesen. Das einzige Geräusch neben ihrem beschleunigten Atem und dem Blut, das sie unter ihren Schläfen pochen hörte, war das leise Sirren der Schwimmbadtechnik.

An den Duschen lief Rachel etwas schneller vorbei, die Vorhänge waren zum Glück zugezogen und alles war ruhig. Natürlich war alles ruhig, aber sie fühlte sich trotzdem wohler, als sie den eigentlichen Schwimmbadbereich erreicht hatte. Das Lachen der Clique schien darin noch gespeichert und von den Wänden echoten die fröhlichen Rufe ihres Ballspiels. Doch auch Helens Tränen waren in den Fliesen gefangen, auf der anderen Seite. Sie stellte ihre Schuhe vor die Glastür und schlüpfte in die Schwimmhalle.

So ganz ohne Menschen hatte dieser Raum etwas sehr Ruhiges, Friedliches. Das Wasser war unter einer Art schwimmenden Jalousie versteckt, wohl damit nicht zu viel davon in der tropischen Hitze hier drinnen verdunstete. Sie sah sich nach einer Steuerung um und entdeckte den Schalter hinter der Palme. Rachel konnte einfach nicht widerstehen und drehte ihn. Surrend und knarzend fuhr das Rollo zurück und rollte sich auf.

Durch das Muster in den Milchglasfenstern fiel Sonnenlicht ins Wasser. Die Strahlen spielten mit den sich kräuselnden Wellen, die durch die Bewegung der Jalousie entstanden waren. Irgendwie poetisch, fand Rachel. Licht und Wasser berührten sich, tanzten miteinander und konnten doch verschiedener nicht sein. Ein schöner Gedanke in einem Raum, in dem die Zeit stillzustehen schien. Und in dem es superheiß war.

Wie lange war sie eigentlich schon hier drin, zwei Minuten, drei? Sie setzte sich an den Beckenrand, Schweißperlen bildeten sich auf ihrer Stirn. Eigentlich blöd, dass sie keine Badesachen mitgenommen hatte. Na ja, zumindest konnte sie die Füße ein wenig ins Wasser baumeln lassen ... und ihre Bluse ausziehen. Es war ja kein Mensch hier ... und es war wirklich unerträglich warm. Schließlich zog Rachel auch ihre Jeans aus, damit sie nicht nass wurde, und saß nur noch in Höschen und BH am Beckenrand. Viel besser.

Das Wasser war kühl, aber viel wärmer als normalerweise in Hallenbädern. Und wenn sie doch ... sich nur ein bisschen treiben lassen, tragen lassen, träumen? Es war ja niemand hier. Sie hatte als Einzige den Schlüssel und von außen konnte man das Schwimmbad nicht einsehen. Eine Millisekunde lang überlegte sie, den Schlüpfer anzulassen, aber das war auch albern.

Sie kam sich ein bisschen unanständig vor, als sie ihre Unterwäsche auszog und sich langsam ins Wasser gleiten ließ. Die einzigen Badewannen, in denen sie sich bisher nackt getummelt hatte, waren entschieden kleiner gewesen. Rachel schloss die Augen und ließ sich auf dem Rücken vom Wasser tragen, sie schwebte. Es war prickelnd, sich zu bewegen und dabei Luft und Wasser an Körperpartien zu spüren, die normalerweise bedeckt waren. Sie fühlte sich frei. Schwerelos. Losgelöst von allem, was sie eben noch beschäftigt hatte. Das Licht reflektierte an den Wänden und schimmerte rötlich durch ihre geschlossenen Augenlider. Ihre Ohren lagen unter der Wasseroberfläche, filterten gurgelnd die Geräusche um sie herum, drückten sie weg, dämpften den Schall. Ob Babys im Mutterleib so geschützt die Welt um sie herum wahrnahmen?

Sie träumte. In ihrem Traum ließ sich Grayson ins Wasser gleiten, schwamm zu ihr und berührte sie ganz sacht, damit sie sich nicht erschrak. In Wirklichkeit hätte sie seine Anwesenheit natürlich schon längst gespürt und nur auf ihn gewartet, auf seine Hände, seinen Mund, sei...

Ein Schatten fiel über Rachels Gesicht. Erschrocken riss sie die Augen auf, nahm eine Gestalt am Beckenrand wahr, schnellte herum und schluckte dabei jede Menge Wasser. Hustend und röchelnd tauchte sie wieder auf, schnappte nach Luft und zog sich an den Beckenrand.

»Grayson!«, keuchte sie und sah ihn völlig verdattert an.

Er schien sich königlich zu amüsieren.

»Deinetwegen wäre ich fast ertrunken!«, fauchte Rachel aufgebracht.

Seine Mundwinkel zuckten. »Dann hätte ich wohl hineinspringen und die schöne Meerjungfrau retten müssen.«

»Wie kommst du überhaupt hier rein?«, schimpfte sie weiter, auch um die peinliche Situation zu überspielen. Schlagartig wurde sie blass. »Oh Gott, nein, ich hab aber nicht den Schlüssel draußen stecken lassen?«

Grayson beruhigte sie. »Nein, hast du nicht. Ich hab doch schon mal erwähnt, dass meine Wohnung einen eigenen Zugang zum Pool hat. Die Tür neben dem Technikraum. Genau deshalb hat mir der Verwalter damals auch den Schlüssel für die Haupttür gegeben. Und jetzt hast du ihn also.« Er sah sie an und ein feines Lächeln umspielte immer noch seinen Mund, während er in Seelenruhe sein T-Shirt über den Kopf streifte und neben Rachels Unterwäsche auf den Boden warf.

»Was hast du vor?«, fragte sie ihn beunruhigt.

Er zuckte mit den Schultern. »Es ist ziemlich tropisch hier drin. Das ist ein Schwimmbad. Entweder du kommst raus oder ich komm rein.«

»Ich … ich bin nackt«, quietschte sie heiser und spürte, wie sie wieder einmal rot wurde.

»Ich weiß«, sagte Grayson lapidar und fingerte an seiner Jeans herum.

»Grayson, lass das«, bat sie und drehte sich weg.

»Mir ist aber warm.« Als sie wieder hinsah, saß er keusch in seinen Boxershorts am Beckenrand und ließ die durchtrainierten Beine ins Wasser hängen. »Also, was ist? Kommst du raus?«

»Ich kann nicht«, jammerte Rachel.

»Gibt es da etwas, das ich noch nicht gesehen habe?«, fragte Grayson spitzbübisch.

»Ich habe kein Handtuch«, beschwerte sich Rachel. »Ich wollte ja gar nicht baden gehen. Ich hab hier nur gesessen und nachgedacht und …«

»So wie ich jetzt?«, unterbrach er.

»Ja … nein … ich …«, stotterte Rachel hilflos.

Grayson lächelte. »Ich hol dir ja schon eins.«

Rachel wusste nicht, ob sie dankbar oder wütend auf ihn sein sollte, dass er die Situation so ausgenutzt hatte. Aber anscheinend hatte er für den Augenblick genug gespielt, denn wie ein Gentleman legte er ihr ein riesiges flauschiges Handtuch an den Beckenrand und ging brav in Richtung der Liegestühle, während Rachel sich aus dem Pool stemmte, in ihre Unterwäsche schlüpfte und in das Handtuch wickelte.

»Wie geht es Helen?«, erkundigte er sich.

»Sie lassen uns nicht zu ihr«, berichtete sie geknickt. »Anscheinend haben sie sie nach Truro verlegt. Sie hat Handyverbot und vor nächster Woche wird sich da nichts tun, meinten die im Krankenhaus.«

Graysons Miene verfinsterte sich. »Das wollen wir mal sehen.«

Eigentlich wollte Rachel nicht über Helen sprechen. Nicht jetzt. »Können wir miteinander reden? Über uns? Bevor du wieder wer weiß wohin verschwindest?«

»Bitte Rachel, setz mich nicht unter Druck«, bat er.

»Das will ich doch gar nicht. Ich hätte nur gern ein paar mehr Informationen, verstehst du? Du kommst und gehst, wann es dir passt. Und dann tust du immer so kryptisch und geheimnisvoll ... als Nosferatu am Staatstheater könntest du problemlos Karriere machen!«

»Bitte keine Vampire«, schmunzelte Grayson.

»Ich mein's ernst«, beharrte sie. »Was ist los, was ist da zwischen dir und Caleb? Und was hat das alles mit dem Tod dieser Amelia zu tun?«

Sie hielt die Luft an. Jetzt war es raus. Wie würde er reagieren? Aufspringen und weglaufen? Zu Staub zerfallen? Sich mit einem leisen Puff in Luft auflösen?

»Was weißt du von Amelia?«, fragte er leise.

»Viel zu wenig«, gab Rachel zu und entspannte sich ein klein wenig. »Das sind ja alles nur Gerüchte und keiner sagt was. Ich weiß von dem Unfall, dass du am Steuer gesessen hast, dass es aber anscheinend kein rechtskräftiges Urteil gab und dass Caleb ...« Sie biss sich auf die Unterlippe. Vielleicht wusste Grayson davon gar nichts oder sie bohrte in Wunden, die noch tiefer waren, als sie ahnte?

»Dass Caleb was?«, nahm er den Faden auf. Nun war es eh zu spät.

»Dass er wohl auch irgendwas mit ihr ... also, dass sie sich nahestanden. Ich habe ein Foto gefunden.«

Grayson knurrte abfällig.

»Grayson, ich verstehe das alles nicht. Wieso sind sämtliche Artikel darüber in der Bücherei geschwärzt? Und was hat das alles mit dir – mit uns zu tun? Ist sie der Grund, warum du dich nicht neu verlieben willst?«

Zum ersten Mal, seit sie das Thema angesprochen hatte, sah er sie an. Schmerz, Wut, Leid, all diese Gefühle stürmten in seinen Augen durcheinander. »Neu?« Er schüttelte leicht den Kopf, schloss die Augen, und als er sie wieder öffnete, hatte er seine Emotionen wieder im Griff.

»Ich kann nicht darüber reden. Bitte hör auf.«

»Was?«, entfuhr es Rachel. Sie hatte mit allem gerechnet, aber nicht mit dieser totalen Blockade.

»Bitte, vertrau mir. Es ist nicht, wie du denkst.«

»Es ist nicht, wie du denkst?«, widerholte sie aufgebracht. »Das sagen geschminkte Männer, die man mit Tütü in Muttis Wandschrank entdeckt hat!« Sie blickte ihn wütend an. »Und wenn wir schon dabei sind, warum hast du den Rosenbusch zerstört? So viel sinnlose Gewalt macht mir Angst.«

»Den Rosenbusch?«, fragte Grayson erstaunt.

»Ja, die schwarzen Rosen! Humphrey hat gesagt ...«

Grayson unterbrach sie. »Humphrey hat mir erzählt, dass du ganz verliebt in den alten Strauch bist, und da dachte ich mir, ich mache dir eine Freude, wenn ich dir ein paar davon pflücke – zur Feier deiner Radiopremiere. Sentimental ja, kitschig von mir aus. Aber verwüstet würde ich das nicht nennen.«

»Du hast echt keine Ahnung, oder?«, stellte Rachel erschüttert fest.

»Offensichtlich nicht«, gab Grayson ihr recht und schickte sich an zu gehen.

Rachel schnitt eine Grimasse, als ob sie auf eine Zitrone gebissen hätte. »Halt, warte. Du warst es also tatsächlich nicht?« Sie ärgerte sich, dass sie Humphrey nicht geglaubt hatte. Aber wer steckte dann dahinter? »Jemand hat den Strauch zerstören wollen, am Tag nach unserem ... also, als wir zusammen am Strand waren.«

Grayson blieb stehen. »Wer sollte denn bitte so etwas Bescheuertes tun?«

»Na ja, du offensichtlich nicht«, gab sie zerknirscht zurück. »Aber was soll ich denn denken? Was soll ich von alldem halten, wenn mir niemand was sagt?« Tränen schossen ihr in die Augen und sie wischte sie trotzig weg. Sie würde ganz bestimmt nicht losheulen wie ein albernes Schulmädchen.

Grayson kam zurück und streckte seine Hände nach ihr aus. »Rachel. Bitte vertrau mir.« Er berührte sie am Arm, doch sie schlug ihn weg.

»Was denn jetzt? Du musst dich schon entscheiden! Soll ich dir vertrauen oder mich von dir fernhalten? Ich hab nämlich nicht die geringste Ahnung, ob du es ernst meinst oder nur mit mir spielst ... Oder bist du ein Verbrecher? Frauenmörder? Und von Caleb soll ich mich auch fernhalten? Aber warum eigentlich? Ist er am Ende noch viel schlimmer als du? Was soll ich denken, Grayson? Wie soll ich mich denn nur verhalten? Ich will dich, mehr als alles andere auf der Welt. Du sagst, dir geht es genauso, aber dann machst du wieder einen Rückzieher und haust einfach ab, verschwindest Gott weiß wohin. Ich halte das nicht aus. Ich kann das nicht! Lass mich in Ruhe!«, schluchzte sie.

Na prima, jetzt heulte sie doch.

Sie sprang auf und stolperte dabei beinahe über ihr Handtuch, das sie wütend fallen ließ. Dann packte sie Jeans und Bluse und rannte, wie sie war, zur Tür hinaus und die Treppe hinauf in ihre Wohnung. Niemand begegnete ihr, obwohl sie in der Verfassung liebend gern jemanden angebrüllt hätte. So konnte sie bedauerlicherweise nur ihre Tür zuknallen, dass es schepperte, und sich schluchzend aufs Bett werfen. Jetzt hatte sie vermutlich alles versaut. Herzlichen Glückwunsch, Rachel McIntyre!

15

Die Tage vergingen. Grayson war erneut verschwunden und diesmal konnte Rachel es ihm nicht einmal verdenken. Vielleicht war Falmouth auch einfach von Anfang an eine bescheuerte Idee gewesen. Vielleicht sollte sie ihren Vater anrufen und ihn bitten, sie von hier wegzuholen. Vielleicht, vielleicht, vielleicht. Meine Güte, das Semester hatte noch nicht einmal begonnen und sie saß bereits mittendrin in einem Scherbenhaufen, der dem zu Hause nur unwesentlich nachstand. Vorläufige Bilanz: eine Freundin im Krankenhaus, zwei unglückliche, vergeigte Lieben – darunter ein Psychopath und ein Kiffkopp – plus eine mysteriöse Tote. Gar nicht so schlecht für die paar Wochen.

Rachels Blick fiel auf ihr Handy und sie bemerkte, dass sie eine neue Nachricht bekommen hatte. »Wenn du das bist, Grayson Wolf, dann bleib, wo der Pfeffer wächst.«

Doch es war Helen. Rachel war erleichtert und geschockt zugleich.

Viermal las sie sich die SMS durch. Schließlich konnte sie den kurzen Text auswendig, aber das hieß nicht, dass sie ihn verstanden hatte. Ratlos rannte sie eine Etage tiefer und klingelte bei Kathy Sturm.

»Helen hat sich gemeldet«, platzte sie heraus, sobald Kathy die Tür einen Spaltbreit geöffnet hatte.

»Dir auch einen schönen guten Morgen und nein, du störst nicht, komm ruhig rein, magst du mit uns frühstücken – ach, du bist ja schon drin«, erwiderte Kathy seelenruhig. Sie hatte offenbar gerade frisch geduscht, denn sie trug die Haare unter einem Handtuchturban und gurtete gerade ihren Morgenmantel zu. Im Bad hörte Rachel Josh pfeifen. Seit Helen im Krankenhaus war, war er in der Mädchen-WG quasi eingezogen und hatte Melissa Platz gemacht, die Bruce in letzter Zeit sehr häufig besuchte. »Auch einen Tee?«

»Ja, gern«, knurrte Rachel. »Morgen«, holte sie nach. »Gut ist der allerdings nicht.«

»Wer? Der Tee?«, fragte Kathy verdutzt.

»Nein, der Morgen.« Sie atmete geräuschvoll aus. »Willst du denn gar nicht wissen, was Helen geschrieben hat?«

»Oh, hat sie sich gemeldet wegen später? Passt es also mit der Besuchszeit, wenn wir um drei hier losfahren?« Kathy schlurfte zum Kühlschrank und kramte in einer Seelenruhe, die Rachel weiter die Palme hinauftrieb, Butter, Marmelade und Sahne hervor.

»Nein, das ist es ja! Nichts passt. Stell dir vor, sie will uns nicht sehen!« Eigentlich mehr aus dem Bedürfnis heraus, irgendetwas in den Fingern zu haben, als zu helfen, öffnete Rachel den Geschirrschrank und zog klappernd drei Teller und Tassen heraus.

»Lieber morgen also?«, fragte Kathy, während sie Teeblätter in eine Porzellankanne füllte.

Wie konnte man so begriffsstutzig sein?!

»Nein, gar nicht! Bis auf Weiteres möchte sie uns lieber nicht sehen. Auf Anraten der Ärzte, stell dir das mal vor! Uns! Man habe ihr aus therapeutischen Gründen empfohlen, den Umgang auf einen Freund zu beschränken, und rate mal, für wen sie sich entschieden hat!« Schwungvoll klirrend verteilte sie das Geschirr auf dem Tisch.

»Du hinterlässt mir aber keine hässlichen Flecken auf dem Teppich, wenn du explodierst, ja?« Kathys extrem trockener Humor zog sonst immer bei Rachel, aber diesmal war sie zu sehr in Fahrt.

»Was ist denn los?«, meldete sich nun Josh zu Wort und griff nach der Milchtüte, um daraus zu trinken.

Kathy ließ eine Ladung Brot im Toaster verschwinden. »Helen hat uns für heute und morgen abgesagt.«

»Sie will uns *gar nicht* sehen! Sie hat sich für Caleb entschieden. Er hat sich angeblich schon vor der ganzen Sache um sie ›gekümmert‹ und sie hofft, dass es mir nichts ausmacht. Aber *wir* sind doch ihre besten Freundinnen? Was geben die ihr da eigentlich für einen Mist im Krankenhaus?«

Josh spuckte die Milch wieder aus, zum Glück über der Spüle.

«Ih, du Ferkel«, schimpfte Kathy. »Das ist eklig. Wie oft soll ich dir noch sagen, dass man nicht direkt aus der Tüte trinkt, die Milch wird sauer durch deine Spucke. Und diese Spritzer machst du bitte selber weg.«

»Alles, was du willst, mein Schatz. Außerdem war die Milch fast leer, die hatte gar keine Chance mehr, sauer zu werden.«

»Ich aber«, grummelte Kathy.

»Hallo, Leute«, mischte sich Rachel ein. »Habt ihr nicht gehört, was ich gerade gesagt habe?«, protestierte Rachel. »Warum zieht sie bitte schön Caleb uns vor?«

»Keine Ahnung«, antwortete Kathy. »Du kennst doch Helen und ihre Männergeschichten. Außerdem ändert es doch nichts, wenn wir uns aufregen. Ich brauche jetzt erst mal was zu essen.«

»Hormoooone!«, trällerte Josh grinsend und führte einen albernen Tanz auf.

An die Möglichkeit, dass Caleb sich mit einem Mal in Helen verschossen hatte, hatte Rachel ja noch überhaupt nicht gedacht. Darum war Caleb in letzter Zeit immer so beschäftigt gewesen und hatte sogar darauf verzichtet, mit Rachel zu proben. Natürlich! Das machte Sinn! Und sie hatte ihm noch vorgeschlagen, einen weiteren Song aufzunehmen!

Sie äffte ihre eigene Stimme nach: »Ich hab auch etwas geschrieben. Vielleicht hast du ja Lust, was draus zu machen. ›Berührt, begehrt, erwacht ...‹«

»Was?«, fragte Kathy begriffsstutzig.

»Nichts«, sagte Rachel. »Ich hab mich nur ein wenig zum Affen gemacht. Seit wann steht Helen denn bitte schön auf Caleb?«

»Eifersüchtig? Ich dachte, du hast ihn abblitzen lassen?« Ratlos sahen Kathy und Josh Rachel hinterher, als sie zur Tür hinausstürmte.

»Verstehst du das?«, hörte sie Kathy noch fragen.

»Hormone!«, vermutete Josh erneut. »Haben wir noch Milch?«

Rachel stürmte in der WG an einem verwunderten Bruce vorbei und hämmerte wütend an Calebs Tür. Niemand öffnete. »Na, komm schon, lass mich rein«, brüllte sie das Türblatt an. »Du bist bestimmt da oder verbringst du jetzt schon die Nächte in Truro?«

Nebenan ging eine Tür auf. »Oh, Rachel, schrei doch nicht so! Es ist noch nicht mal zehn.« Melissas verschlafener Kopf hing in den Flur und gähnte.

»Weißt du, wo Caleb ist?«

Melissa schüttelte den Kopf. »Warum? Muss ja ziemlich wichtig sein ... Ich brauch erst mal einen Tee.«

Rachel rannte schnaubend an ihr vorbei. »Ist bei Kathy schon fertig. Kannst meinen haben. Ich brauch jetzt was Stärkeres.«

Wieso fanden die anderen diese Neuigkeiten eigentlich nicht so wichtig? Da gab es tagelang kein Lebenszeichen von Helen und nun das! Wieso hatte Caleb auf einmal so ein Interesse an Helen – und umgekehrt? Und wieso hatte er ihnen nichts davon erzählt? Rachel grübelte sich immer mehr in Rage. Helen fehlte ihr. Sie wäre der einzige Mensch gewesen, mit dem sie über so etwas reden hätte können – nur dass sie offensichtlich befangen war und unzurechnungsfähig noch dazu!

Rachel lief hinunter, sie wollte in den Garten. Sie brauchte frische Luft und musste sich bewegen. Eigentlich wollte sie joggen gehen, aber kalter Wind und dicke Regentropfen trieben sie gleich wieder rückwärts ins Schloss zurück. In der Halle fiel ihr Blick auf die Feuerschutztür zum Schwimmbad. Oh nein, bitte nicht. Nicht dort hinein. Unschlüssig blieb sie stehen, dann lief sie wieder nach oben. Zur Not würde sie eben die Treppe zehnmal rauf- und runterrennen, bis sie sich wieder halbwegs unter Kontrolle hatte.

Oben stürzte sie sich auf Malsachen, aber nachdem sie zwei Stunden lang nur wirre Kritzeleien und Farbgeschmiere auf die Leinwand gebracht hatte, donnerte sie die Staffelei in eine Ecke und warf sich aufs Bett. Hormoooone! Vielleicht hatte sie ja wirklich einen Hormonkoller? Irgendwo hatte sie mal gelesen, dass man erst ab zweiundzwanzig komplett über die Pubertät hinweg war und wieder klar denken konnte. Bis dahin war angeblich der Verstand verreist. Man sollte das auf Schilder drucken und so allerlei Leuten, die sie kannte, auf die Stirn pappen. Seufzend zerpflückte sie einen Streifen Malerkrepp in winzig kleine Fetzchen.

War sie etwa tatsächlich einfach nur eifersüchtig? Vielleicht hatte sie unterschwellige Besitzansprüche – an Helen und gleichzeitig an Caleb? Na ja, zumindest stimmte das ein klitzekleines bisschen ...

Rachel angelte nach einem weiteren Streifen Malerkrepp. Die klebenden Fitzelchen hafteten auf ihrer Bettwäsche und an ihren Klamotten. »Das bringt doch alles nichts«, stellte sie schließlich fest.

Der Regen klatschte immer noch in dicken Tropfen gegen die Fenster und lief in breiten Rinnsalen die Scheiben hinab. Rachel fror. Sie deckte sich zu und fiel in einen unruhigen Dämmerschlaf.

Ein Poltern ließ sie aufschrecken. Sie wusste nicht, wie viel Zeit vergangen war. Jedenfalls knurrte ihr Magen und ihre Haare klebten. Es ziepte gewaltig, als sie Malerkreppkügelchen daraus befreite.

Dann hörte sie weitere Geräusche. Sie kamen von oben.

»Grayson!«, hauchte sie. Ihr Herz machte einen Sprung und rutschte ihr umso tiefer in die Hose. Ihre Erstbaustelle war heimgekehrt. Richtig gut war, dass Grayson Caleb sowieso nicht leiden konnte, in Sachen Helen hätte sie also einen Verbündeten! Mies war allerdings, dass sie sich definitiv noch entschuldigen musste. Bestimmt wollte er nichts mehr von ihr wissen, so wie sie sich bei ihrer letzten

Begegnung aufgeführt hatte. Aber sie musste es riskieren, die Sehnsucht fraß sie auf. Sie musste ihn sehen. Sie würde ihm einfach um den Hals fallen, die Arme um ihn schlingen, seinen betörenden Duft einatmen und ihn küssen, bis sie beide keine Luft mehr bekamen.

Mist, sie musste Zähne putzen! Rachel hastete ins Bad, machte sich ein bisschen frisch, trug ein wenig Wimperntusche auf und zwang sich, zwei Scheiben Toast zu essen, bevor sie nach oben stürmte. Sich mit knurrendem Magen entschuldigen zu wollen, kam bestimmt nicht so gut.

Sieben Minuten später stand sie wieder einmal vor seiner verschlossenen Tür, aus der plötzlich kein Laut mehr drang. Das konnte doch nicht wahr sein! Hatte sich denn an diesem Tag alles gegen sie verschworen? Unschlüssig trippelte sie auf seiner Fußmatte herum. Er war auf jeden Fall nicht durchs Treppenhaus weggegangen, das hätte sie gehört. Es sei denn, er hätte das Zeitfenster zwischen Zähneputzen und Toilettenspülung benutzt ... Rachel runzelte die Stirn. Es gab allerdings noch eine andere Möglichkeit. Seine Wohnung besaß schließlich einen Zugang zum Poolbereich ...

Rachel machte auf dem Absatz kehrt, raste zurück in ihre Wohnung, warf ihre Klamotten mit fliegenden Fingern um sich, zog ihren Bikini an – nur für alle Fälle – und schlüpfte in ihren Bademantel. Hastig klemmte sie sich ein Handtuch unter den Arm und ließ Handy und Schlüsselbund in ihre Manteltasche gleiten. Sie hatte nämlich schon lange vorher beschlossen, bei diesem Sauwetter schwimmen zu gehen. Gleich nach dem Frühstück. Das hatte gar nicht wirklich etwas mit Grayson zu tun. Sozusagen. Und den

Schlüssel hatte auch noch niemand eingefordert. Ein gutes Zeichen. Also – los!

Auf wackeligen Zehenspitzen schlich Rachel ins Schwimmbad. Die besondere Atmosphäre des feuchtwarmen Raumes nahm sie sofort wieder gefangen. Es war ein Ort der Stille, jenseits von Zeit und Raum, als ob man alles Alltägliche draußen zurückließ. Es tat gut, hier zu sein, was auch immer nun geschehen würde.

Und da war er. Sie sah durch die Glasscheibe, wie er im Pool seine Bahnen zog. Der Mut wollte Rachel verlassen. Beinahe hätte sie sich ganz kleinlaut wieder zurückgezogen. Aber etwas hielt sie.

Kraftvoll teilten Graysons gebräunte Arme das Wasser. Er holte kaum Luft zwischen den Schwimmstößen, drehte den Kopf, ohne ihn anzuheben, zur Seite, prustete und war mit dem nächsten Armschlag schon auf der anderen Seite, Tempo, wenden, zurücktauchen und von vorn. Er schien nicht zu bemerken, dass Rachel mit zittrigen Trippelschritten den überhitzten Raum betrat und auf einem der Liegestühle Platz nahm. Irgendwie stimmten seine Schwimmzüge sie traurig. Es lag etwas Gehetztes darin, wütend und trotzig zugleich, wie er sich Meter um Meter vorankämpfte.

Rachel ließ den Bademantel auf der Liege zurück und setzte sich an den Beckenrand. Sie wollte ihm nah sein, auch wenn sie ihn niemals wirklich erreichen konnte.

Obwohl das Wasser bestimmt 30 Grad hatte, bekam sie im ersten Moment Gänsehaut an ihren Beinen. Gedankenverloren planschte sie herum, lehnte sich zurück und schloss die Augen. Sie stellte sich vor, die Geräuschkulisse aus Graysons Kraulbewegungen und dem plätschernden Wasser sei die Brandung an irgendeinem tropischen Südseestrand. Und mit ein bisschen Fantasie versetzte sie das Geschnatter der Mandarinenten draußen am Teich in einen exotischen Urwald. Die Illusion war so perfekt, dass sie zusammenzuckte, als Grayson ihre im Wasser spielenden Fußknöchel berührte. Er sagte nichts, sah sie nur an, aus seinen meergrünen Augen, das Gesicht und sein gesamter Körper bis zu den bebenden Nasenflügeln unter Wasser.

»Grayson, ich ... es tut mir leid«, sagte sie. »Ich hab mich so blöd benommen ...« Sie atmete tief durch. »Und ich hab dich so schrecklich vermisst.«

Er blubberte und legte den Kopf schief wie ein junger verspielter Seehund. »Du lässt dich einfach nicht wegschicken, nicht wahr?«

Dann tauchte er erneut ab, zog unter Wasser einen Kreis und kam direkt vor ihr wieder an die Oberfläche. Reflexartig zog Rachel ihre Füße zur Seite. Doch Grayson war schneller. Er packte ihre Knöchel und stellte sie links und rechts von sich auf den Beckenrand. Dann stemmte er sich zwischen ihren geöffneten Beinen langsam aus dem Wasser und neigte sich zu ihr vor.

»Wie kann man nur so stur sein ... und so sinnlich«, flüsterte er rau.

Rachel schauerte mehr unter seiner Stimme als unter den Tropfen, die von seinen Armen und dem Oberkörper perlten und ihre noch trockenen Oberschenkel trafen. Sie wollte sich zu ihm nach vorn beugen und öffnete ihren Mund, um ihn zu küssen. Doch Grayson stoppte sie mit einer winzigen Geste. Sanft aber entschlossen umfasste er ihre Beine in den Kniekehlen, strich mit seinen nassen Händen aufwärts bis zur ihrer Hüfte und zog sie unendlich langsam näher an den Beckenrand. Rachel erschrak, als das Wasser unvermittelt ihr Bikinihöschen erreichte.

Grayson sagte nichts, er beobachtete nur die Reaktion in ihrem Gesicht. Dann lächelte er frech. »Du wolltest dich also entschuldigen, ja?« Er stützte sich zwischen ihren Schenkeln auf, keine Handbreit von ihrem Körper entfernt, während er sich mit den Zähnen über die Unterlippe strich und mit der hohlen Hand Wasser schöpfte.

Rachels Augen wurden groß. »Das tust du nicht, oder?«, flüsterte sie.

»Mach die Augen zu«, forderte Grayson. »Halt ganz still.« Seine Stimme klang belegt. Wieder schauerte sie, noch bevor seine triefnassen Finger zart ihr Dekolleté streiften, die kleinen Stoffdreiecke des dunklen Bikinioberteils umspielten und gezielt die Stellen aussparten, wo es bereits kribbelte. Wie Perlen liefen Tropfen ihren Hals, die Arme und zwischen ihren Brüsten herab. Sie wusste nie, wo er als Nächstes eine kitzelnde, freche Spur legen würde.

Ihre Unsicherheit wich der Neugier und sie gab sich dem Reiz dieses Spiels hin. Rachel legte den Kopf in den Nacken, doch es fiel ihr schwer, sich zu entspannen, während sie seinen warmen Atem ihre Beine immer höher hinaufgleiten spürte. Seine nassen Locken streiften die Innenseiten ihrer Schenkel, gehauchte Küsse bereiteten ihr eine wohlige Gänsehaut. Und seine Hände umklammerten erneut ihre Hüften und kneteten verlangend ihre Haut, während das Wasser ihr Höschen noch feuchter werden ließ. Rachel bebte. Es war fast unmöglich stillzuhalten, eine Qual, nicht ihre Arme um ihn zu schlingen und ihn an sich zu ziehen. Sie sehnte sich nach mehr, nach ihm, nach seinem ganzen, schweren, männlichen Körper und krallte sich an den Beckenrand, um nicht völlig den Halt zu verlieren.

Mit einem Mal löste er sich von ihr, es klatschte und Rachel war von oben bis unten nass gespritzt. Sie schrie auf und starrte so überrascht wie enttäuscht der Silhouette des jungen Mannes hinterher, der im wahrsten Sinn des Wortes urplötzlich abgetaucht war.

»Das ist so typisch. Scheißspiel«, zischte sie, stand mit wackeligen Beinen auf und schlang ihren Bademantel um sich, bereit zu gehen.

Doch bevor sie den Poolbereich auch nur halb durchquert hatte, schnitt ihr Grayson den Weg ab. Tropfnass und splitterfasernackt stand er vor ihr. Es war nicht zu übersehen, dass ihre Begegnung ihn keinesfalls kaltgelassen hatte.

Sie konnte ihre Augen erst abwenden, als sie seinen Blick auf sich spürte. Hatte er etwa die ganze Zeit über keine Badehose getragen? Waren das womöglich nicht nur seine Finger gewesen, die sie gestreift hatten? Das Blut schoss ihr heiß ins Gesicht.

»Du freust dich wohl sehr, mich zu sehen«, sagte sie und zeigte auf die Region unterhalb seines Bauchnabels.

Grayson lachte kehlig. »Sag bloß, dich bringt das in Verlegenheit. Soll ich mir was überziehen?«

Meinte er etwa ein Kondom? »Ich will nicht dran schuld sein, wenn du dich erkältest«, gab Rachel zurück und biss sich gleich darauf auf die Lippe. Was für eine lahme Antwort!

Grayson zog amüsiert die Augenbrauen hoch. »Findest du es etwa zu kalt hier drin? Ich hatte nicht den Eindruck, dass du frierst, oder doch?« Er machte eine kunstvolle Pause und schlenderte zu seinem Bademantel, den er über den Ast der riesigen Yuccapalme gehängt hatte. Rachel musste sich eingestehen, dass seine Kehrseite noch knackiger war, als sie es in Erinnerung hatte.

»Andererseits ... du hattest ja schon eine ziemliche Gänsehaut. Oder hab ich das falsch gesehen? Ich war irgendwie abgelenkt.«

Kampflustig verschränkte Rachel die Arme vor der Brust, während Grayson seinen Frotteegürtel zuknotete und mit einem breiten Grinsen auf sie zuging. Langsam öffnete er ihren Bademantel, musterte sie genüsslich und ließ einen Finger langsam von ihrem Bauchnabel aus abwärtsgleiten. Es sah nicht so aus, als ob er an ihrem Bikini haltmachen würde.

»Dein Höschen ist ganz schön nass geworden. Möchtest du dich umziehen?«, hauchte er ihr ins Ohr. »Wir könnten uns so lange im Whirlpool aufwärmen, bis es ... trocknet.«

Geschickt wich er dem Schubser aus, den Rachel ihm versetzen wollte, fing ihr Handgelenk ab, zog sie an sich und küsste sie heftig.

Rachel hielt bemüht Abstand, aber je länger sie seinen leidenschaftlichen Kuss erwiderte, desto mehr löste sich ihre Wut in etwas Scharfsüßes auf, das sie zwang, sich an ihn zu pressen.

Grayson stöhnte, als sich sein Bademantel verschob. Mit jedem Atemzug kam es zu einem neuen elektrisierenden Kontakt.

»Ich gehe mal davon aus, dass meine Entschuldigung angenommen ist?«, fragte sie leise.

»Dann gehe ich davon aus, dass ich dich nicht in Ruhe lassen soll?«

»Könntest du das denn? ... Jetzt?«, wisperte sie in sein Ohr. Sie hatte ihre Finger in seine Haare vergraben und strich mit sanftem Druck seinen Nacken entlang. Rachel tastete weiter, fand seine Halsschlagader, spürte seinen schnellen Puls, hörte seinen beschleunigten Atem. Wortlos hob er sie hoch. Völlig benommen schloss Rachel die Augen und genoss das kostbare Hier und Jetzt. Zerbrechliches Glück. Sie wollte es nicht schon wieder aufs Spiel setzen durch Worte, Fragen oder blöde Sprüche. Sie ließ sich von ihm tragen, an ihn geschmiegt, und wollte nicht wissen, wohin, wie weit oder warum.

Umso erstaunter war sie dann aber doch, als sie die Augen öffnete und sich in einem schmalen, gewundenen Treppenhaus wiederfand. Es roch ein wenig muffig. Uralte Steinstufen wirkten durch Jahrhunderte ausgetreten. Stilecht hätten jetzt noch Spinnweben und knisternde Fackeln dazugehört. Doch die verputzten Wände wirkten sauber und gepflegt. Keine Fledermaus und nicht ein Gespinst verfingen sich in Rachels feuchten Haaren auf dem heimlichen Weg in den dritten Stock.

Grayson atmete schwer, je höher sie kamen, aber Rachel verkniff sich die Frage, ob sie lieber laufen sollte. Stattdessen versuchte sie, sich leicht zu machen, auch wenn sie wusste, dass das Quatsch war. Irgendwie schien es ihm wichtig zu sein, sie in seine Wohnung hinaufzutragen, vielleicht wichtiger, als sie einschätzen konnte.

Schließlich stieß er mit dem Fuß eine Tür auf. Tageslicht strömte ihnen entgegen, obwohl es bereits dämmerte.

»Jetzt«, sagte Grayson und sah sie verschmitzt an. »Jetzt bist du mein!«

Er setzte Rachel ab, sodass sie seine Wohnung auf eigenen Füßen betreten konnte.

»Ach wirklich? Habe ich da nicht auch noch ein Wörtchen mitzureden?«, fragte sie und sah sich zögernd um.

Auf den ersten Blick schien die Einrichtung willkürlich zusammengewürfelt, aber sie war sich sicher, dass jedes Möbelstück eine Geschichte erzählte. Das ein oder andere schien alt und wertvoll, manches war definitiv modern und teuer, anderes wiederum stammte ganz sicher vom Sperrmüll. Ein buntes Sammelsurium mit Charakter. Nicht chaotisch, nicht überfrachtet, einfach zum Wohlfühlen und doch ganz anders, als sie erwartet hatte. Rachel fragte sich, warum er immer so getrieben wirkte und weshalb er so oft Möbel hin und her schob, dass in ihrer Wohnung die Bilder wackelten. Apropos Bilder. Sie mochte die Fotografien an den Wänden und vermutete, dass er sie gemacht hatte.

»Den Teil haben wir übersprungen«, riss er sie aus ihren Gedanken. »Ich habe dich geraubt und jetzt gehörst du mir. Das hättest du dir früher überlegen müssen. Was möchtest du trinken? Wasser, Saft, Wein? Hast du Hunger?«

Rachel schüttelte mit gespielter Missbilligung den Kopf. »Ah, das ist der Haken, du lässt mich nie wieder frei, stimmt's? Auf ewig deine Gefangene.«

Grayson feixte. »So wie du das sagst, klingt es ziemlich verlockend. Ich überleg's mir.« Er schenkte ihr ein Glas Wasser aus einem Krug ein, auf dessen Boden ein paar Steine in Weiß, Rosa und Violett funkelten.

»Prinzenwasser mit Edelsteinen?«, gluckste sie. Es schmeckte angenehm frisch und kühl. »Weich«, stellte sie erstaunt fest.

»So wie du«, hauchte Grayson ihr zärtlich ins Ohr, was Rachel erneut erschauern ließ. »Wo waren wir stehen geblieben?«

»Oh, nein ... mein Handtuch liegt noch unten«, stammelte Rachel nervös. Grayson lächlte. Er stand sehr nah vor ihr und sie hatte das Bedürfnis, diesen halben Schritt auf ihn zuzugehen und ihn zu umarmen, aber es ging nicht, etwas hielt sie ab.

»Läufst du mir jetzt etwa davon, um es zu holen?«

Rachel schüttelte den Kopf und wurde rot. Ihr waren tatsächlich kurzzeitig Fluchtgedanken durch den Kopf geschossen. Wochenlang hatte sie sich danach gesehnt, dass er sie zu sich einlud. Nun tat er das mehr als wörtlich und sie bekam einen Anflug von Panik.

»Ich mag deine Wohnung«, sagte sie und stellte ihr Glas auf einem Bücherbord ab.

»Und ich mag dich«, betonte Grayson mit warmer Stimme. »Sehr, zu sehr sogar. Und ich habe Angst.«

»Angst vor mir?«, fragte Rachel. Etwas in ihr zog sich zusammen.

»Nein. Vor dem, was das alles hier vielleicht nach sich zieht. Angst um dich. Und die Sache mit Helen hat mir gezeigt, dass ...«

»Um mich?«, unterbrach sie ihn.

Er wandte sich ab und sah aus dem Fenster. Rachel nutzte die Chance, ihm zu folgen und ihn von hinten zu umschlingen.

Er ließ ihre Berührung zu und drückte schweigend feste ihre Hand. Rachel spürte, wie sein Brustkorb sich unter ihren Armen hob und senkte, und sie versuchte, seine Nähe in sich aufzusaugen.

»Lass dich nicht mit Caleb ein«, bat er nach einer Weile leise, drehte sich zu ihr und zog sie an sich. »Ich will dich nicht auch noch verlieren.«

»Was? Wie meinst du ...« Rachels Frage wurde von seinem leidenschaftlichen Kuss verdrängt. Ohne seine Lippen von ihren zu lösen, hob er sie hoch und trug sie durch eine angelehnte Tür. Kurz darauf legte er sie zärtlich auf sein Bett. Sie waren tatsächlich in seinem Schlafzimmer gelandet.

Rachel wagte es nicht, sich über dieses Zeichen von wachsender Nähe zu freuen. Genau genommen hatte sie gar keine Zeit, darüber nachzudenken, denn da lag sie bereits von seinen Händen gefangen nackt unter ihm und ihre Bademäntel auf dem Boden. Seine Haut auf ihrer, nicht einmal ein Seidentuch hätte zwischen sie gepasst. Die Art und Weise, wie er ihren Körper mit seinen Küssen bedeckte und dabei genüsslich und langsam abwärtswanderte, raubte ihr nahezu den Verstand. Rachel ließ es zu, grub sich mit ihren Fingern in seinen Rücken, ließ ihre Nägel über seine Haut gleiten, beherrschte sich, so gut sie konnte. Plötzlich waren seine Lippen an ihrer Kehle. Rachel sah Grayson an und versank in seinen meergrünen Augen. Doch dann gelang es ihr, die Kontrolle zu übernehmen. Sie wand ihre Handgelenke, die er über ihrem Kopf festgehalten hatte, geschickt aus seinem Griff und nutzte seine Überraschung, ihn auf den Rücken zu werfen. Sein Brustkorb ging heftig. Ihr Oberkörper lag auf dem seinen und wurde im Rhythmus seiner schweren Atemzüge auf- und abgehoben.

Graysons Brust war muskulös und glatt. Rachel streifte sie mit ihren Haaren, beiläufig zunächst, von Küssen begleitet. Es erregte sie, ihn zu berühren und zu fühlen, wie er darauf reagierte. Seine Gänsehaut, sein Stöhnen, seine Hände, die sich an ihren Rücken klammerten. Sie bewegte sich auf ihm, Hände und Knie auf die Matratze gestützt, gerade genug Luft zwischen ihnen, dass sich ihre Körper spüren konnten. Seine Lenden, ihre Mitte. Versehentlich, absichtlich. Das konnte sie auch. Sie rutschte abwärts, ließ sich auf seinen Oberschenkeln nieder, ohne ihn aus den Augen zu verlieren. Dabei fühlte sie seine Erregung, griff danach, ließ ihre Hände über sie gleiten, während er sich ihr mit sehnsüchtigem Blick entgegenwölbte.

Plötzlich zog er sie zu sich und trank ihren Mund, während er mit den Händen ihren Po umspannte. Sein Atem war heiß und feucht. Sie kniete über ihm und gab sich mit geschlossenen Augen ganz ihrem Sehnen und seinen Bewegungen hin. Mit behutsamen Fingern half er ihr, den Weg zu ihm zu finden, und erkundete dabei ihre empfindsamsten Stellen. Sie konnte nicht anders, als laut stöhnend ihren Oberkörper aufzurichten. Rachel krallte sich in seine Brust, spürte seine Hände auf ihrer Hüfte, ihren Brüsten und ihrer Kehle. Gemeinsam fanden sie einen wilden Takt, dem sie sich wie im Rausch hingaben. Sie hielten sich umschlungen, umklammert, die Hände ineinander verkeilt, während in ihr die Hitze immer stärker wurde. Rachel vergaß alles um sich herum. Sein stürmisches Keuchen bestimmte ihr Tempo. Er stützte sich ab, richtete sich auf und nahm sie auf den Schoß. Sie küsste ihn. Nahm seine Lippen zwischen ihre Zähne. Sein Röcheln fuhr direkt in ihre Mitte. Seine Finger eilten hinterher. Zu intensiv. Schneller und schneller. Unglaublich. Sie spürte die Hitze in sich pulsieren, drückte sich ihm noch fester entgegen, war bei ihm. Im selben Moment ließen sie sich fallen. Atemlos, schwerelos. Haltlos sanken sie ineinander auf die Kissen zurück, lauschten dem Atem und Herzschlag des anderen, hielten sich einfach, so fest sie konnten. Rachel spürte, wie er bebte, und erfasste sinnlich, was sie nicht begreifen konnte. Sie sagte nichts, nahm die Decke und zog sie über ihre verschwitzten und zitternden Körper, so eng an ihn gepresst, wie es irgend ging. Ihren Po an seinen Bauch geschmiegt, seine Arme schützend um ihre Taille, so schliefen sie ein. Aufgewühlt, erschöpft, überwältigt.

16

Als Rachel im Mondschein aufwachte, brauchte sie einen Moment, um herauszufinden, wo sie war. Die Umrisse der Möbel waren ihr fremd, nicht aber die des nackten jungen Mannes neben ihr. Die Erinnerung zauberte ein mädchenhaft verlegenes Lächeln auf ihr Gesicht.

Sie musste zur Toilette. Als sie die Bettdecke zurückschlug, fröstelte sie leicht. Das Fenster war gekippt. Eine Schrecksekunde lang überlegte sie, ob es die ganze Zeit über geöffnet gewesen war. Dann zuckte sie mit den Schultern, letztlich war es egal. Sollte doch die ganze Welt wissen, wie glücklich sie mit ihm war und er mit ihr.

Grayson schlief noch. Sein Arm mit den golden schimmernden Härchen lag schwer über ihrem Bauch. Als sie sich aufsetzte, rutschte er herunter. Rachel bemühte sich, ihn sanft zurückzulegen, ohne dass er wach wurde. Blitzschnell packte er zu und hielt ihr Handgelenk stählern umklammert. Rachel unterdrückte einen Schrei. Grayson knurrte etwas Unverständliches und sie begriff, dass er noch immer fest schlief und anscheinend träumte. Behutsam versuchte sie, sich zu befreien. Aber je mehr sie zog oder drehte, desto fester wurde sein Griff.

»Grayson«, flüsterte sie, »du tust mir weh!« Endlich ließ er nach. Rachel duckte sich, als er sich, wie zum Schlag ausholend, auf die andere Seite des Bettes warf und wieder ruhiger wurde, in Tiefschlaf sank. Sie rieb ihr Handgelenk, stand leise auf und tapste unsicher zur Tür.

Im Flur brannte eine kleine Salzlampe. Sie verströmte einen friedlichen orangefarbenen Schimmer, der Rachel half, sich in der unbekannten Wohnung zurechtzufinden. Im Halbdunkel nahm sie auf der linken Seite die Schatten von drei Türen wahr. Das eine musste die Haustür sein, denn sie erkannte einen gewissen, ihr von der anderen Seite bestens bekannten Briefschlitz. Die mittlere musste die Tür sein, aus der sie vom Schwimmbad hochgekommen waren. Dann kam ein schwerer alter Bauernschrank und daneben befand sich eine weitere Tür, die kleiner war als die anderen.

»Bingo«, seufzte Rachel und zog sie erleichtert auf. Doch ihre Blase hatte sich zu früh gefreut. Es war nicht die Toilette, sondern ein Wandschrank.

»Suchst du etwas Bestimmtes?«

Rachel fuhr herum. Grayson stand in der Tür, die Hände in die Hüften gestemmt. Seine Stimme hatte etwas Bedrohliches, das sie frösteln ließ.

»Ja, die Toilette«, antwortete sie wahrheitsgemäß und bemühte sich, locker zu klingen, auch wenn sie sich ganz und gar nicht so fühlte.

Grayson seufzte.

»Geht vom Schlafzimmer ab«, erklärte er mit einem Wink über seine Schulter.

»Muss ich mich jetzt gruseln?«, fragte Rachel und starrte ihn an, während sie sich an seiner nackten Haut vorbeidrückte. Er wirkte bleich, was nicht nur am fahlen Mondlicht und der Salzlampe lag.

»Ich schlafe schlecht«, murmelte er. »Ich wollte dich nicht erschrecken.«

»Aha«, erwiderte Rachel, wenig überzeugt.

»Hier wurde schon mal eingebrochen«, sagte Grayson knapp. Er ging voraus und machte ihr das Licht im Badezimmer an. Im ersten Moment war Rachel geblendet von dem plötzlichen grellen Schein. Sie kniff die Augen zusammen und wollte noch etwas sagen, aber Grayson hatte bereits diskret die Tür hinter ihr geschlossen. Sie hörte, wie er zurück ins Bett kroch. Als sie ins Schlafzimmer kam, schlief Grayson bereits wieder tief und fest – oder tat zumindest so.

Irgendwann später wachte sie davon auf, dass er sich erneut unruhig hin und her wälzte und etwas vor sich hin murmelte, das sie leider nicht verstand. Er schien heftig zu träumen und wirkte aufgebracht. Rachel berührte ihn sanft. Zuerst zuckte er, doch dann ließ er es zu, dass sie seine Schulter streichelte. Erschöpft schloss sie die Augen. Kurz darauf ruckelte die Matratze erneut. Grayson war aufgestanden und wanderte unruhig auf und ab. Schlaftrunken richtete sie sich auf.

»Grayson? Was machst du da? Bitte rede mit mir. Was ist los?«

Er fuhr sich durch die Haare, atmete geräuschvoll aus und kam auf sie zu. »Ich kann nicht«, sagte er leise. »Ich darf nicht. Oh Gott, was soll ich tun?« Er wirkte zerrissener denn je. Seine angespannten Gesichtszüge erzählten eine schmerzhafte Geschichte. Beinahe fürchtete sie, er würde sie gleich bitten zu verschwinden. Es kostete sie Mühe, den Gedanken zu verscheuchen. Er rettete sich in ihre Umarmung, küsste sie zärtlich und legte sich schweigend zu ihr. Doch obwohl sie ihn hielt, so fest sie konnte, und er die Berührung erwiderte, hatte sie das Gefühl, dass er ihr mit jedem unruhigen Atemzug mehr entglitt. Sie nahm seine Hand und legte sie auf ihre Brust. Seine Wärme tat so gut. Rachel kuschelte sich an ihn, wollte dieses Gefühl von Geborgenheit so lange wie möglich behüten und auskosten.

Sie drückte ihren Po in die Kuhle zwischen seinem durchtrainierten Bauch und seinen Beinen. Er presste sie an sich und streichelte zart über ihre Brüste und ihre Hüften. Rachel seufzte. Sie hatten es bestimmt nicht beabsichtigt, aber die überwältigende Chemie zwischen ihren Körpern interessierte nicht, was in ihren Köpfen vorging. Sie schliefen noch einmal miteinander, ohne sich anzusehen, ohne zu reden. Rücksichtslos, hart, schnell. Rachel wollte ihn spüren, tief in sich, und umklammerte seine starken Arme. Sie hielten einander so verzweifelt fest, dass es beinahe wehtat. Für einen kurzen Augenblick dachte Rachel an Helen und dass sie eine Ahnung davon bekommen hatte, was es hieß, den Schmerz zu brauchen, um sich spüren zu können.

Es war noch immer dunkel, als Rachel das nächste Mal erwachte. Sie war allein im Raum.

»Grayson?«, fragte sie beunruhigt in die Stille. Keine Antwort.

Sie schlüpfte aus dem Bett und in ihren Bademantel, der achtlos auf dem Boden lag.

»Grayson?« Ihre Stimme klang merkwürdig blechern in seinem Flur. Sie fand ihn schließlich, nur mit Boxershorts bekleidet, den Kopf auf die Arme gestützt, an seinem Küchentisch. »Was beschäftigt dich?«, fragte sie vorsichtig und kam einen Schritt näher.

»Bitte geh!«

»Was?« Seine Worte trafen sie so unvermittelt wie ein Schlag in die Magengrube, dass sie mit einem Mal hellwach war. Sie schnitten tiefer als der schärfste Chirurgenstahl.

»Bitte geh!«, wiederholte er noch einmal, mechanisch, einstudiert, eisig. Rachel blieb wie festgefroren stehen, sie konnte sich nicht rühren, kaum atmen. Seine Worte hatten sie bewegungsunfähig gemacht und ihr Gehirn gelähmt, wie schockgefroren. Wie passte das zusammen? Sollte das ewig so weitergehen, dieses Hin und Her?

Auf einmal sprang er auf und Rachel zuckte zurück, unfähig, etwas zu sagen. Er stürmte an ihr vorbei auf den Flur und begann, an dem wuchtigen Dielenschrank herumzureißen, bis der sich schließlich ächzend bewegen ließ. Rachel folgte ihm in Zeitlupe. Sie begriff nicht, was sie sah, aber die Geräusche waren ihr auf verstörende Art vertraut. Das hatte sie schon einmal gehört, dieses seltsame Möbelrücken, in ihrer ersten Nacht, kurz bevor sie Grayson kennenlernte.

»Was tust du da?«, fragte sie tonlos.

»Ich mach's dir leicht«, erwiderte er. Die Adern an seinen Schläfen waren hervorgetreten, er hatte Schweiß auf der Stirn. Rachel war erstaunt, wie viele Einzelheiten seines Gesichts sie im Dämmerlicht wahrnehmen konnte. Zornig schlug Grayson mit der Faust auf einen hervorstehenden Stein im Mauerwerk. Dann war ein leises Klicken zu hören, gefolgt von einem schabenden Geräusch. Dort, wo der Schrank gestanden hatte, zeigte sich, dass die Tapete einen langen Riss hatte. Grayson half mit bloßen Fingern nach und legte eine Öffnung frei, groß genug, um einen Menschen hindurchzulassen.

»Eine Geheimtür?«, fragte Rachel verwirrt. So etwas gab es doch bloß in alten Filmen und Spukschlössern. »Was hat das ...?«

»Die Treppe hier führt direkt hinunter in deine Wohnung, Rachel. Wenn ich die Büchse der Pandora öffne, bist du mittendrin in diesem Strudel. Das willst du nicht. Lass die Finger davon, geh, solange du noch kannst. Geh! Jetzt!«

»Die Büchse der Pandora ist mir so was von scheißegal, Grayson. Was ist das denn überhaupt für ein schräger Film, hä?« Rachel wurde auf einmal unglaublich wütend. Sie konnte nicht wirklich klar denken. Vielleicht hatte er ihr vorhin das letzte bisschen Hirn weggevögelt, aber das, was ihr gerade klar wurde, fand sie schrecklich genug. »Du konntest also jederzeit diese Treppe direkt in meine Wohnung benutzen? Und das hast du auch, oder?«, fragte Rachel voller Entsetzen. »Das ist abartig! Weißt du das? Bist du früher auch immer zu Amelia geschlichen? Damit es niemand mitbekommen hat? Und dann zu, wie hieß sie noch gleich, zu Nelly ... und all den anderen, von denen ich nichts weiß?«

»Du hast ja überhaupt keine Ahnung!«, schrie er zurück. »Ich wusste nicht, dass die Wohnung schon wieder vermietet war. Ich hatte die Verwaltung gebeten, sie mit übernehmen zu dürfen, aber da war es bereits zu spät.« Er hatte die Fäuste geballt. »Und ja, ich war einmal unten. Die Nacht, bevor wir uns begegnet sind. Ich kam nach Hause und bin über eure Partyreste gestolpert. Ich musste an den Tresor und ...«

Rachel folgte irritiert seinem Blick in eine Mauernische. Dort befand sich ein unscheinbarer Stahlkasten, dessen Tür nur angelehnt war.

Grayson redete leiser weiter. »Du hast dagelegen und geschlafen. Deine offenen Haare, dein Körper ... deine Gesichtszüge – du warst so wunderschön. Ich hatte doch keinen Schimmer, dass die Wohnung schon wieder bewohnt war, und bin sofort abgehauen. Als ich oben war, habe ich den Zugang versperrt. Danach habe ich ihn nur noch geöffnet, wenn ich an den Tresor musste.« Er rieb sich die Augen. »Und jetzt geh bitte!«, sagte er noch einmal eindringlich und fiel in sich zusammen. »Geh, solange ich die Kraft habe, dich wegzuschicken.«

»Ich lasse mich nicht schon wieder von dir fortjagen!«, brüllte Rachel trotzig. Tränen schossen ihr in die Augen. Sie fühlte seinen Schmerz, die Angst und seine Wut und sie verstand nichts, und das machte sie hilflos und so fürchterlich wütend.

»Dann komm doch, Pandora! Ich will endlich wissen, was da wirklich zwischen uns steht.« Ohne darüber nachzudenken, schnellte sie nach vorn und riss die Tresortür auf. Neben einem Bündel Banknoten und einem Schmuckkästchen befand sich ein Aktenordner mit einem dicken, säuberlich abgehefteten Papierstapel, den schnappte sie sich. Dann duckte sich Rachel unter Graysons Händen hindurch und entwischte ihm in letzter Sekunde durch die Wohnungstür ins Treppenhaus. Das Einzige, das er noch greifen konnte, war der Gürtel ihres Bademantels.

»Rachel!«, brüllte er ihr hinterher, doch sie hörte nicht und sprang, so schnell sie konnte, die Stufen hinunter. Dann lief sie vorbei an ihrer eigenen Wohnung, in der sie wegen des geheimen Ganges nicht mehr sicher war, und hielt inne. Für einen Moment zögerte sie, bevor sie so schnell und leise wie möglich weiter nach unten eilte, um bei Kathy Sturm zu klingeln.

Hoffentlich war sie da und nicht oben bei Josh. Unendlich viele Sekunden verstrichen, bis in der Wohnung Licht anging und jemand an die Tür schlurfte. Rachel lauschte nervös auf Geräusche hinter sich, doch vermutlich war Grayson über die Innentreppe auf dem Weg in ihre Wohnung. Das gab ihr hoffentlich einen kleinen Vorsprung.

Sie zwängte sich durch den Spalt, den Kathy geöffnet hatte, schob Riegel und Kette vor und schloss die Tür doppelt ab.

»Was ist denn mit dir los? Hast du ein Gespenst gesehen?«, fragte Kathy schlaftrunken und sah Rachel aus kleinen Augen skeptisch an. »Weißt du überhaupt, wie spät es ist?«

»Tut mir leid. Leg dich wieder hin, Kathy. Ich bin gar nicht da, okay?«

»Was?« Kathy schaute sie an, als hätte sie nach der Bedienungsanleitung für ein Ufo gefragt.

Jemand hämmerte an die Tür.

»Nicht aufmachen!«, wisperte Rachel eindringlich und machte hektische Zeichen. Kathy war drauf und dran, die Tür zu entriegeln, doch Rachel hielt sie davon ab. »Das ist bestimmt Grayson!«, flüsterte sie panisch. »Ich bin nicht da!«

Kathy seufzte und sah durch den Spion. »Caleb, was machst du denn hier?«, rief sie erstaunt durch die geschlossene Tür. »Hast du keine Uhr? Habt ihr alle kein Zuhause?!«

Rachel wurde kalkweiß und schüttelte Kathy am Arm. »Au!«, kommentierte die zu allem Übel laut und sah Rachel böse an.

»Was ist passiert? Wer ist da bei dir?«, fragte Caleb sofort. Rachel fuchtelte wie wild vor Kathy herum. Caleb wollte sie jetzt am allerwenigsten sehen.

»Nicht reinlassen!«, zischte sie hysterisch und presste den Aktenordner vor ihren Bauch. »Auf keinen Fall! Ich bin auch für Caleb nicht da! Für niemanden.«

»Es ist nichts, ich habe mich nur gestoßen«, log Kathy und schüttelte genervt den Kopf. »Josh ist hier, wer denn sonst? Was willst du? Ist was mit Helen?«

»Kann ich reinkommen? Durch die Tür redet sich's so schlecht.«

Rachel sah sich panisch um, rannte ins Bad und schloss sich mit dem Aktenordner darin ein. Kathy öffnete natürlich trotzdem die Tür und ließ Caleb herein.

»Wo ist Josh denn?«, hörte sie Caleb als Erstes fragen.

»Schläft natürlich, was glaubst du denn, was der um diese Uhrzeit macht!«, erwiderte Kathy genervt. »Also sei nicht so laut, es reicht ja, wenn ich wach bin.«

»Und warum bist du schon so früh auf?«, bohrte Caleb weiter. »Und mit wem hast du geredet? Ich hab doch Stimmen gehört.« Rachel traute sich kaum zu atmen. Was war das denn für ein Verhör?

»Morgens um fünf rede ich gern mal mit mir selber«, entgegnete Kathy zunehmend säuerlich. »Und seit wann bist du beim Secret Service?«

Caleb lachte aufgesetzt. Es hörte sich an, als würde er sich in der Wohnung umsehen. »Entschuldige. Ich mache mir Sorgen um Rachel. Sie war den ganzen Abend nicht zu Hause ... glaube ich.« Er betonte es irgendwie eigenartig. Rachel presste ihr Ohr ganz fest ans Türblatt, um besser zu hören.

»Der geht's garantiert gut, sie kann auf sich selber aufpassen«, antwortete Kathy gerade.

Rachel musste schmunzeln.

»Sag uns – also mir – lieber, wie es Helen geht. Ich hab gehört, nur du darfst Kontakt zu ihr haben. Findest du das richtig?«

»Ich kann nichts dafür«, sagte Caleb beschwichtigend. »Ehrlich.« Sein Tonfall änderte sich und er seufzte zerknirscht. »Die Wahrheit ist: Als ich Helen einmal besuchen wollte, haben die Ärzte dazu geraten, dass jemand aus ihrem Umfeld für sie da ist. Jemand, der aber nicht direkt zum Inner Circle gehört, und das seid ja wohl ihr. Anscheinend seid ihr im Krankenhaus ein bisschen zu forsch rübergekommen und sie soll sich nicht aufregen.«

Rachel konnte sich wunderbar vorstellen, wie er lausbübisch grinste. Sie blähte die Nasenflügel. Das war ja wohl ...!

Caleb fuhr reumütig fort. »Ich hab's nur gut gemeint. Ich dachte, Rachel würde sich freuen, wenn ich ihr auf die Art wenigstens Nachrichten von Helen stecken könnte, als Bote sozusagen. Und dass sie dann noch mehr Zeit mit mir verbringen würde und nicht mit ... Okay, das war nicht ganz uneigennützig, geb ich ja zu. Wahrscheinlich war das sogar ziemlich bescheuert. Und dann hat sie nach dem Auftritt gleich wieder mit Grayson rumgemacht und ich war sauer und hab nichts gesagt, weil ... das mit Helen sollte doch eine Überraschung für sie sein und ... verdammt, es ist alles so kompliziert. Ich hab mich halt total in sie ...«

Kathy machte ein verhaltenes Geräusch, Caleb stockte. Rachel konnte förmlich hören, wie Kathy erklärende Gesten machte. »Sie ist also doch hier, oder? Gott, wie peinlich«, stöhnte Caleb prompt.

Für einen Moment war es still. »Hast du vielleicht einen Kaffee für mich?«

»Caleb, ich weiß nicht ...«, jammerte Kathy. Aber aus Erfahrung wusste Rachel, dass er bereits gewonnen hatte. Seinem Charme schlug man so leicht nichts ab. Die leichten Schritte ihrer Freundin verschwanden in Richtung Küche aus ihrer Hörweite.

Rachel hörte ihr eigenes Herz bis zum Hals pochen und ihre Ohren waren so heiß, dass sie damit bestimmt Abdrücke ins Türblatt brannte.

Plötzlich war Calebs Stimme ganz nah. »Rachel, ich weiß, dass du da drin bist.« Es klopfte an die Badezimmertür und sie schreckte von ihrem Lauscherposten zurück. »Rachel, bitte, mach auf, ja? Du hast gehört, was ich gesagt habe, oder? Komm, bitte lass uns reden. Es tut mir leid, dass ich dir nichts gesagt hab. Das war echt daneben. Helen lässt dich ganz lieb grüßen, den Radioauftritt fand sie übrigens total klasse. Bitte entschuldige. Ich bin ein eifersüchtiger Idiot.«

Rachel biss sich auf die Unterlippe, um kein Geräusch zu machen. Was sollte sie nur tun? Helen hätte bestimmt eine Antwort parat. Unschlüssig wanderte ihre Hand zum Türknauf. Es war ja wirklich lieb, wie Caleb sich um Helen gekümmert hatte, auch wenn er damit nur sie beeindrucken wollte. Auf einmal geriet der Aktenordner ins Rutschen und fiel polternd zu Boden.

»Rachel?«, fragte Caleb von der anderen Seite und rüttelte an der Tür.

»Ich bin okay«, rief Rachel und ärgerte sich, weil sie sich

damit endgültig verraten hatte. Gelogen war es außerdem auch. Nichts war okay!

Sie liebte doch Grayson, warum brachte sie Calebs Geständnis jetzt wieder so durcheinander? Das war alles zu viel auf einmal. Viel zu viel für eine Nacht! Mechanisch klaubte sie die verstreuten Blätter auf, die aus dem Ordner gerutscht waren.

Rachel trat knisternd auf eine einzelne Seite in einer Klarsichthülle. »Obduktionsbericht«, las sie tonlos und überflog die Fakten. »Amelia Wolf, 17 ... Todeszeitpunkt ... Unfallhergang ... Mephedronspuren im Blut ...« Rachel schnappte nach Luft. Was sollte das denn bedeuten? Nicht nur, dass Amelia offenbar erst Wochen nach dem Unfall im Krankenhaus in Truro gestorben war, es waren bewiesenermaßen Drogen im Spiel gewesen. Rachel vergaß, wo sie war, und blendete sogar den vor der Tür stehenden Caleb vollständig aus.

Mit zitternden Fingern öffnete sie den Ordner, klappte das Deckblatt zur Seite und überblätterte grob die durch dünne Pappen getrennten Abheftungen. Das also war die Büchse der Pandora. Je mehr sie las, desto schwindliger wurde ihr und desto fahriger und nervöser ihre Finger. Um ein Haar hätte sie den ganzen Ordner noch einmal fallen lassen. Jetzt hielt sie ihn so fest, dass ihre Fingerknöchel weiß wurden. Eilig las sie weiter.

Grayson hatte nicht untertrieben. Das hier hatte es tatsächlich in sich. Mehr als das. Rachel wurde übel, doch sie musste sich zusammenreißen, sie blätterte weiter und konnte nicht fassen, was dort schwarz auf weiß stand. Es ging immer wieder um Amelia. Fein säuberlich ausgeschnittene Aritkel, wahrscheinlich waren es die fehlenden aus dem Mikrofilmverzeichnis der Bücherei. Und nicht nur das. Ihr sprangen seitenweise Zahlen und Listen entgegen, deren Sinn und Zusammenhang sie nicht verstand. Polizeiprotokolle zum Unfallhergang, Wetterberichte, Zeugenaussagen, auch Calebs Name tauchte mehrmals auf.

Doch eine andere Information ließ ihr Blut stocken. Ihr Blick kehrte zurück zur Kopfzeile mit den Personalien der Toten. »Amelia Wolf«, wiederholte sie. Es klang seltsam, als sie es aussprach. Ihr Kinn zitterte und ihre Nasenflügel bebten, als ihr die Bedeutung klar wurde. Grayson und Amelia waren verheiratet gewesen. Sie schluckte trocken und klemmte die Seite zittrig wieder zwischen die anderen.

Und Caleb? Was hatte das alles mit ihm zu tun? Ob er was mit Graysons Frau gehabt hatte? Wie passte das alles zusammen? Sie blätterte weiter nach hinten. Ein anderer Unfallbericht folgte, zusätzliche Untersuchungen von verschiedenen Sachverständigen und Versicherungen, sogar eines unabhängigen Fahrzeugprüfers. Eine Akte belegte Graysons Festnahme, allerdings auch seine umgehende Freilassung. Rachel blätterte noch einmal zurück zum Fahrzeuggutachten.

In diesem Moment klopfte es wieder an die Tür. »Rachel? Mach auf, ja?«

»Kathy«, sagte Rachel rau. »Ist er weg?«

»Nein, er ist noch hier«, hörte sie nun Caleb. »Komm schon, ich muss mit dir reden.«

Rachel griff nach dem Türknauf. Caleb – Grayson, in ihrem Kopf ging alles durcheinander und sie wusste überhaupt nicht mehr, was sie denken sollte. Auf einmal brummte es aus ihrer Bademanteltasche. Dankbar für den Aufschub, zerrte sie ihr Handy heraus. Drei Nachrichten in

Abwesenheit. Alle von derselben, ihr unbekannten Nummer. *Hallo Schätzchen, ihr wart großartig,* begann die erste. *Konnte mich nicht früher melden, mein Handy ist weg. Muss es im Schwimmbad liegen gelassen haben. Guckst du mal nach? Die Nummer gehört einer Zimmernachbarin. Hdl, Helen.* Rachel runzelte die Stirn. *Wieder ich. Von Tigers Handy. Merk dir die Nummer. Das Mädchen ist heiß, du musst sie kennenlernen. Wann kommt ihr mich endlich besuchen? Ist total öde hier ohne euch. Brauchen dringend Schokolade. Komm bald!* Rachel öffnete die letzte Nachricht: *Vermisse dich. Natürlich auch ohne Schoki! Bist du schon Popstar? LG Helen.*

Rachel ließ die Türklinke los, als wäre sie glühend heiß. Alles drehte sich. Wie passten diese SMS mit der von vor ein paar Tagen zusammen? Und mit Calebs Geschichte von eben? Gar nicht! Helen hatte ihr Handy verloren ... Lüge – alles Lüge! Aber warum?

Das Klopfen gegen die Tür wurde unnachgiebiger, fordernder. Was sollte sie tun? Gehetzt sah Rachel sich um, wie ein wildes Tier, das in der Falle hockte. Aber sie war kein wildes Tier und sie saß auch nicht in der Falle. Nicht komplett jedenfalls. Sie musste raus hier und durch die Tür ging das wohl eher schlecht. Rachel brauchte Zeit, sie brauchte Abstand, sie musste durchatmen, um wieder klar denken zu können. Viel zu viele Informationen. Vor allem für Caleb hatte sie im Moment so was von absolut keine Nerven.

Auf einmal kam ihr eine Idee. Rachel betätigte die Spülung und öffnete unbemerkt das Fenster. Sie sah hinunter. In Filmen sah das nie so tief aus! Warum hatte sie nicht auf Grayson hören können? Sie hätte sich einfach aus dieser ganzen verdammten Sache raushalten sollen! Wie um sie zu bestätigen, wummerte es hinter ihr heftiger gegen die Tür.

»Lasst mich in Ruhe!«, brüllte sie. »Ihr habt doch alle einen Knall.«

»Und du hast den größten von allen«, murmelte sie leise zu sich selbst.

Der Duschvorhang sah nicht besonders vertrauenserweckend aus, wenn es darum ging, sich daran aus dem ersten Stock abzuseilen. Sie würde springen müssen und sich alle Knochen brechen. Na bravo. »Und auf meinem Grabstein steht dann, *Sie hat sich stets bemüht«,* brummte sie mit einem Rest von Galgenhumor.

»Rachel«, hörte sie plötzlich von draußen jemanden ihren Namen rufen. Die Stimme kam von unten – und sie gehörte Grayson. Er war barfuß, aber er hatte immerhin eine Jeans an. Ihr Herz machte einen Hüpfer, aber ihr Verstand kommandierte es sofort zurück.

»Was willst du denn jetzt schon wieder?«, brüllte sie vorwurfsvoll hinab. »Du hast mich doch gerade erst rausgeschmissen, und zwar achtkantig! Ich will allein sein! Ich hab das hier gelesen. Ich muss nachdenken.« Sie wedelte mit dem Ordner herum.

»Rachel, bitte. Es tut mir leid. Du bist das Beste, was mir je passiert ist. Ich bin so ein Idiot! Das war total bescheuert von mir. Aber zum Nachdenken ist ein Fensterbrett im ersten Stock vielleicht nicht der beste Ort, oder? Ich möchte dir alles erklären, bitte gib mir die Chance dazu. Komm runter!«

»Wie denn?«, kreischte Rachel zurück.

»Rachel, verdammt, lass uns rein!«, hörte sie hinter sich

die Türenrüttler betteln. »Ist das etwa schon wieder dieser Schwachmat, mit dem du da redest?« Calebs Stimme hinter der Tür überschlug sich fast. Sie hörte ihn rennen, anscheinend zum nächstbesten Fenster. Denn das wurde im nächsten Moment aufgerissen. »Grayson! Halt dich da raus! Sie gehört mir!«

Rachel schüttelte den Kopf. Schwachmat oder Türrüttler? Regen oder Traufe? »Na gut«, fasste sie einen Entschluss, und rief nach unten: »Aber dann musst du mich auffangen! Ich sperre nämlich auf gar keinen Fall die Tür hinter mir auf!«

»Bist du verrückt? Du kannst doch nicht ...«

In dem Moment beugte sich Rachel aus dem Fenster und warf Grayson den Ordner zu. Er fing ihn auf und legte ihn neben sich auf den Boden. »Doch, kann ich und tu ich, mit oder ohne dich!«

»Du machst das wirklich, oder?«, sagte er überrascht und machte sich bereit. Hinter sich hörte sie Caleb toben, und das gab den Ausschlag.

Wie ferngesteuert schwang sie sich aufs Fensterbrett und verwünschte Grayson kurzzeitig dafür, dass er ihr den Bademantelgürtel geklaut hatte. Dann schloss sie die Augen und sprang.

Grayson fing sie auf, aber die Wucht riss beide zu Boden. »Ganz schön stürmisch! Da hab ich mir ja was eingefangen«, meinte er verblüfft und schielte auf Rachels Busen. Energisch raffte sie den Bademantel um sich, versuchte aufzustehen und schrie auf. Ihr rechter Fuß knickte kraftlos unter ihr weg.

Schmerzerfüllt sah sie Grayson an. Der zögerte nicht lange, drückte Rachel den Ordner in die Hand, hob sie hoch und trug sie über den Hof zu Humphreys Werkstatt. »Das wird jetzt aber nicht zur Gewohnheit, dass ich dich immer tragen muss, oder?«

»Ich kann auch die U-Bahn nehmen«, beschwerte sich Rachel.

»Immer zu Scherzen aufgelegt. Keine Sorge, ich weiß was Besseres, euer Meckerinenz«, ächzte Grayson unter ihrem Gewicht.

In der Werkstatt angekommen, setzte er Rachel ab und zog mit einem Schwung die Plane von einem Gefährt, das sich als ultrahipper Sportwagen entpuppte. So was hätte sie Humphrey gar nicht zugetraut. Rachel beschloss, angesichts der besonderen Umstände besser keine blöden Fragen mehr zu stellen oder Kommentare abzugeben. Sie wollte sich die verlockende Mitfahrgelegenheit in diesem silbernen MG auf gar keinen Fall versauen.

»Aber kurzschließen kann man so was heutzutage nicht mehr!«, rutschte es ihr dann doch heraus.

»Steig endlich ein«, befahl Grayson, der bereits auf der Fahrerseite saß. Suchend tastete er unterm Steuer herum. Zufrieden präsentierte er ihr seinen Fund.

»Ein Schlüssel und er passt«, kommentierte Rachel glücklich und schnallte sich an. Inzwischen war sie sich fast sicher, dass sie einfach nur einen ziemlich verrückten Traum hatte.

»Und jetzt erklär mir mal, wo Caleb auf einmal herkam«, forderte Grayson.

»Ich habe keine Ahnung. Seit ich hier bin, taucht er immer auf, wenn ich ihn am wenigsten brauchen kann. Als ob er mich wittert. Und er ist ein Lügner. Anscheinend hat er Helens Handy an sich genommen und mir fingierte

Nachrichten geschickt. Und uns alle angelogen.« Während sie es aussprach, fragte sie sich, ob das vielleicht nur die Spitze des Eisbergs war. Immer noch zu viele Fragen. Sie wollte jetzt erst mal gar nichts mehr wissen, nichts sehen und nichts hören.

»Und warum hasst du ihn?«

Grayson jagte den Motor hoch und Rachel hatte Mühe, seine zornige Antwort zu verstehen. »Weil er für meinen Geschmack ein bisschen zu viel mit Drogen rummacht ... und er hat Amelia da mit reingezogen.«

»Du meinst ...?« Rachel schloss die Augen. Unwillkürlich musste sie an ihren Besuch in der »Höhle des Löwen« denken.

Der Kies spritzte unter den Reifen und Rachel betete im Stillen, dass Humphrey keinen Herzinfarkt bekommen würde, wenn er in zwei Stunden seinen Dienst antrat. Ein geklauter Sportwagen war eine Sache, aber die ordentlich geharkte Auffahrt war ihm heilig – und das war noch dazu das geringste ihrer Probleme.

Epilog

Grayson lenkte den Wagen aus der Stadt. Sie schwiegen, bis Rachel schließlich das hochtourig kreischende Motorengeräusch durchbrach.

»Sag jetzt bitte nicht ›Ich hab dich ja gewarnt!‹ oder ›Bist du jetzt zufrieden?‹ oder so was, ja?« Ihr Knöchel pochte und schmerzte. Wahrscheinlich träumte sie leider doch nicht.

»Hatte ich nicht vor«, erwiderte Grayson und schaltete einen Gang höher.

»Was machen wir denn jetzt? Ich weiß nicht, ob das alles so richtig ist. Und Kathy kommt jetzt wahrscheinlich nie wieder in ihr Bad rein. Und Caleb. Und Helen ... ich krieg das alles noch nicht auf die Reihe. Wo fahren wir überhaupt hin?«

»In unser Cottage. Ich werde dir alles erklären, wenn wir da sind. Willkommen in meiner Welt. Glaub mir, ich wollte mit aller Macht verhindern, dass du dich mit dem Ganzen auseinandersetzen musst, aber das ist wohl zu spät. Und nein, ich habe auch keine Ahnung, wie es weitergeht. Also kaufen wir dir jetzt erst mal was zum Anziehen und frühstücken und denken in Ruhe nach.« Er wirkte trotz allem erleichtert. Rachel verstand überhaupt nichts mehr.

»Grayson. Bevor ich mit dir irgendwohin fahre ...«

»Wir sind auf der Flucht, schon vergessen?«, erinnerte er sie. »Du bist deinen Freunden buchstäblich aus dem Fenster entsprungen.«

»Bevor ich mit dir also irgendwohin fliehe …«, setzte Rachel erneut an, »… brauche ich Erklärungen! Das meine ich ernst.« Sie holte tief Luft. »Warum hast du mir nie erzählt, dass du mit Amelia verheiratet warst?«

So, jetzt war es raus.

Geschockt sah Grayson sie an und lenkte den Wagen in die nächstmögliche Ausweichbucht unter einer dichten Hecke.

»Bitte was? Du glaubst, Amelia und ich waren verheiratet?«, fragte er erschüttert.

Rachel nickte verunsichert. »Ich habe den Obduktionsbericht gelesen. Amelia Wolf.« Er sah sie ungläubig an. »Ist das der Grund, warum Caleb und du … wie alles angefangen hat? Es ist eskaliert, oder?«

»Ja, es ist eskaliert«, bestätigte Grayson mit gebrochener Stimme und sah aus dem Fenster. Er sammelte sich und sah ihr in die fragenden, verwirrten Augen. »Rachel«, begann er. »Amelia war meine Schwester.«

Jetzt starrte Rachel ihn völlig verdutzt an. Sie wusste nicht, was sie sagen sollte. Ihr Kopf war leer, ihr Fuß pochte wie Hölle. Sie hatte nichts an außer einem Bademantel und fror – und Grayson Wolf hatte nichts Besseres zu tun, als Rachel McIntyre irgendwo am Straßenrand in der hügeligen Landschaft Cornwalls leidenschaftlich zu küssen.

Robin Lyall

Begehrt

Rachel und Grayson genießen erotisch prickelnde Tage in einem Cottage am Meer. Doch dann beginnt das Semester und Grayson verbringt für Rachels Geschmack viel zu viel Zeit mit seiner Dozentin, die jedoch keine alte Schachtel, sondern eine äußerst attraktive junge Frau ist! Leider ist Rachels beste Freundin Helen auch keine Unterstützung, denn die ist gerade bis über beide Ohren verliebt. Als die ersten Unipartys locken, lässt sich Rachel diese Ablenkung nicht entgehen. Dabei hat sie jedoch das unheimliche Gefühl, ständig beobachtet zu werden ...

Arena

272 Seiten • Klappenbroschur
ISBN 978-3-401-50479-7
Auch als E-Book erhältlich
www.arena-verlag.de

Susane Colasanti

978-3-401-50287-8

Take me there

Rhiannons Leben könnte kaum ätzender sein, nachdem Steve sie verlassen hat. Aber das Schlimmste ist: Sie will ihn zurück! Nicole kann sich auf keine neue Beziehung einlassen, weil ihr Exfreund noch immer in ihrem Kopf herumspukt. Und James heimlicher Schwarm scheint offensichtlich kein Interesse an ihm zu haben. Doch am Ende finden die drei die Liebe, auf die sie so lange gewartet haben.

978-3-401-5C476-6

Something like love

Erin ist unsterblich in Jason verliebt. Zwischen ihnen läuft es perfekt. Jason findet Erin cool, aber in dem Moment, als er Erins beste Freundin Lani kennenlernt, weiß er: Richtig tiefe Gefühle hat er nur für Lani. Lani glaubt an das Schicksal, die große Liebe und an ihre Freundschaft zu Erin. Um keinen Preis will sie Erin verlieren. Doch wie lange wird sie ihre Gefühle für Jason noch unterdrücken können?

978-3-401-50519-0

Waiting for you

Marisa ist in Derek verliebt. Leider hat er bereits eine Freundin. Nash ist für Marisa eindeutig der Falsche – auch wenn er das anders sieht. Und als wäre das Leben nicht schon kompliziert genug, verknallt sich ihre beste Freundin ständig in ältere Typen, ihre Eltern spielen völlig verrückt und Marisa fühlt sich auf einmal zu einem Jungen hingezogen, von dem sie noch nicht mal weiß, wer er eigentlich ist.

Arena

Jeder Band:
Arena-Taschenbuch
www.arena-verlag.de

Laura Buzo

Wunder wie diese

Amelia hat immer das Gefühl, nirgendwo richtig dazuzugehören. In größeren Gruppen scheint sie mit der Wand zu verschmelzen. Chris dagegen gehört überall dazu. Charmant, gut aussehend, chaotisch und selbstbewusst steht er – egal wo – im Mittelpunkt. Als Amelia und Chris einander begegnen, scheint die Welt einen Moment lang stillzustehen … Und als sie sich wieder dreht, ist nichts mehr, wie es war.

Arena

Als Hörbuch bei Arena audio
Auch als E-Book erhältlich

304 Seiten • Arena Taschenbuch
ISBN 978-3-401-50613-5
www.arena-verlag.de